Mangfall ermittelt

Der erste Fall: Filmriss

Harry Kämmerer

Mangfall ermittelt
Der erste Fall: Filmriss

Volk Verlag München

Die Deutsche Bibliothek verzeichnet diese Publikation in der Deutschen Nationalbibliografie; detaillierte bibliografische Daten sind im Internet über http://dnb.ddb.de abrufbar.

Streitfeldstraße 19; 81673 München
Tel. 089 / 420 79 69 876; Fax: 089 / 420 79 69 86

Druck: Kösel, Krugzell

ISBN 978-3-86222-192-9

www.volkverlag.de

für euch alle

In the perfect Munich sky
all hell breaks lose, but I decide
not to care at all
I carved your name in a 45 today, anyway

Space Study
THE MARBLE MAN

Same Procedure

Andrea Mangfall hat Kopfweh. Mehr als das. Schädel platzt. Und erst Mittwoch. Wie soll sie den Rest der Woche überstehen? Letztes Jahr hat sie sich geschworen: Nie wieder mit den Kollegen aufs Oktoberfest! Geschenkt. *Same procedure as every year.* Abgehetzt nach einem harten Arbeitstag an den Biertisch in der reservierten Box, fester Vorsatz, möglichst schnell nach der ersten Mass die Biege zu machen … *Pfiffkas.* Nach dem dritten Bier auf der Bank: »Heyyyyy Baaabyyyy …!«

Heute: Nebel des Grauens. *Uhlalala-uh.* Körperliches Befinden: desolat. Emotionale Verfassung ebenfalls. Das Geknutsche mit Tom von der Kriminaltechnik – geht gar nicht. Außerdem zu jung. Quatsch. Der ist genauso alt wie sie. Anfang dreißig. Gelaufen ist da nichts mehr. Oder?

»Verdammt, so geht das nicht!«, murmelt sie. »Sich so wegschießen!«

Was ist noch passiert? Im Bierzelt und bei Tom zu Hause, wo sie heute Morgen verknittert aufgewacht ist. Halbangezogen. Oder halbausgezogen. Je nachdem. Diffus.

Andrea sitzt zusammengesunken auf ihrem Bürostuhl und würde am liebsten in den Papierkorb kotzen, so sehr graut ihr vor dem Tag. Auf dem Tisch ein Turm aus unerledigten Akten. »Kommen Sie, treten Sie näher, schauen Sie rein!«, scheinen sie zu flüstern. »Ruhe!«, zischt sie.

Puh. Was zuerst? Sie weiß es eh: höchste Dringlichkeit hat der Fall mit der Gräfin von Dalheim, die vorgestern in ihrer Villa in Bogenhausen aufgefunden wurde. Tot. Zuletzt war die Dame laut Bekannten auf dem Oktoberfest. Aber kein Fall von Alkoholvergiftung. »Herzversagen«, lautete die erste Einschätzung des Rechtsmediziners vor Ort. Und offenbar hatte sie kurz vor ihrem Ableben noch Verkehr. Eine heiße Wiesn-Bekanntschaft? ›Vielleicht hat die Gräfin sich einfach auf dem Höhepunkt verabschiedet‹, überlegt Andrea. ›Eigentlich kein schlechter Tod – gehen, wenn man kommt.‹

Aber Scherze sind hier nicht wirklich angebracht. Denn es gibt einen kriminellen Hintergrund. Aus der Villa der Gräfin sind viele Wertsachen verschwunden und ihre Kreditkarte wurde am Folgetag bis zum Anschlag beansprucht. Anschlusstat nach einem, nun ja, Unfall? Oder vielleicht sogar Mord? Also Vorsatz. K.o.-Tropfen? Die sind in solchen Fällen nicht selten im Spiel. Und bei denen gilt – wie bei vielen Dingen im Leben: alles eine Frage der Dosierung. Obduktionsbericht von Dr. Sommer steht noch aus.

Andrea kann sich nicht konzentrieren, zu wild sind die Strudel, die das Oktoberfestbier noch in ihrem Kopf veranstaltet. Sie reibt sich die Schläfen, gähnt, ist froh, das Großraumbüro in der Mordkommission gerade für sich alleine zu haben. Die Kollegen sind auf Fortbildung und im Krankenstand und ihr Chef Kriminalrat Josef Hirmer ist noch nicht da. Josef hatte gestern Nacht Bereitschaft und war auf der Wiesn nicht dabei. Glückspilz. Ist ihm einiges erspart geblieben.

Andrea öffnet das Fenster und schaut in den Innenhof. Dort reges Kommen und Gehen. Oder Fahren. Autoballett, das sie mit ihrer virtuellen Playstation koordiniert. Den blauen BMW in die Lücke da. Komm, nochmal! Na bitte, geht doch. Luft angenehm kühl, Himmel blassblau inklusive zwei Kondensstreifen. Kreuzen sich nicht. Parallelen sind zwei Geraden, die sich im Unendlichen berühren. Oder so ähnlich. Wer sagt so etwas Schlaues? Pythagoras? Irgendein Grieche bestimmt. Wie zwei Liebende, die das ganze Leben nebeneinander herlaufen. Wo kommt das jetzt her? Andrea weiß es. Ihr Kater ist ein melancholisches Haustier. Blick verschwommen und klar zugleich. Am besten, sie beendet das mit Tom gleich, bevor es wirklich anfängt. Liebe am Arbeitsplatz ist scheiße.

Aus einem der unteren Stockwerke steigt Kaffeeduft zu ihr hoch. Ah! Ein Kaffee und dann ein Einsatz an der frischen Luft, das wäre nicht schlecht. Auf dem Weg in die Küche entdeckt sie in ihrem Hauspostfach den Obduktionsbericht zum Fall der

Gräfin. Doch kaum sitzt sie bei einem Becher Kaffee über dem Bericht, erhält sie eine Mail: Sitzung mit dem Dezernatsleiter, großes Aufgebot, ganze Mannschaft. 10 Uhr. Sehr kurzfristig.

Sphinx

Der Besprechungsraum im Erdgeschoss ist voll besetzt. Auf der Bühne: Dezernatsleiter Dr. Aschenberger. Sieht wie immer tipptopp aus. ›Steht über den Dingen‹, denkt Andrea. ›Hat es gestern sicher bei einer einzigen Mass Bier belassen.‹ Sie hat noch nie erlebt, dass Aschenberger sein Äußeres vernachlässigt oder aus der Fassung gerät. Spricht ja auch immer vom »Gesicht der Polizei«. Heute ist sein eigenes allerdings etwas sorgenverhangen.

Kriminalrat Josef Hirmer huscht in den Saal. Andrea weiß sofort, dass Josefs gestriger Bereitschaftsdienst etwas mit der Versammlung hier zu tun hat. Sie knipst ihr Hirn an. Kopfschmerzen fast Geschichte, Sinne geschärft, hier geht es nicht um irgendwelchen Kleinkram. Sie wundert sich, dass Josef ihr vorher nichts gesagt hat. Sonst nicht seine Art. Wird seine Gründe haben.

Andrea ist jetzt ein knappes Jahr in Josefs Abteilung. Sie hat schon ein paar Chefs in ihrer Polizeilaufbahn gehabt. Von beschissen bis super alles dabei. Josef ist – nun ja, wie ist er eigentlich? Sie weiß es nicht so genau. Ein bisschen die Sphinx. Aber korrekt, zuverlässig, uneitel. Wenn einer nichts auf Karriere gibt, dann er. Falls doch, dann versteckt er es gut. Unauffällige Klamotten, gute Umgangsformen, fairer Typ. Das Private blendet er vollkommen aus. Schade eigentlich, findet Andrea. Angeblich gibt es auch eine Frau Hirmer. Aber über die spricht er nie. Doch sie muss nicht alles wissen. Außer dass sie sich auf ihn verlassen kann.

»Sehr geehrte Damen und Herren«, beginnt Polizeichef Aschenberger, »es tut mir leid, wenn ich Sie so früh heute aus Ihrem stressigen Büroalltag reiße, aber wir haben einen Fall, der schnelle Ergebnisse erfordert. Der Kollege Hirmer hat das Wort.«

»Liebe Kolleginnen und Kollegen, heute Nacht hatten wir einen Einsatz in Gern. In den frühen Morgenstunden wurde Frau Martina Wismar, die Ehefrau eines Notars, tot aufgefunden. Nach einem Oktoberfestbesuch, von dem sie offenbar einen Mann mit nach Hause gebracht hat. Ihr Ehemann ist gerade in Spanien auf Geschäftsreise. Eine Nachbarin hat die Polizei gerufen, weil sie morgens um halb vier eine verdächtige Person in der Hauseinfahrt gesehen hat. Vermutlich männlich. Die kurz nach dem Telefonat eintreffenden Streifenpolizisten fanden Frau Wismar tot im Bett. Erste Untersuchungen des Tatorts und der Leiche legen nahe, dass sie kurz zuvor Geschlechtsverkehr hatte. Keine verwertbaren Spuren, es wurde offenbar ein Kondom benutzt. Wie im Fall der Gräfin von Dalheim sind Schmuck und Bargeld verschwunden. Zudem wichtige Papiere aus dem Schreibtisch des Notars. Zwar hat der Täter versucht, Spuren zu beseitigen, aber in Gern wie in Bogenhausen konnten wir dieselben Fingerabdrücke sichern. Sie sind nicht in unserer Datenbank. Laut Obduktionsbericht zur Gräfin in Bogenhausen war die Todesursache dort eine Überdosis K.o.-Tropfen. Bei Frau Wismar haben wir dementsprechend einen Schnelltest veranlasst. Dasselbe Ergebnis. Unklar ist, ob der Täter vorsätzlich handelt oder die K.o.-Tropfen aus Unwissenheit zu stark dosiert. Vielleicht weiß er nicht, dass sich die Wirkung des Mittels mit Alkohol potenziert. Beide Frauen sind an Atemlähmung gestorben. Exitus statt K.o. Wenn wir Pech haben, macht er weiter so.«

»Gut gereimt«, meldet sich Meiser, ein Kollege vom Raubdezernat. »Weiß die Presse schon von den Fällen?«

»Nein«, schaltet sich Aschenberger ein. »Der Fall Wismar ist ja erst einen halben Tag alt. Und bei der Gräfin von Dalheim ist der Fall ebenfalls noch zu frisch. Wir wussten bis gestern nicht einmal, ob überhaupt ein Kapitalverbrechen vorliegt. Beide Damen gehören zu Gesellschaftskreisen, die für die Klatschpresse interessant sind. Es wäre für unsere Ermittlungen wenig hilfreich, wenn die sich darauf stürzt.«

»Aber sollte man damit nicht trotzdem an die Presse gehen?«, hakt Meiser nach. »Wenn der Täter nicht in voller Absicht gehandelt hat und die Konsequenzen nicht erfährt, kann es doch sein, dass er es noch einmal tut.«

»Da gebe ich Ihnen völlig Recht. Nur haben wir – zumindest im Fall Wismar – ein kleines Problem. Die Frau des Notars ist – Entschuldigung –, sie war die beste Freundin der Frau des Innenministers. Notar Wismar arbeitet eng mit dem Minister zusammen. Unter den verschwundenen Papieren sind auch Papiere des Ministers.«

»Hat der Innenminister denn etwas zu befürchten?«

Der Polizeichef sieht den Fragensteller scharf an. »Herr Meiser, Sie mögen zwar im Personalrat sein, aber ich muss Ihnen nichts über Ihre Weisungsgebundenheit erzählen, oder? Der Innenminister ist Ihr oberster Dienstherr!«

Meiser nickt betreten. Natürlich liegt es ihm auf der Zunge zu fragen, ob sie den Fall sonst so hoch hängen würden. Tut er nicht.

›Natürlich nicht‹, denkt Andrea. Ihr ist klar, worum es geht. Wenn der Täter durch Zeitung oder Radio erfährt, welche Unterlagen er da mitgenommen hat, wird er versuchen, diese zu Geld zu machen. Aber vielleicht weiß er eh, was er da in Händen hat. Warum sonst hätte er die Papiere mitnehmen sollen?

»Ich muss Ihnen nicht erklären, dass das ein pikanter Fall ist«, sagt der Polizeichef, »ein Fall, der schnellstens aufgeklärt werden muss. Ich habe Kriminalrat Hirmer beauftragt, zusammen mit Oberkommissarin Mangfall die Leitung der Soko *Oktoberfest* zu koordinieren. Die beiden werden bis heute Nachmittag um sechzehn Uhr ein Einsatzkonzept ausarbeiten, damit Sie am frühen Abend auf der Wiesn Stellung beziehen können.«

Ein Stöhnen geht durch die Menge. Aschenberger kann sich ein Grinsen nicht verkneifen. »Sie wollen doch nicht sagen, dass

Sie heute keine Lust aufs Oktoberfest haben? Nach dem schönen Abend gestern! Selbstverständlich gibt es Biermarken, damit Sie nicht auf dem Trockenen sitzen. Aber wehe, ich erwische einen, der etwas anderes als Alkoholfrei bestellt! Ich freue mich auf rasche Ergebnisse. Einen schönen Tag noch.«

Sicherheitstapete

»Josef, warum hast du mich gestern Nacht nicht über den neuen Fall informiert?«, fragt Andrea, als ihr Chef ins Büro kommt.

»Kunststück, wenn dein Handy aus ist und du daheim nicht ans Telefon gehst. Wo warst du denn?«

»Ähem, nicht ganz bei mir.« Andrea kramt das Handy aus ihrer Jacke und sieht, dass es auf Flugmodus gestellt ist. Immer noch. Seit gestern Abend. Hat sie gemacht, damit ihre bierbefeuerte Romantik nicht gestört wird. Sehr vorausschauend. Auch wenn sie sich heute an keine romantischen Details erinnert.

Josef grinst. »Wenn wir den Fall schnell aufklären, steht deiner Beförderung zur Hauptkommissarin nichts mehr im Weg.«

»Dein Wort in Gottes Ohr. Hast du schon eine Idee, was wir machen? Da sind doch Hunderttausende von Leuten auf dem Oktoberfest, wie sollen wir da irgendeinen Verdächtigen rausgreifen, der sich an gut betuchte ältere Damen ranmacht? Darum geht es doch, oder?«

»Genau darum geht es. Wie würdest du denn vorgehen, ich meine: als Täter?«

»Ich würde dahin gehen, wo die Promis sind – Käfer-Zelt oder Marstall-Zelt.«

»Und wie würdest du reinkommen? Die Plätze sind in der Regel alle reserviert. Die Schickeria-Tischgesellschaften kennen sich, bleiben unter sich. Schätze ich mal.«

»Ach, irgendwie kommt man immer rein. Und so schwer wird es nicht sein, eine der Damen anzusprechen. Oder der Täter kommt bereits mit den Damen … Das würde allerdings heißen, sie kennen sich schon vorher.«

Josef nickt nachdenklich. »Die beiden Damen kannten sich offenbar nicht und waren auch nicht im selben Zelt. Eine war im Käfer, die andere im Marstall. Der Täter beschränkt sich nicht auf ein Revier.«

»Dann müssen wir beide Zelte überwachen. Puh, wir suchen die Nadel im Heuhaufen!«

»Ich bin für jede Idee dankbar, Andrea. Wir müssen den Kollegen um sechzehn Uhr sagen, wie der Einsatz laufen soll.«

»Würden wir ohne Innenminister so einen Zirkus veranstalten?«

»Jetzt fang du auch noch an. Andrea, zwei Frauen sind gestorben. An einer Überdosis K.o.-Tropfen. Wir wollen doch immer unser Bestes geben, oder?«

»Aber ich frag mich, ob das was bringt. So viele Leute einsetzen.«

»Tut es natürlich nicht, aber das gehört nun mal zur Sicherheitstapete.«

Andrea grinst und zieht sich mit einem Kaffee an ihren Schreibtisch zurück. Sie überlegt angestrengt.

Nach dem zweiten Kaffee, einer Zigarette, einem Toilettenbesuch und einer LKS kommt ihr restvernebeltes Gehirn endlich in Schwung. Sie schluckt den letzten Rest der Semmel runter und entlässt den Leberkäsdunst aus dem offenen Fenster. Sie sieht zufrieden in den ordnungsgemäß zugeparkten Hof hinunter und denkt nochmal über ihre Idee nach. Ja, sie ist gut, ziemlich gut sogar, wie sie sich selbst loben muss. Eine Freundin von ihr ist Fotografin beim *Abendblatt* und macht zur Wiesn immer die Promifotos. Die wird sie anrufen und bitten, mit ihr die Fotos der vergangenen Abende durchzugehen. Vielleicht sind die Gräfin und die Frau des Notars auf den Fotos zu sehen – samt männlicher Begleitung.

Josef ist nicht begeistert von dem Vorschlag: »Dann kannst du ja gleich eine Pressekonferenz geben, wenn du jemanden von der Zeitung reinziehst.«

»Marlies ist eine gute Freundin von mir, die erzählt nix weiter. Außerdem schuldet sie mir einen Gefallen.«

Josef sieht sie misstrauisch an.
Andrea lacht. »Privat natürlich.«

Superstory

Univiertel, Maxvorstadt, Schellingstraße. ›Ewig nicht hier gewesen‹, denkt Andrea. Eigentlich ganz lässig – Cafés voll besetzt, Studenten schlendern die Bürgersteige rauf und runter. ›Sind das eigentlich Studenten? Das Wintersemester hat doch noch gar nicht angefangen. Oder?‹ Andrea weiß es nicht mehr. Ihre zwei verwirrten Semester Germanistik und Politik liegen Urzeiten zurück.
Immer wieder schießen Radler haarscharf an den Autospiegeln oder vor der Motorhaube ihres alten VW *Golf* vorbei. An jeder Kreuzung Rotphase. Merkwürdig geschaltete Ampeln. Vielleicht, damit man besser schauen kann? Sehen und gesehen werden. Und gehört: Der Typ im Cabrio hinter ihr hat die Anlage voll aufgedreht. Strandsound mit knätschigem Saxofon – Saint-Tropez-Mist.
Außer Cafés vor allem Klamottenläden, einer nach dem anderen. Wo sind die ganzen Antiquariate und Secondhand-Läden hin? Fragt Andrea sich. Oder ist das nur eine nostalgische Übertreibung ihrerseits? Zumindest der *Schelling-Salon* ist da, wo er schon immer war. Lindgrün an der Ecke Barer Straße. Sie könnte mal wieder Billard spielen gehen. Oder Tischtennis im Keller unten. Und hinterher den Salat mit den gekochten Eiern und der schrecklichen weißen Soße. Und dazu ein gutes Bier. Hey, das ist verdammt lang her! Gute Zeiten. Aber sie hat es nie bereut, das Studium aufzugeben und zur Polizei zu gehen. Viel konkreter und jeden Tag was Neues. Nur das Herumsandeln vermisst sie schon ab und zu. Aber man kann nicht alles haben.
Kurz vor der Schleißheimer Straße biegt sie in eine Hofeinfahrt. Die zwei Stellplätze sind besetzt. Sie lässt den Wagen in der Einfahrt stehen und legt ihre Visitenkarte mit dem Polizeiwappen und ihrer Handynummer in die Windschutzscheibe. Nimmt die

Bäckertüte vom Beifahrersitz und steigt aus. Hinterhaus. Tür steht offen. Ausgetretene Holzstufen. Dritter Stock. Die Klingel schnarrt.

»Mann, Andrea, das muss ja wirklich wichtig sein, wenn du zu dieser unchristlichen Stunde auftauchst«, sagt Marlies, als sie die Wohnungstür öffnet. Sie trägt einen alten hellblauen Bademantel und hat heftige Ringe unter den Augen.

»Es ist halb eins und du schaust furchtbar aus, wenn ich das sagen darf«, meint Andrea und präsentiert die Tüte mit den Croissants.

»Ah, du kannst Gedanken lesen. Komm rein, Kaffee läuft schon.«

Beim Kaffee erzählt Andrea Marlies im Detail, worum es geht. Marlies tunkt ihr letztes Stück Croissant in den Kaffee. »Wiesn-Morde – hey, das ist eine Superstory fürs *Abendblatt.*«

»Wirklich nicht. Was glaubst du, was los ist, wenn das in der Zeitung steht! Willst du eine Wiesn-Panik auslösen? Marlies, ich muss dir vertrauen können. Das ist streng geheim. Wenn wir den Fall lösen, kriegst du die Geschichte aus erster Hand. Aber erst dann.«

»Okay. Aber ich nehm dich beim Wort.« Marlies fährt ihren Laptop hoch und klickt durch verschiedene Dateiordner. »Ich bin mir nicht sicher, ob … Du hast Glück, die letzten drei Tage sind komplett da.«

Sie verbringen die nächste Stunde schweigend damit, die Sintflut an Bildern aus den Bierzelten durchzuklicken. Rotspeckige Gesichter, glasige Augen, lederbraune Dekolletés, auf denen man eine Carrera-Bahn aufbauen könnte. Marlies sieht ihre eigenen Bilder plötzlich mit neuem Interesse. Vielleicht ist auf einem davon der Mörder zu sehen? Sie denkt an den Film *Blow Up,* in dem der Fotograf glaubt, auf einem seiner Bilder ein Verbrechen zu entdecken.

Klick für Klick geht die Zeit ins Land. »Halt, hier, das ist sie«, sagt Andrea plötzlich.

»Wer, die Frau Konsul?«, fragt Marlies erstaunt und deutet auf eine fröhliche ältere Dame.

»Nein, die daneben.«

»Die kenne ich nicht.«

»Das ist die Gräfin von Dalheim«, sagt Andrea, »eins der Opfer. Wer sind die anderen auf dem Bild?«

»Na ja, die Frau Konsul Weingarten, die Frau hier kenn ich nicht.«

»Und die Männerschulter, an der die Dalheim lehnt? Hast du noch ein Bild von dem Tisch?«

Marlies klickt weiter. Eins der Bilder zeigt den gesamten Tisch. Inklusive mehrerer Männer, alle jung, gutaussehend, engagiert.

»Das sind vermutlich die Söhne der Damen«, meint Andrea.

»Sei mal nicht spießig, Andrea. Auf der Wiesn sieht man das nicht so eng. Nach ein paar Mass und bei dem Licht schaut eine gut erhaltene Sechzigjährige noch ganz knackig aus.«

»Irgendwas stimmt mit den Typen nicht«, sagt Andrea.

»Sie sehen unverschämt gut aus, das ist alles.«

»Komm, mach weiter. Vielleicht finden wir die Frau des Notars noch.«

Die Frau des Notars taucht ebenfalls in geselliger Runde auf. Und: zwei der jungen Männer von vorhin sind am Tisch der Notarsfrau!

»Marlies, jetzt sag bloß, dass das Zufall ist!?«

»Ach, was meinst du, was ich auf dem Oktoberfest schon alles gesehen hab? Die zwei Jungs sind Schlitzohren, die sich aushalten lassen. So sehen doch keine Mörder aus, oder?«

»Wie sieht denn ein Mörder aus?«, fragt Andrea zurück und sieht auf die Uhr. »Ich muss los. Mail mir bitte die Fotos mit den Typen ins Präsidium.«

»Aber wenn du irgendwo erzählst, wo die Bilder her sind, ist es vorbei mit der Freundschaft.«

»Jetzt übertreib mal nicht.«

»Im Ernst. Das ist voll sensibel. Ich muss die Fotos, die wir in der Zeitung bringen wollen, den Promis immer erst zur Freigabe

vorlegen. Wenn das nicht so läuft, kann ich es nieten, bei denen nochmal zu fotografieren.«
»Keine Sorge. Von mir erfährt niemand was. Wir veröffentlichen auch keins der Bilder. Gib mir die Adressen von der Frau Konsul und den anderen Damen. Also, soweit du sie kennst.«
»Hey, ich hab doch gesagt, dass das …« – »Marlies, hier geht's um Mord! Oder zumindest Totschlag. Nicht um irgendwelche kompromittierenden Bilder. Stell dir vor, deine Frau Konsul wär das nächste Opfer. Mir ist wurscht, was die Damen in ihrer Freizeit machen. Wenn ich mit denen red, dann bleibt das unter vier Augen. Ohne Protokoll. Aber ich brauch Informationen, wer die Typen sind. Hast du die Telefonnummern der Ladys?«
Marlies sucht die Adressen in ihrem Rolodex. Eine Gräfin, eine Freifrau und eine Industriellengattin.
»Hochherrschaftlich«, sagt Andrea mit einem Grinsen.
»So ist es. Münchner Geldadel. Du, ich sag's nochmal …«
»Vertrau mir, ich bin so was von direkt, äh, diskret.« Andrea zwinkert. »Danke für die Hilfe, Marlies. Du hast was gut bei mir.«
»Ich nehm dich beim Wort. Du lieferst uns hinterher die Story. Was habt ihr jetzt vor?«
»Das kann ich dir nicht sagen.«
»Jetzt komm schon!«
»Aber top secret. Wir werden Käfer-Zelt und Marstall-Zelt überwachen.«
»Dann sehen wir uns eh heute Abend. Ich muss ja wieder meine Runden ziehen. Ich halt die Augen offen.«
Andrea sieht auf die Uhr. Flucht leise. Halb vier. Keine Zeit mehr für Telefonate mit den Damen von Marlies' Fotos. Später. Sie muss ins Präsidium.
Im Hof zieht sie einen kritzeligen Zettel unter dem Scheibenwischer hervor. *Bullen dürfen überall parken.* »Scharf erkannt«, sagt sie und steigt ein.

Tatverdächtig

Im Büro fährt Andrea den Computer hoch, holt ihre Mails ab und schickt die Fotos auf den Drucker. Josef sitzt an seinem Schreibtisch und wirkt sehr erschöpft. Er hat die ganze Zeit telefoniert und den Einsatz geplant.

Andrea stellt ihm einen Kaffee hin. »Josef, alles klar soweit?«

»Muss ja. Und du?«

Sie erzählt ihm, was sie herausbekommen hat, zeigt ihm die Fotos.

»Gut, sehr gut. Jetzt haben wir wenigstens einen Anhaltspunkt. Kopier die Bilder und verteil sie auf der Sitzung.«

»Glaubst du, die zwei Typen haben was damit zu tun?«

»Keine Ahnung. Erst mal sind sie nur Zeugen. Nicht dringend tatverdächtig. Wenn sie wieder auftauchen, werden wir sie befragen.«

»Es ist doch komisch, dass die zwei an aufeinanderfolgenden Abenden mit Damen vom selben Schlag aus sind. Und zweifellos kennen die beiden sich gut.«

Sie betrachten das Bild, auf dem sich die zwei Männer lachend in den Armen liegen.

Josef steht auf. »Los komm. Einsatzbesprechung. Und in einer Stunde müssen wir schon auf der Wiesn sein«

Lulu

Ein strahlender Spätsommerfrühabendhimmel in zartem Rosé wölbt sich über München und Theresienwiese. Auf dem Oktoberfest ist die Hölle los. Kein Wunder, bei dem Wetter. Die Luft ist erfüllt vom Duft der Hendln, Zuckerwatte, Mandeln, es riecht intensiv nach Bier. Alles leicht überlagert von einem zarten Hauch Kotze und Urin.

›Den Duft könnte man in hübsche Flakons abfüllen‹, denkt Andrea, als sie vor der Polizeistation unter der Bavaria noch eine raucht. ›*L'eau de Wies'n.* In so Minimasskrügen.‹ Zu dem schneidigen Geschmack aus den Toiletten fällt ihr die alte Parfümwerbung ein, die mit der ätherischen Lady, die vor dem

Spiegel sitzt, sich umdreht und wispert: »Lulu, c'est moi.« So ähnlich jedenfalls. Hier ist allerdings nichts ätherisch. Krasse Reizüberflutung. Die Musikanlagen der Fahrgeschäfte wetteifern miteinander, wer den stumpfesten Hit losballert, unterbrochen von den heiser-leidenschaftslosen Stimmen der Ansager in den Kassenhäuschen: »Steigen Sie zu, der heißeste Kick auf der Wiesn«, »Kommen Sie, staunen Sie, lassen Sie sich verzaubern«, »Ja, das macht Spaß, das bringt die Hormone in Ekstase, das ist supergeil!« Die Geisterbahnen röcheln, die Achterbahnen kreischen, die Bierzelte beben unter Schlachtgesängen: »Oans, zwoa, drei, gsuffa«, »Ein Prooosit, ein Prooosit der Gemüüütlichkeit« und natürlich »Heyyyy Baaaabyyy!«

Der Wiesn-Soundtrack, das ganze Brummen und Wuseln sind in der Einsatzzentrale nur noch ein fernes Echo. Trotz tropischer Temperaturen sind die Fenster des Besprechungsraums geschlossen. Josef gibt den Einsatzplan aus und verteilt die Kollegen auf die beiden Zelte. Er selbst bleibt zur Koordination in der Polizeistation, Meiser vom Raub vertritt Andreas abwesende Kollegen von der Mordkommission und übernimmt die Einsatzleitung im Käfer-Zelt, Andrea die im Marstall.

Andrea bezieht Stellung am Personaltisch auf der Galerie, von wo sie die Zugänge zu den Promiboxen gut einsehen kann. Am frühen Abend ist hier oben noch alles im grünen Bereich. Sie hängt ihren Gedanken nach und gähnt. Eigentlich wollte sie heute früh ins Bett. Eigentlich. Na ja, endlos geht die Gaudi ja nicht. Allzu viel verspricht sie sich generell nicht von dieser Aktion. Ihr Abendessen besteht aus Brezn und Radi plus Spezi. Sicher nicht die beste Kombination, denn ihr Magen grummelt gefährlich. Andrea sieht ins Zelt runter auf den steten Strom von Trachtenmenschen. Ewiges Rein und Raus.

Nach 18 Uhr wird es voll. Und unübersichtlich. Immer wieder verlässt Andrea ihren Platz, um im Gedränge an den Boxen vorbeizugehen und hineinzuspähen. Unten brodelt der Hexenkessel. Bombenstimmung. Menschen tanzen auf Bänken und

Tischen, und auch hier oben geht es nun richtig ab. Muss man mögen. Für ihren Geschmack erheblich zu viel nacktes Fleisch in zu knappen, grellen Dirndln. Und die Männer – geschenkt! Fensterleder an Hemden wie Tischdecken, Gesichter hochglanzlackiert. *Höllehöllehölle!*

Der Abend vergeht mit Hochgeschwindigkeit, die stampfende Musik der Bavaria-Big-Band gibt den Takt vor. Nichts Nennenswertes passiert. Um halb neun registriert Andrea eine Blitzlichtsalve in einer der Boxen. Marlies bei der Arbeit.

»Ich hab dich gar nicht kommen sehen?«, begrüßt Andrea die Freundin.

»Der Personalaufgang von der Küche. Das ist der schnellste Weg.«

»Mist, den haben wir vergessen!«

»Mach dir keinen Kopf, Andrea. Ich bin schon durch alle Boxen. Die Typen waren nicht dabei.«

»Trotzdem. Wir müssen unten in der Küche jemanden postieren.« Andrea greift nach ihrem Handy – nein, ins Leere. Sie flucht. Jemand hat ihr Handy geklaut. Hat sie es auf dem Tisch liegen gelassen, als sie an die Balustrade gegangen ist? Egal. Weg ist weg. Sie geht nach unten, um einen der Kollegen am Eingang zu informieren, dass jemand ein Auge auf die Küche hat. Und dann muss sie zur Polizeistation, Ersatzhandy holen.

Andrea sagt den Beamten am Eingang Bescheid und verlässt das Zelt. Hastet durch die Gasse zwischen den Zelten. An der frischen Luft stürmt der ganze Trubel ungebremst auf sie ein. Röhrende Fahrgeschäfte, johlende Gesänge aus den Zelten und giftig-greller Lichtnebel am Nachthimmel. Pissoirs torpedieren ihre Nase. Hänge zur Theresienhöhe gepflastert mit Alkoholleichen und Liebespaaren in mehrdeutigen Stellungen. Rauchfahnen in der Abendkühle – *Wildbisler*. ›Pulverdampf. Ein riesiges Schlachtfeld‹, denkt Andrea mit Blick auf die steile Wiese.

Plötzlich erstarrt sie. Die beiden Männer von den Fotos! Schlendern den Hangweg hinab. Was jetzt? Zur Polizeistation

keine hundert Meter. Sie muss Josef informieren. Nein, sie folgt den Männern.
Als diese auf das Armbrustschützenzelt zusteuern, schüttelt sie den Kopf. Heute ein anderes Zelt? Da ist natürlich kein Beamter. Kurz vor neun, Zelt hoffnungslos überfüllt, Ordner in schwarzen Uniformen. Die beiden Männer werden problemlos eingelassen. Andrea präsentiert ihren Polizeiausweis, hastet hinterher. Eine Heißfront aus Bier, Schweiß und Lärm schlägt ihr entgegen. Im gedämpften Licht und heftigen Gedränge sieht sie gerade noch, wie die beiden Männer zur Galerie hochsteigen. Sie folgt ihnen bis zu einer Box, wo sie mit großem Hallo von einer Gruppe buntbedirndelter und stark geschminkter Damen in reiferen Jahren empfangen werden.
›Bingo!‹, denkt Andrea. Aber Mist, sie kann niemanden informieren. Soll sie jemandem vom Personal Bescheid geben? Nein, das stiftet nur Verwirrung. In diesem Zelt weiß niemand von dem Polizeieinsatz. Sie denkt nach. Armbrustschützenzelt – bis elf geht der Spaß hier. Sie kann locker zur Einsatzzentrale rüber, um Verstärkung zu holen.
Sie mustert die Tischgesellschaft. Die Ladys sind schon ziemlich hinüber und hängen hochnotgeil an den Hälsen der jungen Männer. Nein, kann ganz schnell gehen. Vielleicht holen die Herren die Damen nur ab?
Blitzlichtsalve.
»Marlies, du bist meine Rettung!«, begrüßt Andrea ihre Freundin.
»Alles klar bei dir?«
»Du, kannst du mir dein …« Jetzt verlässt die Gruppe den Tisch. »Marlies, halt drauf, fotografier sie!«
Marlies schießt ein paar Fotos von der Vierergruppe.
»Los, hinterher!«
Sie folgen der Gruppe nach draußen.
»Gib mir bitte dein Handy«, bittet Andrea im Laufen, »ich muss meinen Chef anrufen.«

Josefs Anschluss ist belegt. Egal. Weiter. Sonst sind die Typen weg.
In der Feuerwehrzone wartet ein schwarzer Mercedes-Van. Der Fahrer steigt aus und öffnet die Schiebetür. Die Gruppe steigt ein.
»Ich steh in der Anlieferzone«, sagt Marlies.
Sie laufen hinüber und springen in ihren alten Porsche, jagen durch die Ausfahrt, überqueren die Schwanthaler Straße. Der Mercedes biegt ins Westend ab.
»Mach schon, Marlies!«, zischt Andrea.
Marlies ignoriert die inzwischen rote Ampel und tritt das Gaspedal durch.
»Dafür stehst du aber gerade, Frau Polizistin!«
»Hauptsache, du verlierst sie nicht.«
Die Gefahr besteht nicht, denn der Mercedes fährt in gemächlichem Tempo auf der Landsberger Straße stadtauswärts.
Andrea probiert es nochmal bei Josef. Diesmal kommt sie durch. Josef kocht vor Wut, weil sie ihren Posten verlassen hat, doch Andrea lässt ihn nicht zu Wort kommen, berichtet, dass sie den zwei Männern und ihren potenziellen Opfern in Richtung Pasing folgen und bittet um Verstärkung. Auf seine Frage, was außer einem vagen Verdacht gegen die zwei Männer vorliegt, fällt ihr nicht viel ein. Also keine Verstärkung. Josef stimmt zumindest zähneknirschend zu, dass sie die Beschattung der beiden Männer fortsetzt. Andrea verspricht sich zu melden, wenn sie Unterstützung braucht.
Als Andrea Marlies das Handy zurückgibt, ist sie sich plötzlich nicht mehr so sicher, dass sie auf der richtigen Spur sind.
»Hey, mach dir keinen Kopf!«, sagt Marlies. »Wir ziehen das durch und bringen die Typen zur Strecke!«

Waldi

Pasing. Der Van biegt in die Alte Allee ein, hält vor einer der Villen. Das schmiedeeiserne Tor öffnet sich automatisch und

schließt sich wieder hinter dem Wagen. Marlies quetscht sich in eine Parklücke. Sie sehen zum Haus.
Dort geht das Licht an. Festbeleuchtung. Andrea und Marlies können genau ins Wohnzimmer sehen. Die Schiebetür zur Terrasse wird geöffnet. Musik flattert zu ihnen herüber.
Marlies stöhnt: »Boh, ich hasse Vivaldi!«
»Spitz wie Waldi«, präzisiert Andrea, denn jetzt hören sie auch das Klirren von Gläsern und erregtes Gelächter.
Sie sehen, wie die vier Personen sich zuprosten.
»Scheiße, die K.o.-Tropfen!«, zischt Andrea.
»Wart ab, die sehen noch ganz lebendig aus.«
Womit Marlies Recht hat. Keine Schwächeerscheinungen. Fröhlicher Ringelpietz, bei dem stetig nachgeschenkt wird.
Das gesellige Beisammensein geht eine Viertelstunde, dann werden Terrassentür und Vorhänge geschlossen. Die vier jetzt nur noch als Schattenspiel.
»Gleich geht's ab in die Schlafzimmer«, orakelt Andrea.
Marlies zuckt mit den Achseln. »Vielleicht auch ein Viererbob vor Ort.«
Sieht ganz danach aus, denn die Schatten huschen jetzt hin und her, Sachen fliegen durch den Raum. Kleidungsstücke?
Licht auf Minimum gedimmt.
»Marlies, wir gehen auf die Terrasse. Wer weiß, was da drin passiert!«
Andrea steigt aus dem Auto.
Marlies folgt ihr – mit Fotoapparat. »Beweisfotos«, lautet ihre Antwort auf Andreas strengen Blick.
Sie klettern über den Zaun und schleichen zur Terrasse.
Im Wohnzimmer jetzt: *Action!* Die Schatten hinterm Vorhang bewegen sich wild, spitze Schreie dringen gedämpft nach draußen, klingen nicht nach Lust, sondern nach Schmerz.
Jetzt ein gellender Schrei. Andrea greift nach ihrer Waffe, prüft die Terrassentür – nicht verriegelt. Drinnen wird es immer lauter.

»Marlies, ich zähl bis drei. Du reißt die Tür auf und den Vorhang weg, ich spring rein.«

Auf drei rauscht die Schiebetür auf, der Vorhang fliegt zur Seite, Andrea stürzt mit gezückter Pistole ins Wohnzimmer. Instinktiv drückt Marlies auf den Auslöser ihres Fotoapparats. Blitzlichter durchzucken die gespenstische Szenerie. Situation schockgefrostet. Der Pornofilm in dem riesigen Fernseher läuft munter weiter. Hopsende Brüste und zuckende Ärsche. Das Arrangement im Wohnzimmer steht den TV-Bildern in nichts nach: zwei durchtrainierte junge Männer mit Lederslips, schwarzen Masken und Peitschen bei der Arbeit. Eine Dame liegt bäuchlings über der Lehne der riesigen Couch und präsentiert ihren rotstriemigen nackten Hintern, die andere ist mit Kabelbindern auf den Couchtisch gespannt, ebenfalls textilfrei.

Andrea mustert die Loverboys mit ihren knappen Höschen und erhobenen Händen. Sie hat das ungute Gefühl, dass die Dinge hier vielleicht anders liegen als vermutet. Nur Sexspielchen? Oder sind sie gerade noch rechtzeitig eingeschritten?

»Die Party ist vorbei! Die Personalien, meine Damen und Herren!«

Andrea erwartet wütenden Protest von Seiten der Damen, aber weit gefehlt. Die beiden sind recht schüchtern, als sie ihr schließlich in Decken gehüllt gegenübersitzen.

Andrea lächelt aufmunternd. »Mich interessiert nicht, was Sie in Abwesenheit Ihrer Männer treiben, aber ich rate Ihnen, kooperativ zu sein. Was läuft hier, Prostitution? Nehmen diese Männer Geld für ihre Dienste?«

Die Augen der Frauen weiten sich vor Angst. Sie sehen zu den beiden Männern hinüber, die lammfromm auf dem Sofa sitzen.

»Sie, Sie werden doch nicht, ich meine …«, fängt die eine Dame an und deutet zu Marlies. »Also, die Fotos …«

Andrea lächelt. »Wir sind sehr diskret. Wenn Sie uns jetzt weiterhelfen.«

Die beiden Damen nicken eifrig und erzählen, dass sie die beiden Männer bei einem Begleitservice »gemietet« hätten, bei *Exclusive Men – Begleiter für besondere Ansprüche.*
Die Männer bestätigen die Aussage, nicht ohne auf die korrekte Bezeichnung »gebucht« hinzuweisen.
»Ja, das gibt der Sache einen touristischen Touch«, meint Andrea. »Sie sind Callboys, nicht wahr?«
Der eine Herr schüttelt den Kopf und sagt: »Wir arbeiten für einen Begleitservice, solides, eingetragenes Geschäft, Rechnungen mit Mehrwertsteuer. Wir werden gebucht für Feste, Empfänge oder fürs Oktoberfest, um Frauen zu begleiten und zu unterhalten, mehr nicht.«
»Und da haben Sie immer Ihre Lederslips dabei?«
»Wollen Sie uns vorschreiben, welche Unterhosen wir tragen? Sehen wir aus, als wären wir nicht freiwillig hier? Unsere Gastgeberinnen haben Ihnen doch unsere Geschäftsgrundlage genannt. Wir sind Begleitung auf der Wiesn. Und was Sie hier sehen, ist privat. Selbst wenn die Damen uns für ein bisschen Spaß ein Taschengeld zustecken, geht Sie das nichts an. Mal so generell: Ihr Eindringen ohne konkreten Anlass – das ist schon Hausfriedensbruch, oder? So seh ich das zumindest.«
»Wir haben Fotos, die Sie beide am Biertisch mit zwei Frauen zeigen, die nach einer ausschweifenden Liebesnacht nicht mehr aufgewacht sind. Was sagen Sie dazu?«
Jetzt sehen die beiden Männer sie geschockt an. Aus den Gesichtern der Damen ist die Restfarbe verschwunden. Plötzlich sind die Männer sehr kooperativ. Sie leugnen nicht, an den besagten zwei Abenden auf dem Oktoberfest gewesen zu sein, aber sie bestreiten, nach Schankende noch eine der besagten Damen begleitet zu haben. Sie hätten Anschluss-Engagements in einer Münchner Nobeldisco gehabt.
Andrea lässt sich Adresse und Telefonnummer ihrer Agentur geben, um die Alibis zu prüfen, und sagt schließlich: »Wir checken das. Und ich warne Sie – wenn das nicht bestätigt wird, sprechen

wir nochmal ausführlich! Auf dem Präsidium. Und da bin ich dann nicht so nett. Ich melde mich morgen bei Ihnen. Und jetzt hauen Sie ab, aber schnell!«

Bedürfnisse

»Du lässt sie einfach laufen?«, fragt Marlies, als sie im Auto sitzen.

»Wir haben nicht wirklich etwas gegen sie in der Hand. *Exclusive Men* – kennst du diese Agentur?«

»Nein. Klingt eigentlich wie ein Schwulenclub.«

»Ich weiß nicht, was die alles im Angebot haben.«

Marlies grinst. »Die Ladys haben gar nichts mehr gesagt wegen der Fotos.«

»Tja. Haben sie in ihrer Panik wohl vergessen.«

»Vielleicht dachten sie zuerst, der Herrgott schickt Blitze auf den Ort der Sünde hernieder. Dabei war's nur der Fotoblitz, der das frivole Treiben ins rechte Licht rückte.«

»Wirst du jetzt moralisch, Marlies?«

»Da wär ich die Letzte.«

Andrea grinst. »Mit den Bildern machst du aber nix!«

»Niemals. Bei meiner Großmutter. War's das für heute?«

Andrea schüttelt den Kopf und zieht den Notizzettel mit den Kontaktdaten von *Exclusive Men* aus der Hosentasche. »Die Agentur besuchen wir gleich.«

»Na, ob da noch einer da ist?«

»Ach, das sind doch Nachtarbeiter. Je später der Abend, desto dringlicher die Bedürfnisse.« Andrea wählt die Nummer. Am anderen Ende der Leitung meldet sich tatsächlich noch jemand. Andrea vereinbart einen Termin und legt auf. »Wir fahren gleich hin. Die Agentur wird von einer Frau geführt. Sabine Kramberg.«

»Ja, Frauen wissen, was Frauen wollen. Wo geht's hin?«

»Maximilianstraße.«

»Wo sonst? Edelboutiquen, Herrenausstatter, Anti-Aging-Ärzte.«

»Und Männer für gewisse Stunden.«

Der Porsche röhrt durch das mitternächtliche München.

Andrea sieht auf das Display von Marlies' Handy. Vier Nachrichten. Sie kennt die Nummer. Hört die Nachrichten ab. Josef. Verärgert. Sehr verärgert. Wird sie morgen in Stücke reißen. Kündigt er zumindest an.

Sie wählt seine Nummer, erreicht aber nur die Voicebox. Sie setzt schon an zu erklären, was sich ereignet hat, lässt es dann aber bleiben. Sie hat nichts Konkretes, außer dass sie zwei lebenslustige ältere Damen bei ihren Sexspielchen aufgeschreckt hat. Der Besuch bei der Agenturfrau wird zeigen, ob die beiden Männer wirklich ein Alibi haben. Wobei das mit ziemlicher Sicherheit bestätigt wird. Aber vielleicht erfahren sie ein bisschen mehr zu den Damenkränzchen auf der Wiesn.

Sie biegen in die Maximilianstraße. Die Agentur befindet sich an der Kreuzung zum Altstadtring in einem repräsentativen Bürokomplex, zusammen mit Rechtsanwaltskanzleien und Arztpraxen. Alle Vorurteile bestätigt.

Zu dieser späten Stunde findet Marlies sogar einen Parkplatz. Sie quetscht ihren alten Porsche zwischen einen Hummer Geländewagen und ein Jaguar Cabrio.

»Gute Gesellschaft«, murmelt sie und folgt Andrea, die bereits die Klingelschilder an der Eingangstür des Bürohauses studiert. Andrea sagt ihr Sprüchlein auf, der Summer ertönt. Im Treppenhaus spiegelnder Marmor, mit gebürstetem Messing eingefasste Stufen.

Andrea deutet auf den Fotoapparat in Marlies' Hand. »Nie ohne, oder?«

»Du gehst ja auch nicht ohne Pistole zur Arbeit. Ohne meine Nikon fühl ich mich nackt.«

Sie steigen in den Lift. Im vierten Stock steht am Ende des Gangs eine Tür halb offen.

Auf einen großzügigen Vorraum mit verwaistem Empfangstresen folgt ein weitläufiges, geschmackvoll eingerichtetes Büro.

Teure Designermöbel, cremefarbener Teppich mit Mondrian-Muster.
Eine Frau mittleren Alters in elegantem dunklen Kostüm sitzt hinter einem riesigen Glastisch, spricht in ihr Headset: »P1, Schuhmann's, ja, alles klar. – Nein, Pacha machen wir nicht. – Und vergiss nicht, Toni hat morgen früh den Termin im Bayerischen Hof. – Alles klar, Helen?«
›Wie ein Taxiunternehmen‹, denkt Andrea.
Jetzt ist die Dame fertig und nimmt das Headset ab. Kommt um den Tisch und reicht ihnen die Hand. »Sabine Kramberg, tut mir leid, um diese Zeit herrscht bei mir Hochbetrieb. Sie sind von der Polizei?«
»Frau Kramberg, wir sind nicht hier, um uns über die Seriosität Ihres Betriebs zu unterhalten …« Völlig falscher Einstieg, wie Andrea sofort merkt.
Die Agenturchefin kneift die Augen zusammen. »Mein Begleitservice ist hoch angesehen. Zu meinen Klientinnen gehören Richterinnen, Professorinnen und Politikerinnen!«
Andrea nickt kühl, gibt Marlies ein Zeichen. Marlies hält der Agenturchefin die Rückseite ihrer Kamera hin. Auf dem Display ist das Wohnzimmer der Villa in Pasing zu sehen. Als die Agenturchefin die Personen erkennt, zeigt sich Verblüffung in ihrem Gesicht, dann lacht sie laut und herzhaft.
»Was ist so komisch?«, fragt Andrea.
»Na ja, wenn ich sehe, was meine Jungs nach Dienstschluss so alles treiben. Ohlala!«
»Aha, nach Dienstschluss?«
»Von wann ist das Foto?«
»Taufrisch. Gerade erst gemacht.«
»Die beiden hatten nur Dienst auf dem Oktoberfest. So ist der Deal. Was sie hinterher treiben, ist nicht mein Bier.«
»Ja. Ein bisschen Taschengeld. Soweit waren wir schon. Aber vorher, das war dienstlich? Wir brauchen die Termine der beiden Herren.«

»Sie dürfen sich gerne meine Dispo ansehen. Wenn es dafür einen guten Grund gibt.«
»Den gibt es. Die beiden Herren waren bei zwei Wiesn-Gesellschaften dabei, bei denen anschließend zwei Damen zu Tode kamen.«
»Wie, wer ist tot?!«
»Die Gräfin von Dalheim und Martina Wismar, die Frau eines Notars. Jeweils eine Überdosis K.o.-Tropfen. Verabreicht bei einem Après-Wiesn-Rendezvous. Waren die Damen Kundinnen von Ihnen?«
Die Agenturchefin schluckt. »Ja, beide. Warum erfahre ich nichts davon, warum steht nichts in der Zeitung?«
»Wir halten die Presse vorerst raus. Um den Täter nicht aufzuschrecken. Wir denken, dass er nochmal zuschlägt.«
Die Agenturchefin nickt verwirrt. »Das ist ja furchtbar! Wenn ich Ihnen irgendwie behilflich sein kann?«
»Können Sie. Gehen wir gemeinsam Ihren Terminkalender durch. Ich muss wissen, was die zwei Herren an den letzten beiden Abenden gemacht haben. Und ob die zwei verstorbenen Damen für diese Abende Verabredungen mit diesen Herren oder mit anderen Männern hatten. Wir haben den Verdacht, dass die Person, mit der die Damen heimgegangen sind, für ihren Tod verantwortlich ist.«
»Es geht in beiden Fällen um dieselbe Person?«
»Ja, so sieht es aus. Und offenbar wollte diese Person mehr als nur ein bisschen Taschengeld.«
»Sparen Sie sich Ihre Anspielungen. Für meine Jungs lege ich die Hand ins Feuer! Das sind Gentlemen!«
Andrea sieht noch einmal auf den Bildschirm von Marlies' Fotoapparat und kratzt sich am Kopf. »Gut, Frau Kramberg, Sie können sich vorstellen, was passiert, wenn sich auch nur der Hauch eines Gerüchts über die Umstände des Todes zweier Ihrer Kundinnen herumspricht. Also, was haben Ihre Herrn die letzten zwei Abende gemacht?«

Frau Kramberg nickt resigniert und schaut in ihren Kalender. »Beide hatten an diesen Abenden noch Spättermine. Die sie auch wahrgenommen haben.«
»Was für Spättermine?«
»Anschlusstermine. Mit jüngeren Kundinnen. Die älteren gehen ja lieber etwas früher aus, Empfänge, Oper oder ein Restaurantbesuch – gesellschaftliche Termine, bei denen man sich nicht so gern alleine zeigt. Jüngere Damen bevorzugen Bars oder Discos und ersparen sich dort lästige Anmachversuche.«
»Gut, die beiden Herren hatten also noch Spättermine. Können Sie das präzisieren?«
Die Agenturchefin dreht den Laptop zu ihren Besucherinnen und deutet auf das Display: »Hinter jedem Termin stehen zwei Personen. Dienstleister und Kundin. Auch wenn ich keinen gesteigerten Wert darauf lege, dass Sie sich bei den betreffenden Damen melden, die Termine sind überprüfbar – also, theoretisch.«
Andrea liest die Namen und muss grinsen. Bestens bekannt in München.
»Ich verlasse mich auf Ihre Diskretion.«
Andrea nickt und zieht die Fotos mit den Tischgesellschaften der verstorbenen Damen aus der Tasche. »Schauen Sie bitte mal auf die Bilder. Vielleicht ist da etwas, was wir übersehen haben.«
Frau Kramberg betrachtet die Fotos. »Die Damen kenn ich, auch wenn nicht alle Kundinnen bei mir sind.« Sie legt die Fotos nebeneinander, konzentriert sich.
»Stimmt was nicht?«, fragt Andrea.
»Ich weiß nicht. Hier sitzt noch jemand am Tisch, man sieht nur den Hinterkopf, sehen Sie, der blonde Haarschopf. Der kommt mir bekannt vor. Und hier derselbe Mann im Hintergrund. Man sieht nur den Arm, aber es ist derselbe blaue Janker. Mit den großen Knöpfen.«
Jetzt sehen es auch Marlies und Andrea. Da ist noch jemand an beiden Abenden mit am Biertisch. Jemand, dem sie noch keine

Beachtung geschenkt haben. Wie auch. Man sieht kaum etwas von ihm. Ein geheimnisvoller Dritter!

Marlies drückt hektisch auf ihrer Kamera herum. »Ich hatte heute so einen Blondschopf vor der Linse. So ein Schönling. Kurze wasserstoffblonde Haare. Das war im Käfer-Zelt.« Sie klickt sich weiter durch die Bilder. Schließlich stoppt sie. »Hier, auch nicht komplett, etwas unscharf, ganz links außen.«

Andrea und die Agenturchefin starren auf das Bild. Der blaue Janker. Marlies zoomt den Bildausschnitt heran. Das leicht verschwommene Gesicht eines Mannes um die Dreißig.

Frau Kramberg nickt. »Das ist Mike, also Michael Kramer, er hat früher für mich gearbeitet. Dann gab es Stress mit einer meiner besten Kundinnen. Es ging um Geld. Ich hab ihn gefeuert.«

»Haben Sie noch Kontakt zu ihm?«, fragt Andrea.

»Nein, er ist damals einfach verschwunden, nach Zürich angeblich. Das muss vor fünf Jahren gewesen sein. Ich hab nie wieder von ihm gehört. Sieht aus, als wär er wieder da.«

»Und reaktiviert alte Kontakte. Offenbar braucht er Geld. Und benutzt dazu K.o.-Tropfen. Leider überdosiert. Adresse haben Sie nicht?«

»Nein. Wir haben uns im Streit getrennt.«

»Okay, das kriegen wir raus. Michael Kramer.«

Marlies deutet auf das Bild. »Viel wichtiger ist im Moment: Wer ist die Frau, die sich hier an ihn lehnt? Das Foto ist von heute Abend!«

Die Agenturchefin wird blass. »Das ist Else.«

»Wer?«, fragt Andrea.

»Elisabeth von Geiersfeld.«

»Können Sie sie anrufen und warnen?«

Frau Kramberg greift zum Telefon, wählt, wartet, schüttelt den Kopf. »Ans Handy geht sie nicht.« Sie probiert noch eine Nummer, wieder erfolglos. »Zu Hause geht auch keiner dran!«

»Wo wohnt sie?«

»Auf Schloss Geiersfeld bei Dachau.«

»Nichts wie los!«, meint Andrea und dreht sich zum Gehen. Marlies hält sie fest. »Willst du nicht lieber deine Kollegen anrufen? Die können doch von Dachau aus jemanden schicken.«
»Bislang ist es nur ein Verdacht. Wie spät ist es jetzt?«
»Kurz vor eins.«
»Das Bild ist aus dem Käfer-Zelt?«
»Ja, wieso?«
»Die haben länger offen. Bis halb eins.«
»Else ist immer bei den Letzten, wenn's ums Heimgehen geht«, sagt die Agenturchefin.
»Wir fahren zu ihr nach Hause!«, sagt Andrea.
»Aber wenn sie einfach in ein Hotel gehen?«, meint Marlies.
»Da gibt es doch nichts zu holen für ihn. Los jetzt!«
»Kann ich mitkommen?«, fragt Frau Kramberg. »Else ist eine gute Freundin von mir.«
»Sie wissen bestimmt, wie wir unbemerkt ins Schloss kommen, oder?«
»Ja. Kommen Sie, wir nehmen meinen Wagen.«
Die drei Frauen fahren mit dem Lift in die Tiefgarage. Die Agenturchefin fährt Maserati.
»Nicht schlecht«, findet Marlies. »Und vier Sitzplätze. Kauf ich mir, wenn ich mal Familie hab.«
Nach Familienkutsche klingt der Auspuff nicht.

Orgel

Mit ausgeschalteten Lichtern rollen sie in den kiesbedeckten Hof des Schlosses und parken hinter einem der Wirtschaftsgebäude. Alles dunkel. Fast alles. Hinter einem der großen Fenster im Schloss brennt Licht.
»Lebt Ihre Freundin hier alleine?«, fragt Andrea und deutet zu dem Fenster hoch.
»Nein. Aber die Angestellten sind im Wirtschaftstrakt untergebracht. Abends will Else das Schloss für sich alleine haben. Sie ist eine etwas exzentrische ältere Dame mit einem, na ja, Faible

für erotische Extravaganza. Und die will man nicht unbedingt vor den Augen der Dienerschaft pflegen.«

»Nein, wohl kaum.«

Frau Kramberg führt sie am prunkvollen Eingang des Haupthauses vorbei zu einem Seiteneingang. Sie holt den Schlüssel unter dem Topf eines exotischen Farns hervor. »Ich war schon als Kind oft bei Else. Sie ist mit meiner Mutter eng befreundet.«

Sie steigen durch das mondscheindurchflutete Treppenhaus in den ersten Stock. Frau Kramberg öffnet eine Flügeltür, lugt hinein, winkt die beiden zu sich. Sie deutet durch den Saal. Hinten ist ein Lichtschein unter einer weiteren Flügeltür zu sehen.

»Dort sind Elses Privatgemächer«, flüstert sie.

Sie durchqueren lautlos den Saal. Andrea tritt an die angelehnte Tür und späht in den hell erleuchteten Salon. »Niemand zu sehen. Gehen wir rein?«

Die Agenturchefin zieht Andrea zur Seite. »Sie ist vielleicht schon im Schlafzimmer. Das ist in einem Seitentrakt. Daneben ist ein Ankleidezimmer, so eine Art begehbarer Schrank. Man kommt vom Gang aus rein. Von dort können wir in das Zimmer schauen.«

»Was Sie alles wissen?«

»Fragen Sie nicht!«

Kurz darauf stehen die drei Frauen in dem stockfinsteren Ankleidezimmer. Es riecht keineswegs muffig nach Kleidern oder Schuhen, sondern fein und frisch. Marlies schnüffelt.

»*Hertfordshire Herbs*«, erklärt Frau Kramberg, »eine spezielle Kräutermischung, die sich Else aus England kommen lässt.«

»Die spinnen, die Burgfräulein«, murmelt Marlies.

»Pssst!«, zischt Andrea. »Ich glaub, sie kommen.«

Andrea schaut durchs Schlüsselloch. Sieht, wie die Freifrau und ihr Lover, der blonde Bürstenkopf, das Schlafzimmer betreten. Else wirft sich theatralisch aufs Bett und reißt den Dirndlrock hoch. »Und jetzt orgel mich endlich durch, mein heißer Hengst!«, lallt sie.

Andrea muss sich die Hand vor den Mund pressen, um nicht laut loszulachen.
Mike kickt seine Schuhe weg und lässt die Hosen runter. »Aber vorher brauch ich noch einen Schluck, Baby! Wo ist der Champagner?«
»Im Salon. Hol ihn dir und dann zeig mir das Nirwana!«
Mike verschwindet und Else schält sich mühsam aus dem Dirndl. Kurz darauf kommt Mike zurück. Gänzlich nackt. Vor dem Bauch trägt er ein Tablett mit einer Flasche Champagner und zwei bereits eingeschenkten Gläsern.
Andrea begutachtet staunend sein Glied. ›Könnte er glatt das Tablett drauf balancieren‹, denkt sie, ›wenn …‹ Sie schaltet erst, als die Freifrau das Glas zum Mund führt – die K.o.-Tropfen! – und stürzt aus dem Schrank, Waffe im Anschlag: »Hände hoch, Polizei!«
Mike schleudert Andrea sein Glas entgegen. Sie duckt sich, das Glas zerspringt hinter ihr an der Wand. Andrea schlägt der Freifrau das Glas aus der Hand und jagt dem nackten Mann durch den Salon hinterher und weiter ins Treppenhaus.
Er ist schnell. Als Andrea die Haustür erreicht, ist er bereits beim Schlosstor.
»Stehenbleiben!«
Tut er nicht.
Er taucht in das ans Schloss grenzende Maisfeld ab.
Andrea stürmt hinterher. Bleibt nach ein paar Metern im mannshohen Mais stehen. Ist das klug? So blindlings ihm folgen? Sicher nicht.
Andrea lauscht.
Es ist still. Kühler Nachthauch bewegt leis den Mais.
»Kommen Sie raus, ich habe eine Waffe!«, ruft Andrea. »Und ich werde sie benutzen!«
Nichts rührt sich.
Andrea hat Angst, nackte Angst.
»Geben Sie auf!«

Keine Reaktion.
Sie weiß keinen anderen Rat und gibt einen Warnschuss ab.
Die Explosion dröhnt in ihren Ohren.
Dann wieder Stille. Nur das Rascheln der Maisblätter.
Andrea schwitzt. Und friert. Panisch dreht sie sich um. Nichts! Sie sieht in das undurchdringliche Maismeer. Sie allein mit einem nackten Killer im Maisfeld! Verflucht nochmal, warum hat sie die Kollegen nicht eingeschaltet?
Jetzt hört sie Marlies rufen. Sie wagt es nicht zu antworten. Sonst …
Ein Schatten, blitzschnell, von hinten. Er umklammert ihren Hals, sie kann nicht schreien, sie gehen zu Boden. Andrea ringt mit dem nackten Killer.
Eine Wolke schiebt sich vor den Mond, es wird stockfinster.
Marlies hört, dass wenige Meter entfernt zwei Menschen auf Leben und Tod kämpfen. »Halt durch, Andrea!«, schreit sie und reißt den Fotoapparat hoch. Sie drückt ab. Der Blitz schießt gleißendes Licht auf die Kämpfenden und blendet sie.
Ein Knall! Gefolgt von einem Jaulen.
Die Wolke gibt den Mond wieder frei.
Mike wälzt sich auf dem Boden. Presst beide Hände in den Schritt.
»Ach du Scheiße!«, entfährt es Marlies.
Andrea rappelt sich auf. »Ruf einen Arzt.«
Marlies ruft den Notarzt an, dann informiert Andrea die Polizei in Dachau und in München. Sie spricht am Telefon wie ein Roboter, steht noch unter Schock.
Als sie auflegt, nimmt Marlies sie in die Arme. »Hey, Kleine, du hast gekämpft wie eine Löwin!«

Kostümzwang

Dienstaufsichtsbeschwerde. Mindestens. Ist Andrea klar. Sie hat ihren Posten verlassen und eigenmächtig ermittelt. Und dann noch Schusswaffengebrauch mit Personenschaden. Bei einem Unbewaffneten, einem Nackten. Klingt albern. Ist aber nicht albern.

Josef ist unglaublich sauer auf sie. Er hat wegen der Angelegenheit einen Termin mit Dezernatsleiter Dr. Aschenberger. Als Josef endlich ins Büro zurückkommt, sieht sie ihn erwartungsvoll an.

»Aschenberger missbilligt dein Verhalten ebenso wie ich«, beginnt er, »aber er beglückwünscht uns zu dem schnellen Ergebnis. Dieser Mike ist geständig. Naja, kein Wunder, wenn du ihm die Eier wegknallst.«

»Das war nur ein Streifschuss. Und er ist selber schuld. Der hätte mich erwürgt. Was sagt er denn?«

»Dass er die Damen natürlich nicht umbringen wollte. Ich bin mal gespannt, ob er mit Totschlag davonkommt. Wahrscheinlich hätte er erst aufgehört, wenn er vom Tod der Damen erfahren hätte. Insofern hätten wir vielleicht doch an die Presse gehen sollen. Allerdings wirkt er nicht gerade wie ein Zeitungsleser, unser Latin Lover. Tja, mit Amore ist jetzt jedenfalls erst mal finito«, meint Josef und zieht sich in sein Büro zurück.

»Jetzt wart halt, Josef! Was sagt Aschenberger? Wegen mir?«

Josef dreht sich im Türstock um, sieht sie ernst an. »Strafe muss sein.«

»Was kommt auf mich zu?«

Josef senkt die Stimme: »Ein Wiesnbesuch.«

»Hä?«

»Während ich mit dem Chef gesprochen und dich mit aller Macht verteidigt hab …«

»Hast du nicht!«

»Doch, hab ich. Aber das war Aschenberger egal. Er war gerade so richtig in Fahrt, da klingelt das Telefon. Und wer ist dran? Na, was denkst du?«

»Woher soll ich das wissen? Der Pumuckl vielleicht. Der Meister Eder?«

»Fast. Der Innenminister. Persönlich. Er wollte sich für unsere extrem effektive Arbeit bedanken.«

»Er hat seine Unterlagen zurück, nicht wahr?«
»Sieht ganz so aus. Jedenfalls war der Aschenberger plötzlich zuckersüß. Und unser oberster Dienstherr hat aufs Oktoberfest eingeladen. Morgen. Ganz intim. Vielleicht mit seiner Gattin. Und noch fünf, sechs Personenschützern. Höchstens.«
»Oh nein!«
»Oh ja. Es gibt Angebote, die kannst du nicht ablehnen.«
»Na super.«
»Du kannst natürlich deine neue Flamme aus der Kriminaltechnik mitnehmen.«
»Woher weißt du das mit Tom?!«
»Mann, Andrea, wer auf dem Biertisch tanzt, braucht hinterher nicht blöd fragen.«
Andrea stöhnt. »Dann bringst du aber deine Frau mit!«
»Im Leben nicht.«
»Ja, wir sollten keine Unschuldigen da mitreinreißen.«
»Du sagst es.«
»Und was ist mit dem Verfahren gegen mich?«
»Kannst du knicken. Heldinnen kriegen doch kein spießiges Dienstaufsichtsverfahren!«
»Kann ich wählen zwischen Verfahren und Wiesn-Abend?«
»Denk an deine Karriere, sonst wird das nix mit Frau Hauptkommissarin. So ein Abend kann wahre Wunder wirken …«
»Ich hab nicht mal ein Dirndl!«
»Dann wird's aber Zeit. Weißt eh: Kostümzwang!«
»Ja, ich freu mich schon auf deine Hirschlederne.«

Jedn Dog hea i in meinem Kopf de Melodie,
kimmt und geht wias wui,
wo kimmt de her, wo geht di hi?

Die Melodie
FLO PFEIFER

Süßer

Paul steht unter der Dusche, als es klingelt.
»Please Mister Postman, look and see, if there's a letter in your bag for me ... Und hast du ein Päckchen in deinem Säckchen, gib's dem Nachbarn nebenan, damit ich's später holen kann ...«
Es klingelt weiter.
»Ich komm ja schon!«
Paul steigt aus der Dusche, tappt nackt und nass durch den Flur, drückt den Türöffner für unten. Der Weg zurück ins Bad ist ihm zu weit, er nimmt den Trenchcoat von der Garderobe und schlüpft hinein. Sitzt knapp. Betont mehr als er verhüllt.
Paul reißt die Tür auf, als der Störenfried gerade die Klingel an der Wohnungstür drücken will. Der Mann mit Lederjacke und Helm unterm Arm sieht Paul irritiert an.
Paul stellt ein nacktes Bein raus. »Na, Süßer, brummbrumm?«
»Ist Andrea da?«
»Andrea? Ich kenn keine, die so heißt, voll wahr.«
»Äh?«
»Andrea wohnt hier keine. Diese Wohnung, die ist meine.«
»Unten steht doch Mangfall an der Klingel?«
»Ach, das ist schon lange her. Die wohnen hier schon lang nicht mehr.«
»Wer die?«
»Andrea und ihr Typ.«
»Hat es sich jetzt ausgereimt?«
»Von wegen, ich bin noch am überlegen.«
»Dann kennen Sie sie doch?«
»Si, si, aber das ist ewig her, und ich bin nur der Nachmieter.«
»Äh, ja dann, nichts für ungut. Entschuldigung wegen der Störung.«
»Kein Thema. Nächstes Mal schon vorher schlau, und ich sag tschüss und ciao!«
Paul drückt die Tür zu und schüttelt den Kopf. Gerade mal 11 Uhr durch. Samstag! Was denkt sich der Lederheini? Er zieht Andreas

Mantel aus und hängt ihn an die Garderobe. Geht nackt in die Küche, setzt Kaffee auf. Sieht die Gitarre auf der Eckbank. Er zündet sich eine Zigarette an und schnappt sich die Gitarre. Sie ist ziemlich verstimmt. Sekunden später nicht mehr.
Er schlägt einen F-Dur-Akkord an, dann einen E-Moll: »*Wenn das letzte Glas getrunken ist, und es immer noch in Strömen pisst, lalalalalala ...*«
»Morgen ...« Andrea betritt schwer verkatert die Küche. Sie trägt ein sackartiges verwaschenes Ramones-T-Shirt.
Paul singt unbeirrt weiter: »*... dann fahre ich mit meiner Mutter im Dampfboot volldampf nach Kalkutta ...*«
Andrea nimmt eine Tasse, gießt sich Kaffee ein. »Trägt man das jetzt so?«
Paul begutachtet seine fehlende Bekleidung. »Ich mag's leger und leicht. Und ich bin für Transparenz.«
»Spinner. Auch ein Kaffee?«
»Gerne. Mit Milch und Zucker.«
»Hat es vorhin geklingelt?«
»Ich hab keinen Wecker.«
»An der Tür.«
»Ach so. Ja. So'n Typ. Hat sich geirrt.«
»Aha?«
»Ich dachte, die Post. Aber nur so ein Lackaffe mit Kunstlederjacke und Motorradhelm.«
»Blond? Bart?«
»Bart schon. Bisschen. So Babyflusen. Aber blond? Eher so gelbes Grau. Nikotin. Nicht dein Typ.«
»Du Arsch, das war Tom.«
»Welcher Tom?«
»Ein Kollege.«
»Also, dienstlich sah das jetzt nicht aus. Sag bloß, du hast was mit dem Heini?«
»Hey, Paul, misch dich nicht in meine Sachen ein. Was hast du ihm gesagt?«

»Dass du nicht da bist. Ich hatte keine Ahnung, dass du zu Hause bist. Als ich um zwei Uhr ins Bett bin, warst du noch nicht da, du Wiesn-Maus.«

Andrea reibt sich die Stirn. »Ich war noch in so 'nem Club.«

»Echt? Mit deinem Chef und dem Herrn Minister?«

»Nein, hinterher. Ich hab auf dem Heimweg ein paar Leute kennengelernt und bin da hängengeblieben.«

»Hauptsache, du bist gut heimgekommen. Und wer ist dieser Typ nochmal?«

»Ein Kollege.«

Paul schlägt einen Akkord an. *»Mach ins Taschentuch dir eine Schleife, aufgemerkt: lass die Finger von der Pfeife, ich sag es dir, wie's ist, der passt nicht zu dir, der trübe Pensionist.«*

»Der ist maximal ein Jahr älter als ich.«

»Forever young, baby, we're forever young ... lalalalala ...« Paul streicht über die Saiten. *Schrangschrang ...*

Andrea sucht das Weite.

Daddy Cool

Sie erreicht Tom nicht auf dem Handy. Auch keine Mailbox. ›Dann eben nicht‹, denkt sie, ›wahrscheinlich ist er jetzt beleidigt und geht absichtlich nicht dran.‹ Paul ist eine Nervensäge, klar. Aber Mimosen kann sie auch nicht ab.

Sie öffnet die Vorhänge und das Fenster ihres Zimmers. Die Sonne knallt ihr ins Gesicht und brennt eine Schneise in ihren alkoholgeschwängerten Schädel. Stechender Schmerz. Der Verkehr unten brandet wie ein Tsunami durch ihre Gehörgänge.

Sie holt aus der Nachttischschublade einen Blister Kopfschmerztabletten. Drei ASS auf ex mit dem schalen Wasser von vorgestern. *Uh!* Sie atmet tief durch und geht ins Bad. Dort ist der Boden geflutet, der Badvorleger saugt nur eine vernachlässigbare Menge der Überschwemmung auf.

Sie seufzt. Paul lernt es nie. Grober Fehler, dass sie ihn vor einem halben Jahr aufgenommen hat, als er mittellos und ohne

Dach über dem Kopf aus Brasilien zurück nach München kam. Seine ewige Liebe zu einer brasilianischen Jazzsängerin hatte nicht mal eine Tournee lang gehalten. Und er hatte vor der Abreise noch getönt: »Diese Frau heirate ich!« Zum Glück nicht. Für Astrud. Denn es gibt keinen unzuverlässigeren Menschen als Paul. Was er natürlich anders sieht. »Spontan ist das neue Zuverlässig« ist einer seiner Wahlsprüche. Da lachen ja die Hühner. Das einzige, worauf man sich bei ihm verlassen kann, ist eben, dass man sich nicht auf ihn verlassen kann.
Andrea hängt den Vorleger über die Heizungsrippen und steigt in die Wanne, zieht den Duschvorhang vor. Als sie das Wasser aufdreht, sieht sie, wie sich ein paar krause dunkle Haare auf dem weißen Email zum Abflusssieb schlängeln. »Na, lecker, Bruderherz!«
Sie macht heißer, stöhnt auf. Fühlt sich an, als würden die Gifte aus den offenen Poren ihrer krebsroten Haut strömen. *Oh, süßer Schmerz!*
Rückblende: Mit einer Entourage von sechs Personenschützern läuft der Innenminister ohne Gattin im Festzelt ein, dafür aber mit Staatssekretär und dessen besserer Hälfte. Nach einem Wirbelsturm floskelhafter Jovialität samt fulminanten Karriereprophezeiungen und einer hastigen Mass Bier plus Hendl verschwinden er und seine Bodyguards wieder. *Hui!* Dringende Geschäfte. Zurück bleibt ein bestens gelaunter Staatssekretär, der Andrea mit geröteten Augen unverschämt ins Dekolleté glotzt. Anwesende Gattin hin oder her. Die ist damit beschäftigt, ihre Gesichtszüge soweit wie irgend möglich nach innen zu falten. Als würde sie auf einer Zitrone herumkauen. Einer ganzen. Josef und Dezernatsleiter Aschenberger übersehen die biodynamischen Prozesse des Staatssekretär-Ehepaars geflissentlich und richten die Blicke in die Tiefen ihrer Masskrüge. Bald sind alle mit Ausnahme der Citruslady derart in Schwung, dass sie auf Tischen und Bänken tanzen. Auch Andrea. Nach zwei Bier kennt sie da nix.

Uh! Wahnsinn, der Abend, all das sinnfreie Gelaber und Gelächter. Und dann immer wieder auf den Bänken die Refrains der Wiesnhits mitgröhlen. Nach der vierten Mass zum Glück Licht an. Und sie hat ihren Restverstand noch halbwegs beieinander, um attraktive After-Wiesn-Angebote von vornherein abzublocken. Ein vorgeschobener Anruf – »Mein Bruder hat sich mal wieder ausgesperrt!« – genügt, um eiligst in den Menschenmassen zu entschwinden, die durch die Ausgänge des Festgeländes wie aus einem gewaltigen Enddarm auf den Bavariaring hinausgepresst werden. Eine schwitzige, stinkige Masse, die danach lechzt, noch mehr Bier zu bekommen.
Zum Verhängnis wird ihr der Abstecher ins Speiselokal *Lenz* zwecks Toilettenbesuch, mündet der doch in die kurzweilige Bekanntschaft mit einer Horde Italiener, die sie mit ihrer überdrehten Feierlaune vom Fleck weg kapern. Dort ihre Tanzeinlage zu *Daddy Cool* von Boney M. Im Dirndl! Auf dem Tresen! Verdammte Hacke! *Rückblende Ende.*
Wie sie heimgekommen ist, entzieht sich Andreas Gehirnwindungen. Aber sie hat es geschafft, also funktionierten ihre Reflexe noch. Doch, jetzt kann sie sich bruchstückhaft erinnern, wie sie aus dem Taxi gewankt war und den Schlüssel kaum ins Schloss der Haustür gebracht hatte. ›Boh, mit dem Saufen ist jetzt mal wieder Schluss!‹ Fester Vorsatz! Mit dem Oktoberfest ist zum Glück auch bald Schluss – Sonntag ist der letzte Tag. Morgen.
Jetzt ist sie Besitzerin glorioser Handyfotos von dem enthemmten Staatssekretär und einem groovy Aschenbrenner. Josef hingegen etwas schaumgebremst. Aber die beiden Alpha-Jungs – goldigst! Gestern war ihr die Idee großartig erschienen, die Bilder auf Facebook zu posten. Heute eher fragwürdig. Hat sie das mit ihren durchgedrehten Synapsen tatsächlich noch gemacht? Hoffentlich nicht! Ihrer Karriere wäre das nicht zuträglich. Gar nicht. Muss sie nachher gleich checken.
›Was mach ich mit dem angebrochenen Tag?‹, überlegt sie, während sie sich abtrocknet.

Als sie in die Küche kommt, ist Paul angezogen und schmiert sich Nutella auf einen Zwieback. Sie schnappt sich den Zwieback.
»Hey, das ist meiner!«
»Jetzt nicht mehr«, sagt sie kauend.
»Das *ist* der letzte!«
»Das *war* der letzte. Lass uns frühstücken gehen.«
»Ich bin pleite.«
»Eh klar. Ich zahl.«
»Jawohl, Gebieterin.«
»Wohin gehen wir, Knappe?«
»Ins *Pronto,* du von und zu, die haben voll den geilen Brunch.«
»Mann, Paul, du redest wie ein Vierzehnjähriger.«

Sehnsuchtsort

Draußen fast Hochsommer. Obwohl es Anfang Oktober ist. Sie überqueren die tosende Landsberger Straße, kommen an der Augustiner Brauerei vorbei. Auf der Theresienhöhe sind die Straßen voller Menschen, der Sog in Richtung Festwiese ist beträchtlich. Wo sie auch bald ankommen. Von oben sieht das Oktoberfest großartig aus. Ameisenhaufen in bunt.
»Und führe mich nicht in Versuchung«, raunt Andrea.
»Schon schön, gell?«, meint Paul.
»Ich weiß nicht, ob ›schön‹ das richtige Wort dafür ist.«
»Doch, natürlich. Da will ich mal einen Song drüber schreiben.«
»Einen Wiesn-Hit.«
»Schmarrn. Was Gscheids. So über die Theresienwiese und die Jahreszeiten. Ist ja immer was los. Irgendwas wird aufgebaut und was anderes gerade abgebaut. Und sonst: die Rollerblader, der Flohmarkt, das Tollwood. Irgendwie wird die Asphaltwüste da unten doch immer bespielt. Ich stell mir was vor so in Richtung: *der Nabel Münchens.*«
»Ein großes Oval mit allem oder oft auch nix, mitten in der City.«
»Imaginationsfläche, Sehnsuchtsort.«
»Genau, du Schwerenöter. Ist das bei dir noch Restalkohol?«

»Nein, Poesie. Außerdem hab ich gestern nur zwei Bier getrunken. Aber ja, mir schwebt ein großes Versepos vor.«

»Ich denk, ein Song?«

»Ein großer Song. So Stadionhymne.«

Andrea holt ihr Handy raus, betrachtet nachdenklich die Bierzeltfotos von gestern. Grotesk. Sie überlegt kurz, dann löscht sie die Bilder. Checkt ihren Facebook-Account. Nein, sie hat nichts hochgeladen. Zum Glück. Eine Freundschaftsanfrage von Tom. Sie bestätigt sie nicht. Noch nicht. Immer schön langsam.

Sie gehen weiter zur Poccistraße, am Schlachthof vorbei, bis zum Röcklplatz.

»Für zwei Eis reicht meine Kohle gerade noch«, sagt Paul und verschwindet in der Eisdiele.

Andrea setzt sich auf eine Bank und sieht in die Baumkronen. Ein paar Blätter sind schon gelb. Aber viele andere leuchten von innen heraus hellgrün, halten noch den Sommer fest.

Paul reicht ihr eine Eistüte. »Lass uns eine Runde drehen.«

Sie gehen in Richtung Flaucher. Andrea hakt sich bei Paul unter und genießt die neidischen Blicke der Frauen, denn Paul mit seinen dunklen Wuschelhaaren und den eiswasserblauen Augen sieht aus wie ein Hauptgewinn, den man auf keiner Partnerbörse im Internet ergattern kann. Paul weiß genau, dass man ihre Beziehung falsch interpretiert und flirtet ungeniert die Frauen an, die ihnen entgegenkommen.

»Lass das, das kommt komisch«, beschwert sich Andrea.

»Ich bin nicht initiativ.«

»Ist das auch Poesie?«

»Ich kannte mal ein Mädchen, sie kam aus Tel Aviv, sie war erst recht schüchtern, aber dann echt initiativ ... «

Bringer

Über die Flaucherbrücke. Überall Menschen in den Isarauen: Spaziergänger, Fußballer, Drachenflieger, Frisbeewerfer, Jogger, Sammler mit kleinen schwarzen und rosa Knistertüten. Und

Hunde dementsprechend. Nicht wenige Leute in Badehose und Bikini oder in gar nix, die ins kalte Wasser steigen. Am Ufer entlang bis zur Reichenbachbrücke.

»Zum Bier es alle drängt«, meint Paul und deutet zur Schlange vor dem Kiosk am Brückenkopf. »Soll ma uns auch eins holen?«

»Kein Bier heute!«, sagt Andrea. »Definitiv. Außerdem hab ich Hunger.«

Kurz darauf balancieren sie ihre übervollen Teller vom Brunch-Buffet an den letzten freien Bistrotisch vor dem *Pronto*.

Paul haut hemmungslos rein, Andrea nippt an ihrem großen Cappuccino, lässt den Schaum auf der Zunge bitzeln, lehnt sich zurück, schließt die Augen. Das Orange der Sonne, das Rauschen des Autoverkehrs, das Klappern von Geschirr, Messer und Gabeln, die Stimmen der Menschen. Sie schnappt Satzfetzen auf – »heute Abend, Biergarten ... die Kinder wollen ... ja, Kickern im *Flex* ...« – und atmet durch.

Sie will heute mal gar nichts. Einfach nur abhängen. Früh ins Bett gehen.

»Nein, das ist eine Riesenscheiße!«

Sie öffnet die Augen.

Paul spricht erregt in sein Handy: »Ach komm, wegen jedem Kratzen im Hals kriegst du die Krise, du verdammter Hypochonder! – Wie? – Vierzig Grad? – Samma in den Tropen? Das glaubst du doch selbst nicht! – Nein? – Dann eben nicht, du Arsch! Wir brauchen dich nicht. Was? Ja, du mich auch. – Depp!« Er knallt das Handy auf den Tisch und schiebt seinen noch halb vollen Teller weg.

»Probleme?«, fragt Andrea unschuldig.

»Willi sagt, dass er krank ist. Ich glaub ihm kein Wort. Wir haben heute einen Gig in Haimhausen.«

»Aha.«

»Wie soll das gehen ohne ihn? Krank! Das bisschen Schnupfen. Dass ich nicht lache!«

»Hey, Paul, ich kenn doch Willi. Der erzählt keinen Scheiß.«

»Wir müssen auftreten. Ich brauch die Kohle. Wir können nicht absagen. Eine Halle mit achthundert Leuten.«

»Achthundert. Echt? Respekt!«

»Nicht wegen uns allein. Das *Little Rocktoberfest* ist der Bringer da draußen.«

Andrea lacht.

»Das ist nicht lustig!«

»Doch. Was für ein beknackter Name!«

Andreas Handy klingelt. Sie sieht aufs Display, kennt die Nummer nicht. Geht dran, hört zu, dann sagt sie entschieden: »Nein, echt nicht. Willi, das mach ich nicht. Wirklich nicht. – Sorry. Außerdem hab ich schon was vor. – Ich bin verabredet. – Ja. – Nein! Ciao.«

Paul sieht sie verwundert an. Dann grinst er. »Andimausi, das ist es! Warum komm ich da nicht selber drauf? Das Gute manchmal liegt so nah. Natürlich. Wie in den guten alten Zeiten. Du spielst Bass!«

»Nein, das tu ich nicht!«

»Doch, das tust du!«

»Ich hab schon was vor.«

»Das glaub ich nicht.«

»Doch, ich bin mit Tom verabredet«, lügt sie.

»Super. Dann zeig ihm, dass du eine coole Rock-Lady bist. Hey, Andi, das wird ein Superabend! Komm, wir gehen zu Hause noch die Songs durch. Du machst das mit links.«

Ganz anders

›Was soll das?‹, denkt sich Tom, nachdem Andrea ihn angerufen hat. Erst der komische Typ in der Wohnung, wo sie angeblich schon lange nicht mehr wohnt, und jetzt will sie sich mit ihm verabreden? Für ein Konzert. Und dann auch noch in Las Pampas, in Haimhausen. Will sie ihn verarschen? War er auf dem Wiesnabend mit der Arbeit zu besoffen, um zu merken, dass sie nur mit ihm spielt? Naja, zu besoffen war er definitiv, sonst wäre bestimmt noch mehr passiert als nur ein bisschen Knutschen. Jetzt wird er das Gefühl nicht los, dass Andrea ganz anders ist – nicht nur die nette hübsche Kollegin, für die er sie gehalten hat. Hat sie ein dunkles Geheimnis? Ha! So ein Quatsch! Dunkles Geheimnis. *Die schwarze Witwe von Haimhausen.* So Regionalschocker.

Alte Mühle. Nein, aufregend klingt das nicht. Nach Landkreiskultur, Streichquartett oder so Zeug. Er stöhnt. Klassische Musik ist nicht wirklich seins. Aber wenn's sein muss. Liebe erlegt einem ja manchmal schwere Prüfungen auf. Was soll er anziehen? Vielleicht endlich mal eine Gelegenheit, seinen neuen stahlblauen Anzug von Ben Sherman auszuführen? Der Verkäufer in dem Laden hatte gesagt: »Sitzt wie angeschweißt, sehr cooler Style. London. Sixties. Stehn die Ladys drauf – ich auch.«

Wie kommt er nach Haimhausen? Naja, mit Auto und Navi. Schon klar. Aber dann kann er nichts trinken. Ob er das ohne Alkohol aushält? Wobei das mal ganz gut ist. Klaren Kopf bewahren.

Tom setzt sich vor den Fernseher und nimmt noch ein Stück Pizza aus dem Karton. Ob Augsburg heute die drei Punkte holt gegen Schalke? Zum Glück wollte Andrea nichts für ein frühes Abendessen ausmachen. Da wäre er in Erklärungsnot geraten. Sportschau ist heilig.

Overdressed

Die *Alte Mühle* ist das krasse Gegenteil eines Klassikschuppens. Von wegen: Landkreiskultur. Mit Kultur hat das nix zu tun. Ein aufgelassener Industriekomplex mit Hallen und Silos an der Amper irgendwo auf der grünen Wiese ein paar Kilometer außerhalb von Haimhausen. Auf der abgesperrten Weide hunderte von Autos und Motorrädern. Die bunten Leuchtbuchstaben mit *Little Rocktoberfest* verheißen nix Gutes, sind ein deutlicher Hinweis auf das Niveau, das hier geboten wird. ›Ach du Scheiße!‹, denkt Tom, als er im Haute Couture-Dreiteiler aus seinem

VW *Passat* steigt. Overdressed ist noch deutlich untertrieben. *Little Rocktoberfest* – wer lässt sich so was einfallen? Warum das Original in München, wenn man den Bastard hier draußen haben kann?

Horden von Jeans- und Lederjackenträgern und auch zahlreiche Fantasietrachtler strömen auf das Gelände. Halle IV, hat Andrea gesagt. Na denn. Rein in den Menschenstrom zwischen Hallen und Buden und einer Armada von Dixi-Klos, die wie Musterreihenhäuser auf Bedürftige warten. Über allem das Wummern unguter Musik.

›Was mach ich hier, was sind das für Freaks in Scheißklamotten mit langen fettigen Haaren? Wehe, einer von euch Spackos schüttet mir sein Bier aufs Sakko, dann rast ich volle Kanne aus! Und was ist das für elende Musik, verdammt nochmal? Andrea, verarschst du mich schon wieder?‹, sprudelt es durch Toms Hirn.

In Halle IV drücken sich viele Leute rein. Uhrzeit stimmt. Noch ein paar Minuten bis neun Uhr. Tom lässt sich in die überfüllte Halle spülen. Er steuert eine der Bars an, um Bier zu ordern. Eins ist schon okay, wenn man mit dem Auto da ist. Er stellt sich an einen der Hallenpfeiler, um den Rücken frei zu haben und sich einen Überblick zu verschaffen. Hoffnungslos. Er probiert es auf Andreas Handy. Vergeblich. Na super. In dem Gewühl treffen sie sich nie.

Eine Viertelstunde lang passiert gar nichts. Toms Bier neigt sich dem Ende zu. Dann geht das Saallicht aus und das Bühnenlicht an. Ein ungewaschener Langhaariger schlurft auf die Bühne, setzt sich hinters Schlagzeug. Bei dem zweiten Typen braucht Tom etwas, um ihn als den Trenchcoat-Mann von heute Morgen zu identifizieren. Er hat's gewusst – Andrea verarscht ihn! Tom trinkt den letzten Schluck Bier und will schon gehen, da entert Andrea die Bühne. Abgeschnittene Jeans, gelb-schwarze Ringelstrümpfe und ein mit weißer Farbe vollgekleckstes graues T-Shirt. Die schwarzen Haare zum Bienenkorb auftoupiert. Sie sieht verrückt aus. Sie sieht großartig aus! Sein Herz steht in Flammen.

1, 2, 3, 4 … Das Trio drischt los und Tom ist hin und weg. Die Energie! Der Sound! Er muss zugeben, dass der Trenchcoat-Mann eine gute Stimme hat und ein mehr als passabler Gitarrist ist. Und Andrea kann tatsächlich Bass spielen. Ob sie richtig gut ist, kann er nicht beurteilen, aber es sieht auf jeden Fall klasse aus. Doch, jetzt ein Bass-Solo – er ist beeindruckt. Toll! Tom glotzt sie ungeniert an aus dem Dunkel des Zuschauerraums. Darf er. Ist ja das Prinzip einer Bühne. Was er sieht, hat nichts mit einer braven, hübschen Kripobeamtin zu tun. Andrea ist der Hammer! Er ist verknallt bis zum Anschlag.

Nach dem ersten Song holt er sich ein zweites Bier, um zumindest ein paar Flammen seines lodernden Herzens zu löschen. Er beobachtet den Sänger. Ist das ihr Typ? Und wenn! ›Dir geb ich eins aufs Maul, wenn du es auch nur wagst, sie zu berühren!‹

Das kann er sich schenken, denn der Gitarrist begrüßt nach der dritten Zweiminutennummer das Publikum: »Hey Leute, super, dass ihr da seid, wir sind *The Toys.* Am Schlagzeug sitzt der Joe und am Bass könnt ihr heute meine große Schwester Andi bewundern. Denn unser Bassist Willi liegt mit Lungenentzündung im Bett. Die nächste Nummer ist für ihn, den alten Waschlappen. *I'm sick of you …* «

1, 2, 3, 4, Bummbummbumm.

Tom ist selig. Ein paar Worte und der Nebel aus Unsicherheit und Verzweiflung hat sich aufgelöst. Jetzt: strahlender Sonnenschein! Ihr Bruder! Fantastisch, dieses Großmaul! Vor seinem inneren Auge läuft die Szene von heute Vormittag ab. Wie in einer billigen Fernsehkomödie. Oder doch eher Billy Wilder? Egal. Lustig im Rückblick. So ein Typ! Der kann sogar im Damentrenchcoat rumrennen und sieht immer noch gut aus. Wie Andrea. Warum ist ihm die Ähnlichkeit nicht aufgefallen? Andi – Andrea, ach! So eine schöne Frau! Jetzt auf die Bühne stürmen und ihr einen Heiratsantrag machen! Vor allen Leuten!

Tom drückt sich durch die wogenden Massen nach vorne, bis in die erste Reihe. Bleibt irgendwo hängen, reißt sich die rechte Sakkotasche auf. Scheiß drauf, erste Reihe! Er ist ganz nah bei ihr, ihre roten Chucks und Ringelbeine springen in die Luft, sie fliegt, sie ist ganz leicht. Die wuchtigen Basstöne treffen ihn voll in die Magengrube. Sieht sie ihn? Das grelle Bühnenlicht lässt ihre schweißnasse Haut glänzen, Arme, Gesicht. Er kann sie riechen, so nah ist er an ihr dran.

Er jubelt lauthals und schwenkt den Bierbecher. Jetzt sieht sie ihn, lacht ihn an, kneift die Augen gegen das Scheinwerferlicht zusammen. In seinem Kopf explodieren 100.000 Raketen. Galafeuerwerk. Delirium.

Er steht immer noch gebannt an der Bühne, als die zweite Zugabe vorbei ist und das Hallenlicht angeht und die Konservenmusik hochgefahren wird. Was ist das, was war das? Ein Traum? Ein Wirbelsturm!

»Hey, Tom, alles klar?«

Sie steht vor ihm, jetzt gebändigte Haare, Jeans, weißes T-Shirt. Sie küssen sich auf die Wangen. Sie riecht gut. Und frisch. Hat sie geduscht? So schnell? War er gedanklich so weit draußen, dass er nicht gemerkt hat, wie die Zeit vergeht?

»Hallo, Andrea, also das war, ich, also …«

»Hat's dir gefallen?«

»Es war klasse, es war toll, einfach fantastisch! Ich wusste gar nicht, dass du so was machst. Du spielst super Bass!«

»Lügner. Ich bin heute nur eingesprungen. Mein Bruder hat mich überredet.«

Der plötzlich neben ihnen steht. »Hey, Mann, dich kenn ich doch. Scharfer Anzug. Besser als der Ledermann heute Morgen. Ich machte mir schon Sorgen.«

»Dein Trenchcoat war auch nicht übel. Bisschen knapp vielleicht. Kann nicht jeder tragen. Aber bei deiner Figur …«

»Das ist mein Bruder Paul, das ist Tom«, stellt Andrea die beiden Gockel einander vor. Sie geben sich brav die Hand.

Paul grinst. »Ich hab dich gesehen in der ersten Reihe. Zumindest dein Musikgeschmack passt. Naja, dein Geschmack bei Frauen ist auch ganz okay.«
»Halt die Klappe!« Andrea schiebt Paul weg und hakt sich bei Tom unter. »Komm, wir holen uns ein Bier.«
Dass er mit dem Auto da ist, verdrängt Tom. Das Taxi nach München leistet er sich gerne.
Bier plus Tequila. »Auf ex!«, sagt Andrea.

Bisschen Schwung

Bett dreht sich, Kopf dröhnt. Jede kleine Bewegung erzeugt unerträgliche Kopfschmerzen. Täglich grüßt das Murmeltier. Andrea kriecht ins Bad, setzt sich auf die Klobrille, pinkelt. Zieht sich am Waschbecken hoch, schaut in den Spiegel. Kein schöner Anblick. Das rot aufgequollene Gesicht einer alten Frau sieht sie unverwandt an. Der gestern kunstvoll gezogene Lidstrich heute nur noch eine ausgefranste, zittrige Linie. Andrea trinkt gierig aus dem Wasserhahn.
Oh Mann! Jetzt hat sie sich das dritte Mal innerhalb weniger Tage abgeschossen. Das geht nicht! Gar nicht! An Tom und seinen schrecklichen Anzug kann sie sich erinnern. Auch an die Tequilas, die immer wieder wie aus dem Nichts vor ihnen auf dem Tresen auftauchten. Paul war ebenfalls dabei. Mit irgendeiner Tussi. »Die letzte Runde geht auf mich«, hatte er irgendwann gekräht. Eher unwahrscheinlich, dass das wirklich die letzte Runde gewesen war. Verdammt! Sie ist doch keine Alkoholikerin! Oder? Sie überlegt. Hoffentlich hat sie sich Tom gegenüber okay verhalten. Sie ist heilfroh, dass er nicht drüben in ihrem Bett liegt und sie in ihrem desolaten Zustand sieht.
Jetzt fällt ihr ein, dass ein Typ Paul an der Bar angelabert hat. Wegen Geld, das Paul ihm schuldet. Ein Ungustl mit langen Haaren und Rockerjacke. Sie weiß, dass Paul ein paar komische Bekannte hat. Aber der Typ sah gar nicht gut aus. Immer dasselbe, Paul zieht Ärger an wie Scheiße die Fliegen. Paul war mit dem

Typen verschwunden. Und sie war mit Tom in die Disco weitergezogen. Wie es Paul wohl geht?
Sie geht zu seinem Zimmer, klopft – keine Reaktion – und öffnet leise die Tür. Grelle Mittagssonne empfängt sie, die Vorhänge sind offen. Paul ist nicht heimgekommen. Wundert sie nicht wirklich. Auch nicht der üble Geruch nach alten Klamotten. *Puh!* Sie öffnet das Fenster, geht in ihr Zimmer und lässt sich aufs Bett fallen. Schließt die Augen.
Das Handy hört sie erst im fünften Anlauf.
»Hey, warum gehst du nicht dran?«
»Was soll das, Tom?«
»Ich bin's, Josef. Andrea, was ist los?«
»Ich hab geschlafen.«
»Es ist halb vier.«
»Morgens?«
»Sehr witzig. Es ist Nachmittag.«
»Und Sonntag!«
»Ja, und? Komm ins Präsidium.«
»Was ist passiert?«
»Wir haben eine Leiche.«
»Wo?«
»Sag ich dir, wenn du da bist.«
Andrea legt auf und schält sich aus dem Bett. Testet, ob der Boden noch schwankt. Tut er nicht. Zum Glück. Sie setzt Kaffee auf und geht duschen.
Kurz darauf ist sie mit dem Fahrrad unterwegs ins Präsidium. Ein bisschen wackelig, aber die frische Luft tut ihr gut. Ein Toter an einem Sonntag. Warum nicht? Gibt dem Resttag noch ein bisschen Schwung.
Von Schwung kann keine Rede sein. Denn der Tote liegt hinter einer der alten Werkshallen der *Alten Mühle* bei Haimhausen, wie ihr Josef mitteilt. Noch keine Identifizierung. Andrea ist jetzt stocknüchtern. Sie betet, dass es nicht Paul ist. Denn sie erreicht ihn nicht auf dem Handy.

Josef ist nicht begeistert, als er erfährt, dass Andrea ausgerechnet gestern Abend in der *Mühle* war und dank übermäßigem Alkoholgenuss nur noch recht bruchstückhafte Erinnerungen hat.
»Wird das jetzt die Regel mit der Sauferei?«
»Zur Hölle, nein! Wir hatten so viel Spaß. Ich hab nicht aufgepasst, wie viel ich getrunken hab. Passiert dir das nie?«
»Nein.«
»Und wie war das an dem Abend mit Aschenberger und den Ministranten?«
»Alkoholfrei.«
»Echt?«
»Echt.«
»Aber du hast doch gesungen und getanzt?«
»Zum Lustigsein brauch ich keinen Alkohol.«
»Du verdammter Heuchler!«
»Mit denen werd ich mich besaufen!«
»Mit denen muss man sich besaufen!«
Josef lacht. »Da hast du auch wieder Recht.«
»Und wir wissen noch nicht, wer der Tote ist?«
»Nein, noch nicht.«
Andrea schiebt ihre schlimmsten Befürchtungen ganz weit weg. Nein, das kann nicht sein! Sie probiert es nochmal auf Pauls Handy. Wieder vergebens.

Dark Angels

Der Fundort der Leiche ist abgesperrt. Vor den Plastikbändern lungern ein paar übriggebliebene Servicekräfte mit schwarzen Schatten unter den Augen.
Andrea hält die Luft an, als der Rechtsmediziner die Abdeckplane von der Leiche zieht. »Bfff!« – sie stößt laut die Luft aus. Es ist nicht Paul! Aber sie erkennt den Mann. Es ist der Typ, der Paul gestern an der Bar angelabert hat. Mit dem Paul gestritten hat. So viel weiß sie noch. Trotz Sauferei. Oh, Mann! Vom Regen in die Traufe.

»Schon mal gesehn?«, fragt Josef.
»Ja, gestern an der Bar.«
»Und?«
»Nichts und. Hat sich was zum Trinken geholt.«
»Das weißt du noch?«
»So besoffen war ich auch wieder nicht. Und mit so einer Kutte fällst du schon auf.«
Der Tote trägt über der Lederjacke eine reich verzierte Motorradkutte. *The Dark Angels.*
»Kennst du die?«, fragt Josef.
»Hab ich gestern das erste Mal gesehen.«
Josef zieht Handschuhe an und greift in die Innentasche der Jacke. Keine Papiere, keine Geldbörse. An einer Gürtelschlaufe hängt ein Karabiner mit einem großen Schlüsselbund.
Jetzt taucht Tom auf. Sie begrüßen sich schüchtern. Tom ist schon länger hier. Er leitet die kriminaltechnische Untersuchung vor Ort. Tom sieht erheblich frischer aus als Andrea.
»Spuren könnt ihr weitgehend vergessen«, sagt er. »Hier sind hunderttausend Leute rumgetrampelt. Sonst das Übliche: Erbrochenes, Glasscherben, Kondome. Das volle Programm. Hier waren gestern ganze Horden von Menschen unterwegs.«
»Du warst auch hier?«, fragt Josef.
»Ja, beim Konzert von Andrea.«
Josef sieht Andrea erstaunt an.
»Ich hab am Bass ausgeholfen. Bei meinem Bruder.«
»Aha. Und Tom, ist dir gestern was aufgefallen? Hast du den Typen ebenfalls gesehen?«
»Ja, kurz an der Bar.«
»Und?«, fragt Josef weiter. »Was hat er gemacht?«
»Hat sich ein Bier geholt.«
Andrea starrt ein Loch in den Boden.
Tom fährt fort: »Von der Tatwaffe keine Spur. Dr. Sommer sagt, es war eine lange schmale Klinge. Gezielter Stich. Das Opfer ist verblutet. Nicht gleich tot. Aber offenbar ohnmächtig oder sehr

geschwächt. Der Mann konnte sich vermutlich nicht aus eigener Kraft bemerkbar machen. Kein Wunder bei dem Lärm gestern. Die Tatwaffe hat der Täter entweder mitgenommen oder entsorgt.« Tom deutet zur Amper hinüber und zuckt mit den Schultern.

Josef nickt. »Gut. Oder nicht gut. Wo fangen wir an? Gibt es Überwachungskameras?«

»Nein. Das ist so ein Alternativschuppen.«

»Okay. Unsere Leute befragen das Personal und deine Kollegen checken den Fluss. Tom, lass Taucher kommen. Und bitte den Uferbereich nochmal durchkämmen.«

Josef nimmt dem Toten den Schlüsselbund ab. »Komm, Andrea, wir schauen mal auf den Parkplatz.«

Auf dem Feld steht eine einsame Harley, chromblitzend, lange Gabel. »Wow, fettes Teil«, sagt Andrea.

Josef testet den Zündschlüssel. Passt. Er gibt den Kollegen am Telefon das Nummernschild durch und lässt sich den Halter heraussuchen.

»Und, wie heißt der stolze Besitzer?«, fragt Andrea.

»Herbert Mitterwieser. Wohnhaft in Neufahrn. Dann schauen wir uns sein trautes Heim gleich mal an.«

Andrea kann ein Gähnen nicht unterdrücken.

»Alles frisch?«, fragt Josef.

»Taufrisch.«

Grundkenntnisse

Neufahrn. Die Wohnung von Herbert Mitterwieser befindet sich in einer Baracke inklusive Garage voller Motorradteile im Innenhof eines desolaten Wohnblockarrangements aus den 80er Jahren. Die Fensterscheiben des einstöckigen Flachbaus sind gelb und schlierig. Josef holt den Schlüsselbund aus der Tasche, testet die Schlüssel durch und sperrt auf. Die Wohnung ist ein Desaster, eine Umweltkatastrophe, eine Keimzuchtstation. Wollmäuse huschen über speckiges Linoleum, außer an den

Stellen, wo klebrige angetrocknete Flüssigkeit mit schwarzen Rändern ihrem Bewegungsdrang ein Ende setzt. Öl? Saft? Bier? Im Klo ist zumindest klar, um welche Flüssigkeit es sich handelt.
»Eklig«, lautet Andreas Diagnose. Josef nickt und zieht mit Latexfingern die Schubladen von Kommoden auf, öffnet Schranktüren. Nichts. Außer beeindruckender Unordnung.
Zehn Minuten später durchsuchen sie die Garage. Dort stehen und lagern Motorräder in allen Varianten. Ganz, halb, viertel, mal nur Rahmen oder Telegabeln – und Motoren in verschiedensten Stadien.
»Wahrscheinlich geklaut«, meint Andrea, »um aus mehreren eins zu machen. Nur der Rahmen ist legal, also gekauft.«
»Warum?«, fragt Josef.
»Weil da die Nummer eingestanzt ist, die im Brief steht. Du kannst alles tauschen, nur den Rahmen nicht. Hast du einen Rahmen mit Brief, *schwupps* ist die legale Maschine fertig. Egal, wo die restlichen Teile herkommen.«
»Was du alles weißt?«
»Bin auch mal gefahren.«
»Dann kannst du ja mit Tom fachsimpeln, der hat doch eine Maschine.«
»Was soll das heißen?«
»Er hat eine Moto Guzzi, oder?«
Andrea geht nicht näher darauf ein, stiefelt weiter durch das Chaos. Ein schmaler Gang, eine Stahltür. Sie drückt die Klinke. Abgesperrt. Josef kommt zu ihr und probiert die Schlüssel. Einer passt.
Der Raum ist stockfinster. Kein Fenster. Josef findet den Lichtschalter. Eine grelle Neonröhre zappt an. Auch hier Chaos. Aber anders. Keine Motorradteile. In Metallregalen stapeln sich Kartons, Säcke mit Pulver und Granulat, auf der Arbeitsplatte stehen Briefwaage, Glaskolben, Bunsenbrenner.
»Das ist eine Drogenküche«, sagt Andrea. »Amphetamine und so.«

»Meinst du, der macht das selber? Da brauchst du doch ein paar Grundkenntnisse in Chemie – der Typ war ein Rocker …?«
»Vielleicht hatte er verborgene Talente.«
Sie finden jede Menge Pillen, Pulver, Tütchen.
»Das ist ein Job für die Kollegen vom Rauschgift«, meint Josef.
»Aber vielleicht ein Motiv. Bei Drogen geht's ja immer um Geld.«
Andrea denkt an Paul und schüttelt innerlich den Kopf. Nimmt er Drogen? Klar, er kifft. Aber diese Designer-Scheiße? So dumm ist er nicht. Oder?
»Wir machen Schluss«, sagt Josef nach einiger Zeit. »Die Kollegen sollen sich das genau anschauen.« Er sieht Andrea an, die gerade wieder gähnt. »Wirklich alles fit?«
»Geht so. Bisschen müde.«
»Ich setz dich daheim ab.«
»Danke, ich hab das Rad beim Präsidium.«

Keine Fliege

Paul ist immer noch nicht zu Hause. Die Wohnung schreit vor Einsamkeit. Andrea ist wirklich besorgt. Wenn ihm nur nichts passiert ist! Und er nichts mit dem toten Rocker zu tun hat! Sie tigert durch die Wohnung. Irgendwann greift sie zum Telefon, wählt.
»Tom, ich bin's.«
»Dein Bruder ist immer noch weg?«
»Ja, eigentlich ist das nichts Besonderes, aber nach der Geschichte gestern …«
»Er hat mit dem Typen an der Bar gestritten. Wegen Geld.«
»Warum hast du das Josef nicht gesagt?«
»Warum hast *du* nichts gesagt?«
»Ich hab zuerst gefragt.«
»Ich will nicht, dass dein Bruder Ärger kriegt.«
»Paul macht so was nicht, er tut keiner Fliege was. Kannst du kommen?«

»Ähm …«
»Ich halt es nicht aus, hier so allein.«
»Okay, ich bin in einer halben Stunde da. Hast du schon gegessen?«
»Nein.«
»Ich bring Pizza mit.«
Andrea sieht sich um. Die Wohnung ist verlottert. Sie stürzt sich in die Arbeit. Genau das Richtige jetzt. Einfach was tun. Nicht nachdenken. Sie dreht die Stereoanlage auf: The Cure – *Friday, I'm in love.* Sie putzt wie eine Verrückte. Nicht gründlich, aber kraftvoll.
Zuerst hört sie das Klingeln gar nicht wegen der Musik und dem Staubsauger, dann stürmt sie zur Tür, späht ins Treppenhaus hinunter. Vielleicht Paul?
Nein, nur Tom. Er hat zwei Pizzen dabei und eine große Flasche Cola. »Bier und Wein waren aus«, kommentiert er den Softdrink.
»Mein Bedarf ist gedeckt.«
»Was ist mit Paul?«
»Ich hab nichts von ihm gehört. Wie lang soll ich noch warten, bis ich ihn vermisst melde?«
»Keine Ahnung. Kommt das bei ihm öfters vor?«
»Ja. Aber warum erreich ich ihn nicht? Warum geht er nicht ans Handy?«
»Komm, iss erst mal was.«
Kaum haben sie die Pizzakartons geöffnet, hören sie den Schlüssel in der Tür.
Andrea stürzt in den Gang. »Paul, wo kommst du jetzt her?!«
»Hey, was ist los, Mutti?«
»Weißt du, was ich mir für Sorgen gemacht hab?«
»Ganz lieb.«
Er geht in die Küche, sie folgt ihm. »Warum gehst du nicht ans Handy?«
Er zieht es aus der Jackentasche, checkt es. »Ist lautlos.«

»Super.«
»Ich muss nicht ständig erreichbar sein, Mutti.«
»Werd nicht frech! Wo warst du?«
»Seit wann interessierst du dich für meine Freizeitgestaltung?«
Er betritt die Küche. »Oh, es gibt Pizza. Wunderbar! Und du, Tom, wohnst du jetzt hier?«
»Paul, du hast keine Ahnung, was los ist, oder?«
»Nein, wieso? Ich bin der Nullchecker.«
»Sagt dir der Name Herbert Mitterwieser was?«
»Nein, wieso?«
»Das ist der Typ, mit dem du an der Bar in der *Mühle* gestritten hast.«
»Ach, Herby. Was ist mit ihm?«
»Er ist tot!«
»Wie, Herby ist tot?«
»Ja, Herby ist tot!«, sagt Andrea. »Erstochen. Hinter einer der Hallen.«
»Und jetzt glaubst du, ich war das? Du spinnst ja! Ich war bei Lisa.«
»Wer ist Lisa? Die Blonde an der Bar?«
Paul grinst und erzählt von seiner neuen Bekanntschaft. Schwärmt von ihr. Vor allem von ihrem Porsche – rot, Cabrio, fetter Sound – und dem schönen Haus. »Das ist eine echt gute Partie …« – »Lass den Schmus!«, unterbricht ihn Andrea. »Dieser Herby, was hast du mit dem zu tun? Der verkauft Drogen!«
»Herby und Drogen? Ach Quatsch. Ein paar lustige Pillen. Mehr nicht.«
»Ich fass es nicht! Du nimmst das Scheißzeug!«
»Ja, Mutti, ganz schlimm.«
»Du bist so ein Depp! Erzählst mir was von ›ein bisschen kiffen‹ – echt nicht!«
»Zu Hause nur ein bisschen kiffen und auf Achse ab und zu eine Pille.«

»Ab und zu? Und ich denk, dein trüber Blick kommt vom Saufen.«
»Da redet ja die Richtige.«
Wutentbrannt verschwindet Andrea in ihrem Zimmer.
Die beiden Männer sehen sich in der Küche ratlos an. Dann macht sich Paul über eine der Pizzen her.
Tom zieht sie ihm weg. »Du bist echt ein Depp.«
»Und du bist jetzt Don Papa, oder was?« Paul geht in den Flur.
»Wo willst du hin?«
»Ich geh 'nen Döner essen. Und vielleicht komm ich nie wieder.«

Baustelle

Andrea liegt spätnachts wach. Die Pizza in ihrem Magen grummelt. Ihr Mund ist trocken und Tom schnarcht leise neben ihr. Die Nummer mit ihm war schon okay gewesen. Mehr aber auch nicht. Was nicht seine Schuld war. Sie selbst war ein bisschen – nun ja, was eigentlich? – abwesend gewesen. Ihre Intimität jedenfalls kein Ausdruck wilder Begierde, sondern eher dem Wunsch nach Nähe und Harmonie geschuldet. Tom ist das Opfer, weil er da ist. Ein bisschen schämt sie sich für ihre Unaufmerksamkeit. Aber es muss ja auch nicht immer die ganz große Baustelle sein. Liebe? Wirklich nicht. Wobei, die Tatsache, dass Tom nichts über Pauls Streit mit diesem Herby gesagt hatte, ist ein astreiner Liebesbeweis. Der Tom in ziemliche Schwierigkeiten bringen kann. Sie auch. Sie haben Josef wichtige Informationen vorenthalten. Paul ist mit dem Typen nach draußen verschwunden. Paul muss zu diesem Abend befragt werden. Das wird sie morgen selbst in die Hand nehmen.
Jetzt hört sie, wie Paul heimkommt. Seine Schritte im Flur, die Klospülung, das Klirren der Flaschen in der Kühlschranktür. Wie er noch in seinem Zimmer herumkruscht. Leise Musik. Etwas fällt um. Die Gitarre? Was macht er da? Aufräumen? Sie will schon aufstehen und nachsehen, aber dann hört sie nichts mehr. Sie sieht auf die roten Striche der Digitaluhr. *01:37.*

Wurm

»Bei den *Dark Angels* sind ein paar komische Typen dabei«, begrüßt Josef Andrea am nächsten Morgen im Präsidium.
»Die *Dark Angels*?«
»Na, der Rockerclub von dem Herby.«
Sie gießt sich einen Kaffee ein und fährt den Computer hoch.
»Wieso komisch?«
»Nicht nur das Übliche. Auch ein Rechtsanwalt, ein Zahnarzt und ein Banker. So Hobby-Rocker.«
»Woher weißt du das?«
»Der frühe Vogel pickt den Wurm.«
»Es ist noch nicht mal zehn Uhr.«
»Die Kollegen vom Organisierten Verbrechen waren so gütig. Die kennen die Bikergangs in der Stadt.«
»Und die *Dark Angels* sind kriminell?«
»Bisher nicht. Aber ist doch interessant – die Mischung.«
»Kann man ja alles brauchen als Rocker: Zähne, Kohle, einen guten Rechtsbeistand.«
»Und die hohen Herren haben für das Fußvolk bestimmt auch Verwendung: Inkasso und so.«
»Wo fangen wir an, Josef?«
»Ganz oben. Beim Präses. Trink deinen Kaffee aus. Wir fahren nach Neuhausen.«

Jazz natürlich

Die Kanzlei von Rechtsanwalt Dr. Manfred Meierlink liegt in Sichtweite zum Romanplatz. Die erlesenen Büroräume befinden sich im dritten Stock eines repräsentativen Jugendstilhauses. Edles Interieur: vier Meter hohe Decken, Stuck, Fischgrätparkett, Flügeltüren und indirekte Beleuchtung, die warmes Nachmittagslicht simuliert, obwohl es noch nicht mal 11 Uhr vormittags ist und ein eher trüber Oktobertag.
Andrea und Josef warten im herrschaftlich großzügigen Vorzimmer. Auf dem kleinen Glastisch zwischen ihnen stehen

zwei dampfende Espressotassen. Der Kaffee duftet nicht nur wunderbar, er schmeckt auch so. Wie Josef lautstark bekundet. Andrea streckt den Rücken durch. Denkt an heute Morgen. Sie hat geschlafen wie ein Stein. Tom war schon weg, als sie aufgestanden ist, was ihr nicht unrecht war. Aber er hat ihr ein Post-it hinterlassen mit »Ich liebe dich«, was sie irgendwie unangenehm berührt hat. Und auch jetzt noch tut. Unpassend große Worte für einen kleinen gelben Zettel. Oder? Nein, das ist es nicht, die Form ist ihr eigentlich egal. Sie stört die Verbindlichkeit der Worte, die schreien: »Antworte! Erwidere uns!« Das kann sie nicht.

»Ich liebe dich« – hat sie das jemals schon gesagt? Nicht, dass sie sich erinnern kann. Sie könnte sich erinnern, wenn sie es getan hätte. So viele Beziehungen hat sie nicht gehabt. Liebe – großes Wort! Doch, Peter hat sie geliebt. In der Schule schon. Und sie hätte ihn auch gesagt, den großen Satz, wenn sich die Gelegenheit ergeben hätte. Hat sich nie ergeben. Irgendwie. Peter – das letzte Mal hat sie ihn beim zehnjährigen Klassentreffen gesehen. Und sie hat sich nicht zu ihm hingetraut, um mit ihm zu reden. Denn er war mit seiner Frau da. Und die war definitiv kein Drachen. Ganz im Gegenteil – schön, elegant, mit Klasse. Nicht ihre Liga. Tja.

»Dr. Meierlink kann sie jetzt empfangen«, durchkreuzt das schneidige Organ der Empfangsdame ihre melancholischen Gedanken.

»Spitzenkaffee«, herzt Josef die Fregatte noch einmal, die ob des Kompliments tatsächlich für einen Augenblick die Fassung verliert. Ihr erstauntes Lächeln lässt ein paar Krümel aus der Fassade ihres dicken Make-ups platzen.

›Geht doch‹, denkt Andrea und folgt ihr in das Büro des Anwalts. Ballsaal wäre korrekter: ein weitläufiger Raum mit detailreicher Holz-Kassettendecke. Die mindestens vierzig Quadratmeter Grundfläche lassen sogar den gewaltigen Schreibtisch vom Format einer Tischtennisplatte unterdimensioniert erscheinen.

Dr. Meierlink selbst ein Barockfürst, der sich ins 21. Jahrhundert verirrt hat. Trägt einen mit üppigen Applikationen verunstalteten Trachtenanzug, sicher maßgeschneidert. So was gibt es in keinem normalen Laden zu kaufen, gewiss genauso teuer wie geschmacklos. Der ihm – braungebrannt, Stirnglatze, Habichtnase, eins neunzig groß – aber ganz hervorragend steht.

›Dekadent, sehr dekadent‹, denkt Andrea.

Meierlinks Händedruck ist trocken und fest, sein Lächeln wirkt nicht aufgesetzt und sein geschmeidiger Bariton erweckt Vertrauen. Vollprofi.

»Was kann ich für Sie tun? Kripo?«

»Ja. Kennen Sie Herbert Mitterwieser?«, fragt Josef.

»Herbert Mitterwieser …«

»Auch Herby genannt. Biker. *Dark Angels.*«

»Ach, Herby, natürlich. Was ist mit ihm?«

»Das sag ich Ihnen gleich. Wir hätten ein paar Fragen zu Herby. Woher kennen Sie ihn?«

»Vom Motorradclub.«

»Sie sind in einem Motorradclub?«

»Ja, die *Dark Angels*. Aber das wissen Sie ja bereits. Meine Assistentin sagte mir, dass Sie deswegen angerufen haben.«

»Ja, deswegen sind wir hier. Trotzdem hab ich mich gefragt – ein Anwalt in einem Rockerclub?«

»Motorradclub! Kein Rockerclub! Das ist kein feiner, sondern ein großer Unterschied. Motorräder sind meine heimliche Leidenschaft. Raus aus dem Anzug, rein in die Lederkluft, auf die Harley setzen, Gas geben. Das ist Freiheit für mich.« Meierlink lächelt. »Es gibt nichts Besseres. Nun, was ist mit Herby?«

»Welche Funktion hat er im Club?«

»Er ist unser Schrauber. Ich bin da auch nicht schlecht, aber er ist einfach der Wahnsinn. Irgendein Problem mit dem Vergaser – er kriegt es hin. Angelaufene Auspuffrohre – er weiß, wie man die Flecken wegkriegt. Ventile einstellen – das macht der noch von Hand.«

»Und Sie, was machen Sie im Club, welche Funktion haben Sie?«
»Ich bin der Präsident. Und Kassenwart. Also, was ist jetzt mit Herby?«
»Herby ist tot.«
»Oh, Gott! Was ist denn passiert?«
»Er ist ermordet worden.«
»Wie? Erschossen?«
»Nein, erstochen.«
»Herby? Wo, wann?«
»Gestern Nacht. Bei einem Rockfestival in der *Alten Mühle* in Haimhausen. Kennen Sie den Laden?«
»Ich weiß, dass es ihn gibt. Aber das ist nicht ganz mein Niveau.« Andrea sieht ihn schräg an.
»Ja, ich weiß, der Motorradclub. Aber das ist mein einziger Ausreißer. Ich höre eher klassische Musik. Und Jazz natürlich.«
›*Und Jazz natürlich!* Du aufgeblasener Heini!‹, denkt Andrea und fragt: »Wissen Sie, wie Herby seinen Lebensunterhalt verdient hat?«
»Er ist … also er war Hausmeister für diese Wohnblocks in Neufahrn. Soviel ich weiß.«
»Aha. Und davon hat er seine Harleys finanziert?«
»Ach, er war ein großer Bastler vor dem Herrn. Stöberte immer durch die Kleinanzeigen. Sie klingen, als hätten sie andere Gedanken?«
»Ja, hab ich. Er hat synthetische Drogen hergestellt. Amphetamine, Crystal, den Dreck halt.«
»Gibt es dafür Belege?«
»Ja, die Giftküche in seiner Garage. Ein Drogenlabor. Waren Sie mal da?«
»In der Garage, ja, natürlich. Von einem Drogenlabor weiß ich nichts.«
»Wo waren Sie am Samstagabend?«, fragt jetzt Josef.
»Sie wollen ein Alibi? Für die Nacht, in der Herby gestorben ist, nehme ich an?«

»Bitte antworten Sie.«
»Ich war im Herkulessaal. Mit Freunden. Rachmaninow.«
Andrea sieht ihn mit schmalen Augen an. Wenn jetzt ein schlechter Scherz kommt, dass Rachmaninow …
Kommt nicht. Meierlink ist die Ruhe selbst. »Nach dem Konzert waren wir noch im *Franziskaner*. Ein kleines Bier und ein Imbiss. Um halb zwölf war ich zu Hause.«
»Zeugen?«, hakt Josef nach.
»Meine Freunde.«
»Das werden wir überprüfen.«
»Ich kann Ihnen die Kontaktdaten geben.«
»Sehr gerne«, meint Josef. »Und zu Hause waren Sie allein?«
»Ja. Meine Frau ist gerade auf Kur. Aber warum sollte ich Herby umbringen? Ein Clubmitglied?«
»Gab es Streit? Also, Ihr Club mit anderen Motorradclubs?«
»Wir sind keine Rocker! Uns geht es ums Biken, ums Schrauben, um den Spaß. Mit irgendwelchen Revierkämpfen haben wir nichts am Hut.«
»Keine Drogengeschäfte?«
»Sie scherzen. Ich bin Anwalt.«
»Und ich bin Kripobeamter. Ich muss das fragen. Also keine Rivalitäten mit anderen Clubs?«
»Nein. Aber ich weiß natürlich nicht im Detail, was die anderen Clubmitglieder in ihrer Freizeit machen.«
»Das klingt jetzt ziemlich geschäftlich.«
»Bitte?«
»Naja, als ob Clubzeit keine Freizeit ist, sondern Arbeitszeit?«
Meierlink schüttelt den Kopf und lacht. »Sie kommen mir ein bisschen vor wie Columbo. Immer noch eine kleine Frage. Ja, klar, die arbeiten alle für mein millionenschweres Drogenimperium, eine straff geführte Organisation, die weltweit operiert. Wissen Sie, ich gebe Ihnen die Mitgliederliste und Sie sprechen selbst mit den Leuten.« Meierlink bittet seine Empfangsdame, den Beamten eine Mitgliederliste des Clubs auszudrucken und

notiert ihnen noch die Telefonnummern der anderen Konzertbesucher. Er verabschiedet sich mit einem ebenso herzlich-trockenen Händedruck wie bei der Begrüßung. Kein Hauch von Nervosität. Wie Andrea mit Bedauern feststellt.
»Was für ein Arschloch!«, zischt sie im Treppenhaus.
»Ach, der ist doch ganz interessant«, meint Josef.
»Ich glaub dem kein Wort. Ein Bonzenanwalt, der mit einem Rockerclub abhängt. Wie passt das zusammen?«
»Warum denn nicht? Den ganzen Tag in so einem gschissenen Anzug rumlaufen – da musst du ja schlecht draufkommen. Vielleicht erzählt uns ja noch einer von den anderen Mitgliedern was Spannendes über Herby. Oder über den Herrn Präses.«

Tick zu alt

Während die Polizei schon fleißig ist, stehen Rockstars erst einmal gemütlich auf. Paul durchforstet die Küche nach Essbarem. Im Ofen entdeckt er noch eine halbe Pizza. Er reißt ein Stück ab und stopft es sich in den Mund, setzt Kaffee auf und geht duschen. Er schnuffelt an seinem schwarzen T-Shirt. Grenzwertig. Nein, übel: es stinkt. Im Bauchbereich ist ein großer verkrusteter Fleck. So ganz hat er es nicht auf dem Schirm, was vorgestern nach dem Konzert noch alles los war.
›Hoffentlich hab ich mich nicht angekotzt‹, denkt er und entsorgt das Shirt im Wäschekorb. Was für eine wilde Nacht! Ob sich Lisa bei ihm meldet? Tresenbekanntschaften sind ja immer ein bisschen schwierig, aber die war echt super. Einen Tick zu alt vielleicht, also für ihn, aber sonst absolut top. Haufen Kohle und geiler Porsche.
Beim Duschen kommen langsam die Bilder zurück. Platinblondes Haar auf muskulösen Schultern, die schmale Hüfte und die schwarze Lack-Unterwäsche. Ziemlich Domina. Aber warum nicht? Prompt bekommt er einen Ständer. An Sex kann er sich aber nicht erinnern. Vielleicht war er so besoffen, dass er keinen mehr hochgekriegt hat. Nicht unwahrscheinlich. Tja. Lässt sich

alles nachholen. Er ist sich nicht sicher, ob er ihre Handynummer hat. So ganz der Checker ist er nicht. So einen Hasen von der Angel zu lassen, ohne Handynummer, das wäre schön blöd. Er frottiert sich ab, geht in sein Zimmer und zieht sich an.
Beim Kaffee checkt er sein Handy. Kein Anruf, keine Nummer von Lisa. Tatsächlich blöd. Wehmütig denkt er an das riesige Haus, die Designermöbel, die Bilder an der Wand. Das ist doch mal was! Nicht immer die armen Kirchenmäuse. Und schüchtern war sie nicht. Sein Gefühl sagt ihm, dass er da noch ein paar Sachen lernen kann. Und er fängt selbst nicht gerade bei null an. Naja, er ist ja eigentlich der sensible Typ. Wobei ein bisschen Härte auch mal interessant wäre. Er lacht. So geile Gedanken so früh am Tag. Und wenn sie verheiratet ist? Interessiert ihn doch nicht. Solange sie das zeitlich gebacken kriegt. Ob sie sich wieder meldet? »Aber sicher doch. Typen wie mich gibt's nicht an jeder Ecke!«, murmelt er und schaut aus dem Fenster. *Good day – sunshine.*

Gut oder schlecht

Als Andrea abends heimkommt, ist Paul ausgeflogen. Andrea ärgert sich über die Sauerei in der Küche. Und im Bad. Sie lässt Pauls Unterhose mit spitzen Fingern in den Wäschekorb plumpsen. Wo sie das verdreckte schwarze T-Shirt entdeckt. In der Weißwäsche! Was ist das für ein Fleck? Sie ist lange genug Polizistin, um zu wissen, was das ist: Blut. Hat sich Paul bei seinen nächtlichen Abenteuern verletzt? Hat ihm einer eins auf die Nase gegeben? Wäre nicht das erste Mal. Blut? Ihre Gedanken geben Gas: Paul hat sich mit diesem Herby gestritten. Und der ist jetzt tot. Erstochen. Sie hat Paul gefragt, was er in der Nacht noch gemacht hatte. Klar, diese Lisa. Aber reicht das? Sie muss ihn nochmal fragen. Nein, er würde doch nicht mit einer Frau mitgehen, wenn er kurz zuvor ... Paul ersticht keinen Menschen! Und er hat doch gar kein Messer – oder? Aber auf seinem T-Shirt – das ist Blut ...

Andrea versucht, Paul zu erreichen – nur die Mailbox. Sie fordert ihn auf zurückzurufen und legt auf. Wählt erneut.
Tom meldet sich. »Hallo Andrea, wo warst du heute?«
»Mit Josef unterwegs. Diese Rocker.«
»Und, seid ihr weitergekommen?«
»Nein, bislang nicht. Lauter kaputte Machos.«
Tom lacht. Dann sagt er leise: »Tut mir leid, dass ich heute Morgen schon weg war, ich hatte einen Termin.«
»Alles klar.«
»Hast du den Zettel …?«
»Tom, ich, also … Ich brauch deine Hilfe, Tom. Beruflich.«
»Ja?«
»Ich hab hier ein Kleidungsstück, da ist ein Fleck drauf.«
»Blut?«
»Vermutlich. Ein T-Shirt von Paul. Kannst du prüfen, ob das Blut ist?«
»Von Herbert Mitterwieser?«
»Ich weiß es nicht. Ja. Bitte!«
»Wo ist Paul?«
»Unterwegs. Wo bist du?«
»Ich bin noch im Präsidium.«
»Ich komm rüber.«
Andrea legt auf. Ihr ist etwas schwindlig. Sie hat ein ganz schlechtes Gefühl. Hat Paul was mit dem Toten zu tun? Nein, Paul verabscheut Gewalt. Aber weiß sie, wie er sich verhält, wenn er betrunken ist? Und irgendwelche Pillen genommen hat? Nein, das weiß sie nicht. Wenn ihn Herby provoziert hat, ihn unter Druck gesetzt hat? Hat Paul Schulden? Ist das Herbys Blut? Sie denkt an Tom. Der am Telefon auch gleich auf Herby getippt hat. Was soll das? Sieht so Liebe aus? Was hat das jetzt damit zu tun? Quatsch! Tom hat sich ihr gegenüber mehr als korrekt verhalten, als er Josef gegenüber verschwiegen hat, dass Paul eine Auseinandersetzung mit dem Rocker hatte. Dienstlich gesehen alles andere als korrekt. Verdammt!

»Wir werden sehen«, sagt sie zu sich selbst, steckt das T-Shirt in eine Plastiktüte und macht sich auf den Weg.
Draußen ist es schwül. Der Abendhimmel hat eine giftige Farbe. Schwefel. Es wird ein Gewitter geben. Ihr bricht der Schweiß aus. Nur wenige Autos. Kaum Sound, fast keiner auf der Straße. Als würde die Stadt die Luft anhalten. Alles elektrostatisch aufgeladen.
Als sie das Polizeipräsidium erreicht, knallt es. Ein violetter Blitz spaltet den jetzt dunkelgrünen Himmel. Sie schafft es gerade noch ins Gebäude, bevor der Parkplatz unter einer weißen Decke Hagelkörner verschwindet. Fasziniert starrt Andrea auf die hüpfenden Eiskugeln. Fröstelt, weil sie nur mit dünner Jeansjacke losgefahren ist.
Sie zeigt ihren Dienstausweis an der Pforte und geht den neonbeleuchteten Gang entlang zum Fahrstuhl. Es ist halb acht und es sind nicht mehr viele Leute hier.
Sie klopft an die offene Tür, als sie die Kriminaltechnik betritt. Tom sitzt an seinem Schreibtisch und tippt.
»Hallo, Tom.«
»Oh, hallo.« Er steht auf, öffnet die Arme. Als Andrea zögert, schließt er sie wieder ungelenk und es wird nur eine schüchterne Begrüßung mit einem vagen Wangenkuss.
»Hier.« Sie hält ihm die Tüte mit dem T-Shirt hin.
Er nickt und nimmt die Tüte, geht zum Labor, will sie einem der Laborassistenten geben. Andrea stürzt hinterher. »Tom, kannst du das bitte selbst machen?«
Der Assistent zwinkert und zieht sich zurück. Andrea stöhnt leise auf.
Tom schaut in die Tüte. »Wenn das Blut mit dem von Herby übereinstimmt, muss ich es melden. Und ich werde es melden.«
»Ja, ich weiß, klar. Deswegen bin ich ja hier. Ich warte in meinem Büro.«
Andrea macht das Licht in ihrem Büro nicht an. Tritt ans Fenster. Gewitter vorbei, leichter Regen. Ein paar orange Streifen

am sonst schwarzen Himmel. Innenhof scheckig vom Hagel. Auch auf dem Fensterbrett Eiskörner. Sie nimmt eins und presst es zwischen Zeigefinger und Daumen. So fest sie kann.
Sie hält ihr Gesicht in den Regen hinaus. Weint. Heiß und kalt. Zu viel im Moment. Alles. Keine Kontrolle. Paul ist ihr Bruder. Wenn er diesen Mann erstochen hat? Was passiert dann? Mit ihm? Mit ihr? Sie schließt das Fenster und sinkt auf ihren Bürostuhl. Spürt, wie schnell ihr Gesicht trocknet, sich die Haut spannt.
Plötzlich steht Tom im Zimmer. Sie schreckt hoch.
»Die gute Nachricht zuerst oder die schlechte?«, fragt Tom.
»Was?«
»Es ist Blut.«
Sie nickt langsam.
»Aber das Blut ist nicht von Herbert Mitterwieser. Kann es von Paul sein? War er verletzt, als er heimkam? Ich hatte nicht den Eindruck.«
»Ich auch nicht. Nasenbluten?«
»Wir sollten das überprüfen.«
»Wie soll ich das machen? Ihn fragen? Damit er mich dann fragt, woher ich das T-Shirt habe?«
»Ja, klar.«
»Und was sag ich dann?«
»Sag's genauso, wie es ist.«
Andrea überlegt, dann nickt sie. »Ich frag ihn. Du, ich, äh, das ist echt super, dass du, du weißt schon …«
»Andrea, ich …«
»Bitte, sag jetzt nichts. Lass mir ein bisschen Zeit. Ich komm gerade mit mir selbst nicht ganz klar. Ich mag dich …«
»Aber …?«
»Lass mir Zeit, bitte.«
»Ja. Gute Nacht.«
Als Andrea wieder allein im Büro ist, ist ihr zum Heulen. Nein! Nicht nochmal. Einmal am Tag reicht vollkommen! Im Flur

und im Treppenhaus lässt sie ihre Ledersohlen knallen. Will ihr Echo hören.

Mutti

Paul ist natürlich nicht zu Hause. Sie probiert es auf seinem Handy. Dieses Mal erreicht sie ihn tatsächlich.
»Wo bist du, Paul?«
»Wer will das wissen?«
»Ich.«
»Mutti, ich bin nur mit Freunden was trinken. Was liegt an?«
»Auf deinem T-Shirt ist Blut.«
»Wovon redest du?«
»Der Fleck, du weißt schon.«
»Nein, weiß ich nicht. Ach so, das war irgendwie versaut. Saft. Oder Kaffee. War 'ne wilde Nacht. Spionierst du mir nach?«
»Es ist Blut.«
»Jetzt krieg dich ein. Nasenbluten vielleicht. Was weiß ich denn? Ach so – du glaubst, ich hab Herby erstochen!«
»Sein Blut ist es nicht.«
»Hä ...? Hey, jetzt versteh ich ... Mann, ich fass es nicht. Du krallst dir mein T-Shirt und bringst es in euer schickes Labor, um zu schauen, ob ... Ach, Scheiße, Andrea! Was soll das?«
»Ich hab Josef nicht gesagt, dass du mit diesem Herby Streit hattest. Tom auch nicht. Dann ist Herby tot und du kommst mit einem blutigen T-Shirt heim. Und du wunderst dich, dass ich mir Gedanken mach? Ganz toll, Bruderherz!«
»Jaja, Frau Kommissar, da sag ich jetzt mal ganz herzlich danke. Und tschüss!«
Weg ist das Gespräch. Einfach aufgelegt. Andrea ärgert sich maßlos.
Sie sinkt aufs Wohnzimmersofa, denkt nach: ›Paul ist eine Katastrophe. Das muss aufhören mit dem Zusammenwohnen. Das Chaos ist das eine – richtig scheiße ist das Muttimäßige. Da hat er Recht. Und macht das Rollenspiel ja fleißig mit,

wenn's ihm in den Kram passt. Lässt sich sogar seine dreckigen Sachen von mir waschen. Und bedient sich mit aller Selbstverständlichkeit aus dem Kühlschrank und kauft nie ein. Das muss sich ändern!‹

Ihr Handy klingelt. Sie geht dran, ohne aufs Display zu schauen. »Paul?«

»Ich bin's, Marlies.«

»Oh, hi. Wie geht's?«

»Ich bin voll sauer.«

»Wegen der Wiesn-Geschichte?«

»Du hast sie mir versprochen!«

»Du weißt doch, dass das über unsere Pressestelle läuft.«

»Aber da läuft nix. Hat das was mit den Papieren vom Innenminister zu tun?«

»Mit was für Papieren?«

»Stell dich nicht blöd, du hast es selbst gesagt.«

»Mann, Marlies, was erwartest du? Es ist nicht mein Job zu bestimmen, was an die Presse gehen darf und was nicht.«

»Die sagen uns gar nichts!«

»Es wird Gründe dafür geben.«

»Dann bringen wir eben was ohne eure Stellungnahme.«

»Du, ich kann dir nicht sagen, was ihr tun sollt und was nicht. Ich bin jedenfalls nicht befugt, zu den Hintergründen in dem Fall Auskunft zu erteilen. Ausdrückliche Ansage. Außerdem ist der Fall eh schon Asbach.«

»Das seh ich anders. Es geht ja auch um die Arbeit der Polizei generell, ihre Informationspolitik ...«

»Ganz toll, Marlies, besten Dank auch.«

»Du brauchst nicht glauben, dass ich dir nochmal helfe.«

»Na super, Marlies. War's das?«

»Wir bringen die Geschichte, du wirst sehen.«

»Macht, was ihr wollt. Ciao.«

Andrea drückt das Gespräch weg. Reibt sich die müden Augen. Oh, Mann. Das hat ihr gerade noch gefehlt. Klar, sie hat Marlies

die Story versprochen. Aber ist es ihre Schuld, dass die Pressestelle die Sachen nicht freigibt? Nein, ist es nicht. ›Sollen die vom *Abendblatt* doch schreiben, was sie wollen!‹
Sie schließt die Augen. Lauscht in die Stille. Die ist dröhnend laut. Schon wieder fühlt sie sich einsam. Kennt sie doch sonst nicht. Wo kommt das her? Braucht sie jemanden? Einen Mann? Tom? Guter Typ, ohne Zweifel – aber das reicht nicht. Nett, gutaussehend, zuverlässig – berechenbar. Obwohl – Tom hat Paul nicht verraten. Hätte sie nicht erwartet. Vielleicht sollte sie ihm eine Chance geben. Aber nicht jetzt. Sie kann ihn nicht schon wieder anrufen. Sie hat genug mit sich selbst und Paul zu tun. Sie macht den Fernseher an. Zu dem Gebrabbel einer Talkshow duselt sie weg.
Das Klingeln schreckt sie auf. ›Verdammt, nicht mal den Schlüssel kann er mitnehmen!‹
Sie steht auf, drückt den Türöffner und sieht auf die Uhr. Halb zwölf. Früh für Paul. In der Küche zapft sie sich ein Glas Wasser. Überlegt, ob sie ihm eine Szene macht. Oder ganz sachlich bleibt.
»Hallo, Andrea?«, kommt es von der Wohnungstür.
Sie tritt aus der Küche. »Josef, du?«
»Ja, leider.«
»Warum rufst du mich nicht vorher an?«
»Ähm, ich dachte, also das ist jetzt ein bisschen …«
»Was ist passiert?«
»Ist dein Bruder da?«
»Nein. Hat er was angestellt?«
»Sieht ganz so aus. Kannst du ihn anrufen und dafür sorgen, dass er kommt? Und sag nichts von mir!«
»Du sagst mir erst mal, was los ist!«
»Eine Frau hat heute Anzeige erstattet. Ihr Mann ist erschlagen worden. Angeblich war Paul es. Passiert ist es schon vorgestern Nacht.«
»Warum erfahren wir das jetzt erst?«

»Die Frau ist im Krankenhaus. Beruhigungsspritze. Ich hab vorhin mit ihr gesprochen. Sie sagt, dass es Streit gab zwischen ihrem Mann und Paul. Eine Eifersuchtsszene. Kennst du Lisa Furtler?«

»Nein. Nie gehört.«

»Hat Paul eine Freundin?«

»Nicht, dass ich wüsste.«

»Was Loses?«

»Doch, ja. Paul hat nach dem Konzert in der *Alten Mühle* irgendeine Frau kennengelernt und ist mit ihr nach Hause.«

»Was weißt du über sie?«

»Er hat was von viel Geld und einem großen Haus erzählt. Und einem roten Porsche.«

»Das muss sie sein. Eine Villa in Ottenburg. Das ist ein Kaff in der Nähe von Neufahrn. Sie sagt, dass sie Paul mitgenommen hat. Dann kam ihr Mann vorzeitig von einer Geschäftsreise zurück und es gab ein Eifersuchtsdrama.«

»Ach komm, so ein Quatsch! Nimmt sich Paul mit heim und der Mann überrascht sie. Und Paul bringt ihn um. Das klingt wie eine Soap.«

»Der Mann wurde erschlagen. Hinterkopf. Mit einem Aschenbecher. Mit großer Wucht. Das Arbeitszimmer war voller Blut.« Andrea schluckt. »Auf Pauls T-Shirt war Blut, als er gestern Nacht heimkam.«

»Und?«

»Was, und?«

»Was sagt er dazu?«

»Nasenbluten …«

»Wo ist das T-Shirt?«

»Im Präsidium, im Labor.«

»Wie …? Wegen Nasenbluten? Hey, Andrea, das gefällt mir überhaupt nicht. Warum machst du das, ohne dass ich davon was weiß?«

»Tut mir leid. Ich wollte wissen, ob es das Blut von Herby ist.«

Andrea atmet tief durch. »Paul kannte Herby. Sie haben sich an dem Abend gesehen. Und sie hatten Streit an der Bar.«

»He, Andrea, du hast echt 'nen Vogel! Das geht überhaupt nicht. Und jetzt sag mir, dass Tom auch daneben stand. Und alles mitangesehen hat?«

»Ja.«

»Na super. Und was haben die zwei gemacht? Also Paul und dieser Rocker? Weshalb haben sie gestritten?«

»Geld, glaub ich. Ich hab nicht viel mitgekriegt, ich war schon ziemlich blau. Du glaubst doch nicht, dass Paul den Typen absticht und dann verbringt er die Nacht mit dieser Lisa und erledigt gleich noch ihren Ehemann?«

»Ich weiß gar nicht, was ich glauben soll. Aber eins weiß ich: Dass ihr 'nen Knall habt! Steht beide daneben und sagt mir nix.«

»Lass bitte Tom da raus.«

»Echt nicht.« Josef schüttelt den Kopf. »Mann, Mann, Mann!«

»Tom hat das T-Shirt untersucht.«

»Und?«, fragt Josef genervt.

»Es ist Blut. Aber nicht das von Herby.«

»Sein eigenes?«

»Er war nicht verletzt.«

Josef reibt sich die Schläfen. »Ruf Paul an, er soll sofort herkommen.«

Das erübrigt sich, denn jetzt dreht sich ein Schlüssel im Türschloss. Auftritt Paul – bestens gelaunt. Aber nur ganz kurz. Denn Josef konfrontiert ihn mit den Neuigkeiten.

Paul schüttelt heftig den Kopf. »Aber das ist doch ein totaler Schmarrn! Ich hab niemanden erschlagen. Ich bin am nächsten Tag aus dem Haus weg, da war alles in Ordnung. Naja, Lisa war nicht mehr da. Ist ja manchmal so.«

»Die Leiche lag im Arbeitszimmer.«

»Ich hab keine Ahnung, wo in dem Haus das Arbeitszimmer ist.«

»Im Souterrain. Sie sagt, sie hätte gesehen, wie du zugeschlagen hast.«

»Ja super, ich. Sturzbetrunken. Und völlig hinüber. Und dann ruft sie erst am übernächsten Tag die Polizei. Erst mal drüber schlafen. Das ist doch lächerlich!«

»Sie sagt, sie hätte sich im Arbeitszimmer eingesperrt. Sie hatte Angst, weil du so gewütet hast. Und dann war sie im Krankenhaus und hat eine Beruhigungsspritze bekommen. Die Aussage hat sie erst heute Abend gemacht.«

»Das ist doch alles erstunken und erlogen! Ich hab niemanden erschlagen! Die hat mich in eine Falle gelockt!«

»Wann ist denn der Todeszeitpunkt?«, fragt Andrea jetzt.

»In der Nacht zum Sonntag, am frühen Morgen. Vielleicht drei Uhr, sagt der Rechtsmediziner.« Josef dreht sich zu Paul. »Auf deinem T-Shirt war Blut.«

Paul sieht Josef ausdruckslos an. Dann Andrea – verächtlich.

»Andrea, pack ein paar Sachen für ihn ein.«

Paul sackt auf dem Sofa zusammen.

»Was war los in der Nacht?«, fragt Andrea.

»Ich weiß es nicht. Ich war so betrunken. Und die blöden Pillen von Herby. Ich hatte 'nen Filmriss. Alles weg. Ich weiß nix mehr. Bis zum nächsten Morgen. Und da war ich allein in dem Haus, sie war nicht mehr da. Ich bin mit dem Bus zur S-Bahn und nach München reingefahren. Und dann war ich noch mit Freunden unterwegs. Ich hab niemanden erschlagen! Ich wusste bis jetzt nicht einmal, dass Lisa verheiratet ist.«

Josef sieht auf die Uhr. »Paul, komm. Wir nehmen im Präsidium deine Aussage auf und dann sehen wir weiter.«

Schmusebär

Andrea fühlt sich beschissen, als sie um halb zwei wieder zu Hause ist. Sie hatte im Büro gewartet, bis Josef mit seinem ersten Verhör fertig war. Zu gerne wäre sie dabei gewesen – zumindest per Video. Nicht einmal das hatte Josef zugelassen. Aber die Informationen, die er im Verhör von Paul bekommen hatte, waren so dürftig, dass er es ihr hinterher in groben Zügen erzählte. Paul war dabeigeblieben, dass er schlichtweg keinerlei Erinnerung daran hatte, was bei Lisa Furtler im Haus passiert war. Komplett ausgeknockt von Alkohol und Pillen. Also wäre er gar nicht in der Lage gewesen, jemanden zu überwältigen. Dürftige Aussage. Aber auch kein Schuldeingeständnis. Das Ergebnis der Blutuntersuchung hingegen ist eindeutig: Auf seinem T-Shirt ist das Blut des Ehemanns.

Andrea zermartert sich den Kopf. Paul würde so was niemals machen. Auch nicht, wenn er sturzbesoffen ist. Sie kennt ihn doch. Betrunken ist er ein schwankendes Elend ohne Koordination und mit heftigster Anlehnungsbedürftigkeit. Nicht aggressiv, eher Schmusebär. Aber man weiß ja nie. Diese Dreckspillen. Scheiße, im Moment spricht nichts für ihn.

Andrea fällt die Decke auf den Kopf. Ihre Gedanken fahren Achterbahn. Sie steht lange am offenen Fenster und starrt in die Nacht. Raucht mehrere Zigaretten. Was eigentlich nicht ihre Art ist.

Im Haus gegenüber brennen noch ein paar Lichter. So spät noch. Sie sieht den jungen Vater in der Wohnung im zweiten Stock. Er geht mit dem schlaflosen Baby auf dem Arm auf und ab. Hospitalismus. Da wohnt ein Studentenpärchen, beide gerade mal Mitte zwanzig. Und führen schon ein ganz anderes Leben. In der Wohnung darüber bei der alten Frau Pichlmeier flimmert es fernsehblau. Vorhänge zugezogen. Andrea stellt sich vor, dass sie mit ihrem Kopfhörer in dröhnender Lautstärke irgendeine Schmonzette guckt und dabei an ihrem Eierlikör nippt. Den sie auch schon mal probieren musste, nachdem sie ihr beim Hochtragen der Einkäufe geholfen hatte.

In der Wohnung links daneben sitzt eine Frau um die fünfzig am Schreibtisch. Kinn, Wangen, Nase in den gelben Lichtkegel der Schreibtischlampe getaucht. Andrea kennt die Frau nicht. Sie reibt sich gerade die Stirn, ihre Hand huscht über den Schreibtisch. Blätter, ein Heft? Sie schreibt. Andrea überlegt, ob die Frau Listen führt, Ausgaben berechnet, die viel zu hoch sind, sich Sorgen macht. Ist sie Lehrerin und korrigiert Schulaufgaben? So spät noch? Oder sie ist eine Schriftstellerin, die am Schluss einer Geschichte feilt? So viele Möglichkeiten.

Vermasselt

Paul schläft nicht. Obwohl es schon auf Morgen zugeht. Was er mangels Fenster in seiner Zelle nicht mitbekommt. Er starrt an die Decke. Hat das Licht angelassen. Weil er den stillen Raum so schon kaum aushält. Wahnsinn, er hat es vermasselt. Alles. Das ewige Saufen, Kiffen, die Pillen, das Rumhängen. Jetzt hat er die Rechnung. Aber fett. Totschlag – kann das sein? Der Typ ist ihm doch scheißegal. Er kennt ihn nicht mal. Und wenn der ihn fünfmal mit seiner Frau im Bett erwischt.

Haben ihn die Scheißdrogen austicken lassen? Wie kommt das Blut auf sein T-Shirt? Oder haben die beiden gestritten, während er weggetreten im Bett lag? Und sie braucht jetzt einen Sündenbock? Aber das Blut? Vielleicht hat sie sein T-Shirt in die Blutlache ihres Mannes getaucht? Er kann sich nicht erinnern, das Hemd ausgezogen zu haben. Doch was heißt das schon bei seinen Erinnerungslücken? Morgens hatte er es jedenfalls an. Da funktionierte sein Kopf halbwegs wieder. Irgendwie hat sie es gemacht. Er muss mit Andrea reden. Die Tante will ihm das anhängen. Andrea muss in diese Richtung ermitteln. Aber wahrscheinlich darf sie in dem Fall gar nichts unternehmen. Sie ist befangen. Egal, er muss ihr sagen, wie es gewesen ist. Also seine Theorie. Dass Lisas Mann zu früh von der Geschäftsreise heimkommt, dass die Eheleute streiten und sie ihn erschlägt. Vielleicht aus Notwehr. Dass sie Panik kriegt und ihm die Sache anhängen will.

»Durchgedreht«, hat sie angeblich gesagt. Er ist in seinem ganzen Leben noch kein einziges Mal durchgedreht. Glaubt ihm das jemand? Er ist sich alles andere als sicher. Jetzt passiert ihm etwas, was ihm das letzte Mal als Kind passiert ist – es fängt ganz leise an, wird immer stärker und dann bricht es aus ihm heraus: er weint, er heult, dass ihm der Rotz aus der Nase läuft. Wenn er aus dieser Nummer rauskommt, wird er sein Leben ändern. Grundsätzlich. Das Saufen einstellen, mit den Drogen aufhören.

Er sieht zu dem Fenster hoch. Das kein Fenster ist, nur eine kleine Lüftungsklappe, vergittert. Wo zumindest die Luft den Weg ins Freie findet. Die Welt ist draußen. Er sitzt hier drinnen. Er schließt die Augen.

Kaltblütig

Josef verteilt am nächsten Morgen im Büro die Aufgaben. Was nicht schwer ist, da sie momentan nur zu zweit sind. »Andrea, du machst die Rockergeschichte, ich kümmere mich um deinen Bruder, also um den Tod von Karl Furtler. Du unternimmst nichts wegen Paul. Ist das klar?«

»Aus der Rockergeschichte ist er raus?«

»Naja, erhellend waren seine Ausführungen über seinen Streit mit Herby an der Bar nicht gerade. Aber dass er zweimal in einer Nacht …«

»Sag's ruhig.«

»Nein, ich sag's nicht. Aus dem Fall Furtler hältst du dich jedenfalls raus!«

»Aber ich darf mit Paul reden? Privat.«

»Ich kann es dir nicht verbieten. Aber keine Fragen zum Fall.«

»Das kann ich schlecht verhindern.«

»Keine ermittlungsrelevanten Informationen.«

»Wir haben doch gar nichts.«

»Du weißt, wie ich's meine. Keine Mutmaßungen, Theorien, keine Interna. Sonst kommst du in die Hölle. Und ich auch. Ist das klar?«

Andrea nickt. »Ja, ist klar.«

»Paul braucht einen Anwalt. Dringend. Einen guten. Wir haben schwerwiegende Indizien und die Aussage von der Frau.«

»Traust du ihr, Josef?«

»Das sind so schwere Anschuldigungen, die machst du nicht einfach so. Und vor allem: wie kommt das Blut ihres Mannes auf Pauls T-Shirt?«

»Naja, wenn sie ihren Mann erschlagen hat, dann ist sie vielleicht auch kaltblütig genug, um einen Klecks Blut auf das T-Shirt eines Besoffenen zu bringen.«

»Oh Mann, Andrea, wie wahrscheinlich hört sich das an?«

»Nicht weniger wahrscheinlich, als dass Paul einen Menschen erschlägt.«

»Ich hab ihn gefragt, ob er das T-Shirt ausgezogen hat. Er sagt: nein.«

»Das wird er noch wissen, in seinem Zustand in dieser Nacht.«

»Wir haben die Aussage der Frau. Von Paul haben wir nichts.«

»Paul erschlägt keinen. Ich kenn ihn doch. Paul ist ein Tagträumer, ein Hippie.«

»Nur, dass Hippies Gras rauchen. Weißt du, was der Bluttest von Paul ergeben hat? Dass er seit Jahr und Tag Amphetamine und Designerdrogen in sich reinstopft. Da ist jede Menge Chemie in seinem Körper. Also komm mir nicht mit Flower-Power. Weißt du, wie das Chemiezeugs zusammen mit Alkohol reagiert? Ich nicht. Ich schätze, dass das eine brisante Mischung ist.«

Andrea sieht betroffen zu Boden. Scheißdrogen – warum hat sie das ignoriert? Toleriert? Aber es ist ja auch nicht so leicht bei einem so ausgeflippten Typen wie Paul. Ob er high ist oder einfach nur aufgedreht, kann man bei ihm eigentlich nie so genau sagen. Wirklich?

Sie dreht sich niedergeschlagen weg. Ihr laufen die Tränen runter. Schon wieder.

»Andrea, ich glaub dir ja, dass er so was nicht macht. Aber es sieht gar nicht gut für ihn aus. Da spricht eine Menge gegen ihn. Ich weiß nicht, was wir im Moment für ihn tun können.«

»Ihm glauben.«

»Ja, aber was denn? Wenn er sich an nichts erinnern kann.«

»Und wenn es schon vorher passiert ist? Vor dem Konzert? Sie hat Streit mit ihrem Mann, erschlägt ihn und sucht sich dann einen Sündenbock.«

»Andrea, ganz toll. Sie geht anschließend seelenruhig auf ein Festival, reißt sich einen betrunkenen Musiker auf und bindet ihm das ans Bein. Das passt auch nicht zur Tatzeit. Ihr Mann ist laut Obduktionsbericht erst weit nach Mitternacht ums Leben gekommen.«

»Dann ist es eben passiert, als Paul da war und er oben geschnarcht hat. Ach, ich weiß es doch auch nicht. Vielleicht hat sie Paul K.o.-Tropfen gegeben, wie in unserem Fall mit den Wiesn-Ladys? Und dann hat sie die ganze Nummer abgezogen.«

»Andrea, das ist völlig unrealistisch. Dann hätte sie ja einen genauen Plan gehabt. Auf dem Konzert einen jungen Mann abgreifen, ihm zu Hause was in den Drink tun, dann die Heimkehr des Ehemanns abwarten, ihn erschlagen und die Schuld auf den weggetretenen Typen im Schlafzimmer schieben. Vergiss es. Die Bluttests von Paul enthalten jedenfalls keine Hinweise darauf, dass er vorsätzlich schachmatt gesetzt wurde. Wobei das allerdings angesichts des Zeitrahmens und bei seinen Blutwerten kaum festzustellen gewesen wäre.«

»Wir müssen die Frau in die Mangel nehmen.«

»Wir? Wenn schon, dann ich. Aber wie soll das gehen? Womit kann ich sie unter Druck setzen? Ihre Geschichte klingt glaubhaft. Paul hat das Blut am Hemd, nicht sie.«

»Und was ist mit Fingerabdrücken?«

»Pauls Abdrücke sind im Haus.«

»An der Tatwaffe?«

»Mann, Andrea!«

»Jetzt sag schon, bitte!«

»Halt dich da raus!«

»Dann frag ich eben Tom!«

»Der wird dir nichts sagen. Darf er nicht.«

Andrea stöhnt auf. »Bitte, Josef, ich muss wissen, ob Paul wirklich … Sind auf dem Aschenbecher seine Fingerabdrücke?«
»Nein.«
Andrea atmet erleichtert auf.
»Das heißt gar nichts, Andrea. Die kann er abgewischt haben. Sagt die Furtler sogar. Andrea, ich kümmere mich. Du hältst dich aus der Sache mit deinem Bruder raus und ermittelst im Rocker-Fall, ja? Versprichst du mir das?«
»Ja, okay.«
»Sobald es was Neues gibt, sag ich dir Bescheid.«
»Dann geh ich jetzt zu Paul. In welcher Zelle ist er?«
»Er ist schon nach Stadelheim verlegt worden.«
Sie stöhnt auf. »Kann ich noch zu ihm, bevor ich mit den Rockern anfang?«
»Tu, was du nicht lassen kannst.«

Badboys

Paul sieht wirklich schlecht aus. So kennt Andrea ihn gar nicht. Eingefallene Wangen, wirre, stumpfe Haare. Und er ist mies drauf. Er mag seinen Pflichtverteidiger nicht, kann nach wie vor keinen erhellenden Beitrag zu den Vorgängen in der Nacht leisten. Und er ist renitent. Was beim Gefängnispersonal nicht besonders gut ankommt. Andrea ist sich sicher, dass Stadelheim für ihn eine einschneidende Erfahrung wird. Schon als Kind war Hausarrest das Schlimmste für ihn. Wenn er aus der Nummer rauskommt, wird er ein anderer sein. Wenn … Sie muss ihm helfen. Ihr einziger Anhaltspunkt ist die Frau. Sie muss mehr über sie wissen. Über ihr Motiv. Wie sie es angestellt hat. Aber wie soll sie das machen, wenn sie doch einen ganz anderen Auftrag hat? Zuerst die Rocker.
Nach ihrem Besuch in Stadelheim recherchiert sie den ganzen Vormittag, geht die Namens- und Adressliste von Dr. Meierlink nochmal im Detail durch. In der Summe eine krude Mischung. Die drei Vorstände der *Dark Angels* sind neben Anwalt Meierlink

ein Zahnarzt und ein Banker. Super. Reiche Typen, die auf Badboys machen. Die weiteren Mitglieder eher Prekariat – fast ausnahmslos polizeibekannt. Kleine Vergehen wie Ladendiebstahl und Hehlerei bis hin zu größeren Nummern wie Tätlichkeiten – auch gegen Polizisten – und Fahrzeugdiebstahl. Ein Vergehen im Bereich Rauschgift – Herby Mitterwieser natürlich.
Warum umgeben sich Leute aus der besseren Gesellschaft Münchens mit diesem Pack? Die Antwort ist für Andrea ganz einfach. Sie sind nicht besser. Sie hat keine Lust, sich mit den gestrandeten Existenzen der kleinkriminellen Rocker abzumühen. Der Fisch stinkt vom Kopf. Bevor sie den Rest der Rockergang checkt, konzentriert sie sich erst einmal auf Dr. Meierlink.
Ihre Recherchen ergeben leider vor allem Gegenteiliges: blütenweiße Weste, beispielhaftes soziales Engagement, Rotary Club und so weiter. Verheiratet. Ein Sohn. Martin. Andrea lässt den Namen des Sohns durch die Polizeicomputer laufen. Nur eine Idee. Aber erfolgreich – sie findet ihn schnell. Drei Festnahmen wegen Rauschgiftvergehen. Wie passt das damit zusammen, dass ein Dealer Mitglied in Papas Rockerclub ist? Andrea beschließt, Meierlinks Sohn selbst zu fragen und notiert sich die aktuelle Meldeadresse. Zenettistraße 18. Telefon ist nicht dabei. Den Vater fragen? Eher nicht.
Sie nimmt das Rad. Im Schlachthofviertel kräuselt sie die Nase. Muss man mögen. Der metallische Geruch von Fleisch und Blut hängt schwer zwischen den Häusern. Gute Sache, wenn man abnehmen oder Vegetarier werden will. Hat sie aber nicht vor. Ohne Leberkäs Leben nicht lebenswert. Zenetti 18. Sie studiert das Klingelschild und läutet. Ganz oben. Niemand reagiert. Sie drückt alle Klingeln und ruft laut »Post«, bis sich jemand erbarmt und aufmacht.
Oben klingelt sie nochmal. Klopft. Nichts. Horcht ins Treppenhaus. Stille. Die Tür hat ein einfaches Schloss. Vielleicht nur zugeschnappt. Sie holt ihr Multitool heraus. Fährt mit dem Schraubenzieher in den Türschlitz. *Klick.* Na bitte.

Sie schließt die Tür hinter sich. Sieht sich um. Bessere Studentenbude, unordentlich, ähnlicher Style wie bei Paul. Sie geht durch die zwei Zimmer, zieht ein paar Schubladen auf, schaut in Schränke und Kommoden, unters Bett, inspiziert das Bad. Nichts Besonderes. In der großzügigen Kammer stehen Umzugskisten. Gerade will sie nachsehen, was darin ist, da hört sie Geräusche vor der Wohnungstür. Sie huscht in die Küche, in die Speisekammer und zieht die Tür zu.

Durch das kleine Fenster zum Hof kann sie zum Treppenhausfenster hinübersehen. Vor der Wohnung stehen zwei Typen in Blaumännern und Meierlink senior. Sie betreten die Wohnung. Andrea lauscht angestrengt. Kann nur vermuten, dass sie die Kartons aus der Kammer holen. Sie setzt sich auf eine Kiste Mineralwasser und hofft, dass keiner von den Herren Durst bekommt.

Passiert nicht. Sie sieht durch das Fenster zum Treppenhaus, wie Kisten und auch ein paar Möbelstücke rausgetragen werden. Zwanzig Minuten später ist die Action vorbei. Die Wohnungstür wird zugezogen. Zum Glück sperrt keiner ab. Sie atmet durch und verlässt die Speisekammer. Das wäre unangenehm geworden, wenn die Männer sie entdeckt hätten. Gefundenes Fressen für den Herrn Rechtsanwalt. Im Wohnzimmer fehlen das Sofa und die zwei Sessel samt Couchtisch. Sie sieht in die Kammer. Die Kartons sind weg. Ihr Gefühl sagt ihr, dass es vor allem um die Kartons geht. Warum holt Dr. Meierlink sie ab? Was ist drin? Wo ist sein Sohn?

Als sie aus dem Haus tritt, ist dort kein Transporter zu sehen. Schon weg. Wo werden die Möbelpacker das Zeug hinbringen? Andrea überlegt, gleich zu Meierlink in die Kanzlei zu fahren und ihn direkt zu fragen. Nein, das würde ihn nur aufscheuchen und sie käme in Erklärungsnot, woher sie das mit den Kisten weiß. Jetzt muss sie sich auch noch um die anderen Rocker kümmern. Flüchtig zumindest. Klinkenputzen. Ihre Begeisterung ist gering.

Sorgfältig

Tom hat sich den Tatort im Haus von Lisa Furtler nochmal genau angesehen. Die große Blutlache im Arbeitszimmer im Souterrain. Von Paul konnten sie zahlreiche Fingerabdrücke im Haus sichern. Vor allem in Wohn- und Schlafzimmer. Im Arbeitszimmer allerdings nicht. Auch nicht auf der Tatwaffe, einem schweren Glasaschenbecher. Auf diesem waren gar keine Abdrücke. Ist das gut? Nein, auch nicht wirklich. Wenn er die Fingerabdrücke sorgfältig abgewischt hat, dann spricht das nicht unbedingt für Affekt oder dafür, dass er jenseits von Gut und Böse war. Vielleicht ist man bei so einer Aktion schlagartig nüchtern? Was Tom auch nicht einleuchtet: Wenn Paul es tatsächlich war, warum lässt er es dann zu, dass die Zeugin sich in dem Arbeitszimmer verschanzt? Oder wäre das wiederum ein Hinweis auf seine Unzurechnungsfähigkeit? Keine Logik, kein plausibler Ansatz. Tom zuckt mit den Achseln. Ursachenforschung ist nicht sein Aufgabengebiet. Er ist Kriminaltechniker. Um das Wie und Warum kümmert sich Josef. Und der stellt sich bestimmt ganz ähnliche Fragen. Und Andrea? Muss andere Sachen machen. Sie ist zu nah dran, um mit kühlem Kopf die Lage hier zu analysieren.

Sie haben alle Spuren am Tatort gesichert. Nachher kommt der Reinigungstrupp, dann ist der Tatort Geschichte. Zumindest was die Verwertbarkeit von Spuren angeht. Ein letzter Blick mit Konzentration! Nein, so sehr Tom sich bemüht, er entdeckt nichts Neues, nichts, was Paul entlasten könnte. Wie er mit Bedauern feststellt. Er geht durchs ganze Haus und inspiziert ein weiteres Mal das Schlafzimmer.

Nein, nichts. Er geht nach unten. Ein letzter Blick. Das war's. Er zieht die Haustür hinter sich zu.

Einfach Pech

Josef hat den Laptop des verstorbenen Ehemanns von Lisa Furtler vor sich auf dem Schreibtisch. Die Dateien auf dem

Desktop ist er schon durch. Jetzt scrollt er sich durch seine Mails. Karl Furtlers Assistentin Janine hat ihm das Kennwort für den Mailaccount gegeben. Geschäftliche und private Mails gehen bei Karl Furtler munter durcheinander.
»Karl hat nicht zwischen privat und beruflich unterschieden«, hatte seine Assistentin erklärt.
Josef hatte sie daraufhin ganz direkt gefragt, ob er für sie mehr als nur der Chef gewesen war. Was sie ohne Umschweife zugegeben hatte.
Josef geht das Gespräch noch einmal im Kopf durch.
»Hat seine Frau von Ihrer Beziehung gewusst?«
»Ich weiß es nicht. Ich glaube nicht.«
»Wie hätte sie reagiert, wenn sie es gewusst hätte?«
»Ich kenne sie kaum, aber Karl meinte, dass sie nichts machen würde, aus Angst, plötzlich ohne sein Geld dazustehen.«
»Wollte er sich trennen?«
»Gesagt hat er es.«
»Aber? Sie haben ihm nicht geglaubt?«
»Ich weiß es nicht. Doch, vielleicht.«
»Trauen Sie seiner Frau einen Mord zu?«
»Ich kenne sie nur flüchtig. Sie war ein paar Mal bei uns in der Bank. Schon ein fordernder Typ. Sehr statusbewusst. Aber so was trau ich ihr nicht zu. Ich glaube schon, dass sie ihn geliebt hat. Karl ist, also war ja wirklich ein toller Typ, so zupackend.«
»Der Bank geht es gut?«
»Ja.«
»Was machen Sie genau, also Ihre Bank?«
»Vor allem Geschäfte im Ausland. Finanzierung von Industrieanlagen. Karl war viel unterwegs.«
Josef überlegt. ›Karl Furtler war sehr wohlhabend. Wenn das Ehepaar Gütertrennung vereinbart hat, steht seine Frau nach der Scheidung mit leeren Händen da. Und wenn die Scheidung vor der Tür stand, hat sie ein gutes Motiv. Und profitiert jetzt von seinem Tod. Falls Paul seinen Kopf hinhalten muss … Aber

das kann Lisa Furtler ja schlecht geplant haben, einen jungen betrunkenen Mann auf einer Party abzuschleppen, um ihm das anzuhängen. Wobei das Abschleppen bestimmt nicht schwierig war. Sie ist eine sehr attraktive Frau. Hat Paul einfach Pech gehabt? Wenn er nicht in der *Mühle* gewesen wäre, hätte es dann jemand anderes getroffen?‹
Josef schüttelt den Kopf. Nein, das klingt alles zu ausgedacht. Wahrscheinlich sind sie wirklich überrascht worden. Entweder hat sie ihren Mann im Affekt erschlagen – oder es war eben doch Paul im Drogenwahn.
Josef scrollt weiter durch die vielen Mails. Und stutzt. Eine Mail passt nicht so recht zu den anderen. Von *VISIO – Ermittlungen aller Art*. Eine Auftragsbestätigung ohne Benennung der Leistung. Keine Konversation dazu im Mail-Account. Er googelt. *VISIO* ist eine kleine Detektei im Westend. Ein Überwachungsauftrag? Josef ruft dort an, erreicht aber nur den AB, bittet um Rückruf.
»Hallo, Josef, wie läuft's bei dir?«, grüßt Andrea, die gerade von ihrem Außeneinsatz zurückkommt.
Er klickt schnell die Internetseite weg.
»Brauchst du Unterstützung?«
»Wie?«
»Na, die Detektei?«
»Ach so, das …«
»Du hast keine Probleme mit deiner Frau?«
Josef lacht. »Nein, zum Glück nicht. Also zumindest nicht, wenn ich heute Abend pünktlich heimkomm.«
»Aha. Warum interessierst du dich dann für eine Detektei? Hat es was mit unseren Fällen zu tun?«
Josef gibt klein bei. »Naja, offenbar hat Karl Furtler eine Detektei beauftragt. Und ich frag mich: mit welchem Ziel?« Er holt die Seite wieder auf den Schirm.
»Hast du da angerufen?«, fragt Andrea.
»Ja, aber ich hab niemand erreicht.«

»Wo sitzen die?«
»In der Gollierstraße.«
»Das wär doch was! Stell dir vor, Furtler hat seine Frau beschatten lassen …«
Josef legt den Kopf schief. »Und wenn es so ist und die Beobachtungen von *VISIO* sind nicht gut für Paul?«
»Ja, klar. Du glaubst Paul nicht!«
»Andrea, er weiß überhaupt nicht, was in dieser Nacht passiert ist, also kann ich ihm weder glauben noch nicht glauben. Wir brauchen was Handfestes, etwas, das seine Unschuld belegt.«
»Wann checken wir diese Detektei?«
»Wir nicht. Das mach ich. Ich schau mir die morgen an.«
»Das könnten wir doch jetzt noch machen?«
»Da geht keiner ans Telefon.«
»Hast du's auch am Handy probiert? Die haben doch bestimmt eine Mobilnummer. Komm, lass uns da vorbeifahren.«
»Nein, heute nicht mehr. Und du schon gar nicht. Du hältst dich aus dem Fall raus. Du bist befangen. Das bringt nur Ärger. Ich hab morgen früh die Furtler hier und anschließend prüf ich das mit dem Detektivbüro. Du bleibst an deinem Fall mit dem Rocker dran.«
»Ja. Klar. Hab schon verstanden.«
»Ich muss los. Alles weitere morgen.« Er nimmt seine Sachen und geht.
Andrea sinkt auf ihren Bürostuhl. Jetzt hat sie Josef nicht einmal von Meierlinks Sohn erzählen können und dass aus seiner Wohnung plötzlich lauter Kisten verschwunden sind. Tja, dann eben morgen.

Zielperson

Andrea fährt mit dem Rad noch einen Umweg über den Röcklplatz, wo sie sich das letzte Mal mit Paul ein Eis gekauft hat. Ein wunderbarer Abend, immer noch sehr warm für Anfang Oktober. Würde Paul jetzt nicht im Gefängnis sitzen, könnte sie das

Eis sogar genießen, das sie sich gerade aus purer Gewohnheit geholt hat. Automatismus. Sie hat es erst gemerkt, als sie vor der Eisvitrine stand und das Kleingeld raussuchte.
Auf dem weiteren Heimweg kommt sie durch die Gollierstaße. Nicht ganz zufällig. Sie geht mit ihrem Handy ins Internet und findet *VISIO – Ermittlungen aller Art.* Geschäftsführer Vinzenz Roider. Hausnummer 8. Sie hält vor dem Gebäude und studiert die Klingeln. Dritter Stock links. Steht ein Fenster offen? Nein. Es ist noch hell. Kein Licht in den Fenstern. Sie klingelt und bereut es sofort. Was macht sie da? Was soll sie sagen? Aber nichts passiert. Niemand öffnet. Sie überlegt kurz, dann steigt sie aufs Rad und fährt nach Hause. Macht sich eine Thermoskanne Kaffee und zwei Brote.
Wenig später sitzt sie in ihrem *Golf* vor dem Haus in der Gollierstraße und wartet. Fühlt sich in alte Ermittlertage zurückversetzt. Spätnachts oder frühmorgens vor irgendwelchen Häusern stehen, um zu sehen, ob und wann die Zielperson auftaucht.
Ihr Handy klingelt. Sie sieht aufs Display und geht dran.
»Ja, Tom?«
»Hi, Andrea, wo bist du?«
»Ich sitz daheim auf dem Sofa.«
»Kann ich vorbeikommen?«
»Nein, das ist jetzt ungünstig.«
»Ich dachte, wir könnten alles nochmal durchsprechen.«
»Bitte, das passt jetzt gar nicht. Weißt du, die eine Nacht ... «
»Ich mein die Geschichte mit Paul.«
Jetzt muss sie unwillkürlich lachen. Obwohl das nicht komisch ist. Am anderen Ende der Leitung ist es still.
»Entschuldigung, Tom.«
»Kann ich kommen, also, soll ich?«
»Ja.«
»Ich bin in zwanzig Minuten bei dir.«
»Ich bin nicht zu Hause. Komm in die Gollierstraße 8. Ich sitz im Auto vor dem Haus.«

»Was machst du da?«
»Stell keine Fragen, komm einfach.«

Zwischending

Romantisch. Für Automobilisten. Ein gemeinsamer Abend in Andreas Auto. Irgendwie intim und irgendwie auch anonym. Zwischending. Jedes Wort hört sich sehr laut an. Tom fühlt sich unwohl. Hätte Dinge zu sagen. Sagt sie nicht.
»Kaffee?«, fragt Andrea.
»Nein danke, sonst muss ich biseln, wenn gerade was passiert.«
Andrea lacht.
»Was versprichst du dir von der Aktion?«, will Tom wissen. »Also, was willst du rauskriegen?«
»Es könnte sein, dass Karl Furtler seine Frau beschatten ließ. Und dass *VISIO* Informationen hat, was wirklich passiert ist.«
»Wenn die was haben, würden die doch zur Polizei gehen?«
Andrea deutet auf die heruntergekommene Hausfassade. »Sieht das aus, als wohnen da Leute, die gern zur Polizei gehen?«
»Naja, in einem so krassen Fall schon. Oder nicht?«
Jetzt geht im dritten Stock das Licht an.
Andrea ist irritiert. »Es ist doch keiner ins Haus gegangen?«
»Vielleicht sind im Hof Garagen oder Stellplätze. Was machen wir?«
»Kannst du schauen, ob es einen Hintereingang gibt?«
»Okay.«
Tom steigt aus und geht in die Seitenstraße. Andrea sieht zum dritten Stock hoch. Das blaue Licht eines Bildschirms in einem dunklen Fenster. Fernseher, Computer? Andrea denkt nach. So ganz in Ordnung ist das nicht mit Tom. Treu wie ein Dackel und sie schickt ihn rum. Können sie nicht einfach Freunde sein? Aber ist das im Moment wichtig? Nein. Jetzt geht es um Paul. Sie muss nachweisen, dass er es nicht war. Und ihr Chef darf das nicht wissen. Ermittlungen im Fall eines Verwandten, Ergebnis schon vorprogrammiert. Wirklich? Ja, klar – Paul ist unschuldig.

Oben geht das Licht aus. Und im Treppenhaus an. Sie wählt Toms Nummer.
»Tom, da kommt jemand runter. Pass auf!«
Keine Minute später klingelt es.
»Ein Mann, er steigt ins Auto, schwarzer Audi.«
»Bin gleich bei dir.«
Andrea startet den Wagen und touchiert beim Ausparken leicht das Nachbarauto. Sie flucht und gibt Gas.
Tom steht an der Straße und springt rein. »Er ist da vorne rechts abgebogen.«
An der nächsten Ampel haben sie ihn eingeholt.
»Was ist das für ein Typ?«, fragt Andrea.
»So Mitte vierzig. Zurückgegeltes dunkles Haar. Pomade oder einfach fettig. Keine Schönheit.«
Sie folgen dem Wagen durch die halbe Stadt, fahren auf der Schleißheimerstraße stadtauswärts. Schließlich biegen sie in eine Parkbucht im Industriegebiet. Auf der Mauer, hinter der der Audi gerade verschwunden ist, steht in großen Lettern *STUNDENHOTEL.*
Andrea schüttelt den Kopf. »Ist das Ironie? Sagt man das tatsächlich so? Also im Ernst?«
»Kennst du das nicht?«
»Ich bin nicht bei der Sitte. – Du aber auch nicht.«
»Wenn du von Dachau nach München reinkommst, siehst du das zwangsläufig.«
»Das klingt wie ein schlechter Witz.«
»Naja, du kannst ja schlecht *Puff* draufschreiben.«
»Wieso nicht?«
»Weil's scheiße klingt.«
»Dann eben *Wellness-Oase* oder was anderes Öliges.«
»Wollen wir warten, bis er fertig ist?«, fragt Tom.
Andrea gähnt. »Nein. Jetzt haben wir ja schon mal eine interessante Information.«
»Naja. Dass er ins Puff geht. Was bedeutet das?«

»Dass er dafür das nötige Kleingeld hat. Und sieht die Lage seines Büros so aus, als hätte er Geld übrig? Oder der alte Audi?«
»Vielleicht hat er hier einen Nebenjob als Rausschmeißer? Macht ein bisschen Security.«
»Quatsch, der ist da einfach Kunde. Und wenn du das öfters machst, brauchst du genug Kohle. Entweder seine Detektei läuft super oder er hat eine andere Einnahmequelle. Erpressung zum Beispiel.«
»Andrea, ich weiß nicht.«
»Ich prüf morgen, ob wir was über ihn haben.«
Sie lässt den Wagen an.

Details

Lisa Furtler sitzt bereits im Verhörzimmer, als Josef am nächsten Tag um Viertel nach zehn ins Präsidium kommt.
»Entschuldigung, Frau Furtler, ich wurde aufgehalten.«
»Kein Problem. Sagen Sie – das hier ist kein Büro, oder?«
»Nein, aber in meinem Büro kann man sich nicht in Ruhe unterhalten. Da klingelt ständig das Telefon.«
»Was passiert hier sonst?«
»Verhöre.«
»Ah?«
»Und Zeugenbefragungen. Wie geht es Ihnen?«
»Nicht gut. Ich kann nicht schlafen. So was liest man doch sonst nur in der Zeitung. In den eigenen vier Wänden! Ich durfte gestern Nachmittag wieder ins Haus. Aber ich fühl mich dort nicht mehr sicher.«
»Verstehe.«
»Ich werde das Haus verkaufen.«
Josef nickt. »Lassen Sie uns den Abend bitte nochmal durchgehen.«
»Muss das sein?«
»Ja, leider. Manchmal fallen einem mit etwas Abstand mehr Details ein. In Ordnung?«

»Fangen Sie an.«
»Warum sind Sie an diesem Abend zur *Mühle* gefahren?«
»Eher zufällig. Ich war einsam. Ich hatte das Plakat gesehen. Ich dachte, das lenkt mich etwas ab. Mein Mann war wie so oft auf Geschäftsreise. Ich wollte einfach raus, was unternehmen.«
»Fuhren Sie mit der Absicht in die *Mühle,* jemanden kennenzulernen?«
»Wie meinen Sie das?«
»Wollten Sie einen Mann ansprechen?«
»Sie meinen: Hab ich es nötig?«
»Ich meine gar nichts. Antworten Sie bitte auf meine Frage.«
»Nein, ich wollte mich nur ein wenig ablenken. Musik, ein Drink, Leute sehen.«
»Wie sind Sie mit Paul Mangfall ins Gespräch gekommen?«
»Ich hatte Paul auf der Bühne gesehen und dann stand er plötzlich neben mir an der Bar.«
»Was hat er gesagt?«
»Erst mal gar nichts. Er hatte Streit mit einem komischen Typen.«
»Was für ein komischer Typ?«
»Lange Haare und eine Weste über der Lederjacke. Mit jeder Menge Aufnähern.«
»Ein Rocker?«
»Ja, ich glaube schon.«
»War Paul allein?«
»Nein, da war auch die Bassistin von der Band und noch ein Mann.«
»Und Paul hatte Streit mit dem Rocker?«
»Ja, hatte er.«
»Und warum erzählen Sie das jetzt erst?«
»So genau haben Sie bisher nicht gefragt. Was hat das mit dem Tod meines Mannes zu tun? Sie wollten doch wissen, was bei mir zu Hause passiert ist?«
»Entschuldigung. Trotzdem. Erzählen Sie bitte weiter. Paul Mangfall und der Rocker, die beiden haben gestritten?«

»Ja. Und plötzlich dreht sich Paul zu mir und sagt: ›Bleiben Sie hier, schöne Frau, mit dem bin ich gleich fertig und dann bin ich ganz für Sie da.‹ Da musste ich lachen. Er ist mit dem Typen abgezogen. Ich hab an der Bar was getrunken und nach fünf Minuten kam Paul zurück.«

»Fünf Minuten?«

»Ja, ungefähr. Nicht genau. Aber ziemlich kurz.«

»Und dann?«

»Nun ja, dann haben wir uns kennengelernt.«

»Wo waren die Bassistin und ihr Freund?«

»Keine Ahnung. Weg. Nicht mehr da.«

»Und weiter?«

»Wir haben was getrunken. Paul war ganz aufgedreht. Ich weiß nicht, kann sein, dass er was eingeworfen hat. Vielleicht war er deswegen mit dem Typen draußen. Er war jedenfalls ganz hibbelig, aber auch unglaublich komisch. Er hat die ganze Zeit Witze erzählt. Ich hab lange nicht mehr so gelacht. Und er hat auf Teufel komm raus mit mir geflirtet. Naja, ich war einsam. Und irgendwann sind wir zu mir gefahren.«

»Was ist im Haus passiert?«

»Er war völlig hinüber. Ist umgefallen wie ein nasser Sack.«

»Und Sie?«

»Ich war im Wohnzimmer, hatte den Fernseher an. Und dann kam mein Mann nach Hause. Einen Tag früher als angekündigt. Erst war er ganz normal, aber ich konnte ihn natürlich nicht daran hindern, ins Schlafzimmer zu gehen. Und da schlief Paul.«

»Was hat ihr Mann gemacht?«

»Er ist ausgerastet.«

»Hat er Paul zur Rede gestellt?«

»Nein, der war ja außer Gefecht. Mein Mann hat mich angebrüllt.«

»Was passierte dann?«

»Plötzlich war Paul da. Er kam die Treppe runter. Hatte ganz rote Augen, sah ausgeflippt aus, wie auf Drogen. Er hat sich auf meinen Mann gestürzt.«

»So? Im Wohnzimmer waren keine Kampfspuren.«

»Mein Mann ist ins Arbeitszimmer runter, Paul hinterher. Ich wollte dazwischen gehen, aber dann hab ich gesehen, wie Paul mit dem Aschenbecher ausholt …«

»Links oder rechts?«

»Was?«

»Mit welcher Hand hat er ihn gehalten?«

»Wen?«

»Den Aschenbecher.«

»Das weiß ich doch nicht. Rechts wahrscheinlich.«

»Gut, weiter.«

»Paul hat mich angestarrt wie ein Wahnsinniger. Er hat den Aschenbecher mit seinem T-Shirt abgewischt, sich wie ein Verrückter umgesehen, ob er noch was angefasst hat und ist aus dem Zimmer raus.«

»Und Sie? Hat er zu Ihnen was gesagt?«

»Nein, er hatte diesen irren Blick. Als er aus dem Arbeitszimmer raus war, bin ich zur Tür gestürzt und hab sie abgesperrt. Die Tür ist aus Stahl. Früher war das ein Kellerraum und wir haben die Brandschutztür nicht ausgewechselt.«

»Gibt es ein Telefon im Arbeitszimmer?«

»Nein, mein Mann hat alles mit dem Handy gemacht.«

»Da unten gibt es Empfang?«

»Ja, ausreichend.«

»Sie hatten kein Handy dabei?«

»Nein, das lag oben in der Küche.«

»Und ihr Mann?«

»Ich, ich weiß nicht. Er lag leblos am Boden.«

»Hatte er ein Handy?«

»Bitte?«

»Na, um Hilfe zu holen.«

»Sein Sakko war im Wohnzimmer. Nehm ich mal an.«

»Wenn das ein Arbeitszimmer ist, dann gibt es da doch bestimmt einen Computer. Sie hätten der Polizei eine Mail schreiben können.«

»Da ist nur eine Dockingstation für den Laptop meines Mannes.«

»Und der Laptop?«

»Karl kam ja gerade erst von der Geschäftsreise. Sein Rollkoffer war oben.«

»Gut, was haben Sie gemacht?«

»An der Tür gehorcht. Ob Paul noch im Haus ist. Aber ich hab nichts gehört. Es war gespenstisch ruhig. Irgendwann bin ich eingeschlafen.«

»Mit der Leiche im Raum?«

»Ja, was denn sonst?«, braust sie auf.

»Was glauben Sie, hat Paul gemacht?«

»Ich vermute, er hat sich oben hingelegt und geschlafen. Er war ja komplett weggetreten. Bestimmt weiß er gar nicht, was er gemacht hat.«

»Sie hätten doch fliehen können?«

»Ich war mit den Nerven komplett runter. Ich hab mich nicht getraut.«

»Sie sind erst raus, als sie am nächsten Tag die Putzfrau gehört haben?«

»Ja.«

»Hm, sagen Sie, könnte Ihr Mann von Ihrer Affäre gewusst haben?«

»Ich habe keine Affäre.«

»Und wie nennen Sie das mit Paul Mangfall?«

»Einen Ausrutscher. Es ist ja nicht mal was passiert.«

»Aha.« Josef hebt die Augenbrauen und schweigt.

»War's das?«, fragt sie.

»Ja. Fast. Sagen Sie, haben Sie einen Ehevertrag?«

»Ich glaube nicht, dass Sie das etwas angeht.«

»Jedenfalls erben Sie jetzt?«

»Ich will jetzt gehen.«

»Tun Sie das. Vielen Dank. Machen Sie sich keinen Kopf. Ich mein, wegen der Fragen. Wir gehen nur jeder Spur nach, auch unwahrscheinlichen.«

Sie geht grußlos.

Als sie weg ist, flucht Josef. Das am Schluss hätte er sich sparen können. Jetzt hat er ihr verraten, in welche Richtung er denkt: Ehevertrag, Gütertrennung. Wenn ihr Mann eine Detektei anheuert, um ihr Untreue nachzuweisen, dann sucht er einen Scheidungsgrund. Sie würde nach der Scheidung vermutlich mit leeren Händen dastehen. Vielleicht hatte er ihr das bereits mitgeteilt, in dieser Nacht, im Streit. So dass sie unter Zugzwang stand und schnell handeln musste.

Josef überlegt: Ist das realistisch? Ja. Aber nur eine Theorie. Doch sie gefällt ihm. Klares Motiv. Nachher wird er sich die Detektei vorknöpfen.

Jetzt fällt ihm etwas ein. Er hat sich vorhin im Gespräch eine Notiz gemacht. Was war das nochmal? Klar: Andrea und Tom haben nur ausgesagt, dass Paul mit Herby gestritten hat, nicht dass sie gemeinsam den Saal verlassen haben. Na sauber! Scheibchenweise erfährt er, wie es war! Er seufzt. Natürlich weiß er, warum Andrea ihm verschwiegen hat, dass Paul mit Herby den Saal verlassen hat. Das sieht nicht gut aus. Lisa Furtlers Aussage belastet Paul auch mit Blick auf Herbys Tod. Und dass es kein Rockerblut auf Pauls Hemd war, entlastet ihn nicht wirklich. ›Mann, Paul!‹

Als Josef ins Büro rübergeht, sitzt Andrea am Computer und recherchiert. Er hält sie nur ungern von der Arbeit ab. Aber das muss jetzt sein. Zeit für ein ernstes Gespräch.

Rotz abwischen

Wenn etwas schlecht läuft, dann so richtig. So einen Anschiss hat Andrea von Josef noch nie bekommen. Und er hat ja völlig Recht. Sie hätte ihm alles erzählen sollen, ja, müssen. Sie hat

Josef gebeten, Tom nicht auch noch in die Senkel zu stellen. Erfolglos. Wenigstens ist er nicht Toms Chef. Und zu dem wird er nicht gehen, das ist nicht Josefs Art.

Rotz abwischen, weitermachen. Um den Detektiv und den Fall Furtler kann sie sich erst abends wieder kümmern. Heimlich. Was natürlich auch nicht in Ordnung ist. Wenn Josef das ebenfalls erfährt ... Aber es geht um Pauls Unschuld!

Jetzt ist erst mal Herby an der Reihe. Was ja immer noch Pauls Fall sein kann, wie Josef gerade nochmal betont hat. Wäre das Personal im Moment nicht so knapp, würde er sie auch von diesem Fall abziehen.

Wo soll sie ansetzen? Sie bleibt bei Dr. Meierlink, denn die anderen Spackos waren komplett für den Arsch. Maulfaul. Sie hatte die Typen im Vereinsheim getroffen, wo sie offenbar schon früh mit Bier in den Tag gestartet waren. Grundsediert. Einer normalen Beschäftigung geht offenbar keiner der Herren nach. Und die Trauer über Herbys Angang hielt sich sehr in Grenzen. Ziemlich schnell war sie unverrichteter Dinge abgezogen. Weiter zu den zwei Akademiker-Rockern. Zahnarzt wie Banker verschanzten sich hinter nichtssagenden Sprachschablonen. Unergiebig das Ganze.

Das alles wollte sie Josef ja eigentlich berichten, auch von den Kisten, die Meierlink aus der Wohnung seines Sohnes hat wegbringen lassen. Ein Update ihrerseits war nach dem Anschiss eben unmöglich gewesen. Später also. Weitermachen! Der Sohn von Meierlink? Den würde sie jetzt gerne sprechen. Ist doch nicht unwahrscheinlich, dass er als Drogenabhängiger Herby kennt. Vielleicht ist Herby sogar sein Lieferant. Sie beschließt, Meierlink senior direkt zu fragen. Nicht am Telefon, sondern Auge in Auge. Und zwar gleich. Sie vereinbart mit seiner Assistentin einen Termin.

Zu lässig

Meierlink ist keineswegs erfreut über Andreas erneutes Erscheinen. »Ich hab sehr viel zu tun«, begrüßt er sie in seinem Arbeitszimmer.

»Ich auch. Wird nicht lange dauern. Sie haben einen Sohn?«

»Ja. Wieso?«

»Er ist vorbestraft.«

»Jugendsünden.«

»Es geht um Drogen.«

»Ein bisschen Hasch, ein paar Pillen.«

»Nein, nicht nur ein bisschen Hasch und ein paar Pillen. Er wurde mehrfach festgenommen. Auch wegen Verdacht auf Rauschgifthandel.«

»Das ist stark übertrieben. Es ging stets um Eigenkonsum! Das ist nicht schön, aber auch keine Katastrophe. Sie wissen doch, wie die jungen Leute sind. Einer organisiert die Pillen und die werfen dann alle ein und tanzen die ganze Nacht durch.«

»Und zum Chillen ein bisschen Gras. Herr Meierlink, das klingt mir einen Tick zu lässig. Sie sind doch Anwalt. Es ist Ihr Sohn! Also bitte – was wissen Sie? Wo ist ihr Sohn?«

Meierlink atmet tief durch. »Ja, es ist tatsächlich ernst. Martin ist drogenabhängig. Er ist in einer Gesundheitseinrichtung. Auf dem Land. In einer Entzugsklinik. Er muss aus dem Teufelskreis raus.«

»Welche Drogen?«

»Alle. Er ist seit Anfang des Monats in der Belt-Klinik. Ich versuche, sein Leben in Ordnung zu bringen.«

»Wo ist diese Klinik?«

»Bei Berg am Starnberger See, eine kleine Privatklinik.«

»Ist das eine geschlossene Anstalt?«

»Eine Klinik, kein Gefängnis.«

»Kann ich mit ihm sprechen?

»Warum?«

»Kannte er Herby?«

»Ja, er kannte Herby. Flüchtig zumindest. Über den Motorradclub.«

»Wie passt das zusammen? Sie wissen, dass Ihr Sohn drogenabhängig ist, und der Drogenproduzent Herby ist in Ihrem Rockerclub?«

»Es ist nicht ›mein‹ Motorradclub.«

»Sie wissen, was ich meine.«

»Und ich wusste nicht, was Herby für Geschäfte macht.«

»Jetzt mal Perspektivenwechsel: Ist das nicht ein großes Risiko für Herby, ausgerechnet Ihren Sohn mit Drogen zu versorgen? So war es doch?«

»Unterlassen Sie diese Suggestivfragen! Und wenn es so war, ich hatte keine Ahnung. Sonst hätte ich Herby zum Teufel gejagt.«

»Vielleicht haben Sie es vor ein paar Tagen erst erfahren. Und sind ausgeflippt.«

»Sie wollen mir nicht im Ernst den Mord an Herby anhängen?«

»Ich mach mir nur meine Gedanken. Wo wohnt Ihr Sohn? In München?«

»Das haben Sie doch bestimmt schon überprüft. Er wohnt im Schlachthofviertel. Wohnte. Ich löse seine Wohnung gerade auf.«

»Warum?«

»Weil er nach dem Entzug nicht dahin zurück kann. Er muss raus aus dem Milieu. Er wird zu uns nach Hause ziehen. Bis er wirklich über den Berg ist. Meiner Frau geht es nicht gut wegen der ganzen Geschichte. Sie ist in ärztlicher Behandlung.«

»Darf ich mich in der Wohnung Ihres Sohnes mal umsehen?«

»Wenn Sie einen Durchsuchungsbeschluss haben. Ich sehe nicht, was mein Sohn mit dem Tod von Herby zu tun haben sollte.«

»Das möchte ich ihn selbst fragen. Ob er in der betreffenden Nacht in dem Club war.«

»Er war in der Klinik.«

»Da sind Sie sich ganz sicher?«

»Ja.« Meierlink sieht sie ernst an.
»Vielleicht erkenn ich ihn ja wieder«, sagt Andrea.
»Was meinen Sie damit?«
»Ich war in der Nacht ebenfalls in dem Musik-Club. Klar, da waren sehr viele Menschen. Aber manchmal merkt man sich ja Gesichter. Herby habe ich übrigens an dem Abend auch gesehen. Ich war mit ein paar Freunden an der Bar, als Herby dort rumgestänkert hat.«
»Mein Sohn hat nichts zu verbergen. Reden Sie mit ihm. Wenn es der Arzt gestattet. Er ist immer noch in einem recht labilen Zustand. Einen schönen Tag noch!«
Kurz darauf steht Andrea vor Meierlinks Kanzlei auf der Straße und hat eine Stinkwut im Bauch. Nicht, weil Meierlink bestimmt bereits mit dem Arzt seines Sohnes telefoniert, um zu verhindern, dass sie seinen Sohn befragt, oder er seinen Sohn brieft, sondern weil ihr gerade in dem Gespräch ein anderer Zusammenhang aufgegangen ist – ein möglicher Zusammenhang. Deswegen führt sie ihr Weg nicht gleich nach Starnberg, sondern zuerst nach Stadelheim.

Tagträumer

Für eine Polizeibeamtin ist es nicht schwer, kurzfristig einen Besuchstermin zu bekommen. Paul ist ganz grau im Gesicht, sieht müde aus. Gerade war Josef bei ihm und hat mit ihm alles nochmal durchgekaut. Aber nichts, Paul hat einfach keine Erinnerung an diese Nacht. Außer ein paar erotischen Bildern, bei denen er sich keineswegs sicher ist, ob er sich die nur einbildet. Und die er auch niemandem erzählt.
»Ich war es nicht«, sagt er mit brüchiger Stimme.
Andrea will etwas erwidern, aber dann sagt sie doch nichts.
»Ich war es nicht«, lautet Pauls Mantra. »Vielleicht hat die Tante mir was in den Drink getan?«
»Deine Blutwerte haben das nicht hergegeben. ›Hochtoxisch‹, hat Josef gesagt.«

»Scheiße, er glaubt mir nicht. Glaubst wenigstens du mir?«

»Naja, du hast ja keine Geschichte anzubieten, der man glauben kann. Du kannst dich leider an gar nichts erinnern.«

»Ich mein generell.«

»Pff. Ja, natürlich glaub ich dir«, sagt Andrea und weiß genau, dass sie das nur sagt, weil Paul ihr Bruder ist. Alles spricht gegen ihn.

Jetzt befragt sie Paul zu Meierlinks Sohn Martin und wundert sich nicht, dass Paul ihn kennt. Ganz gut sogar. Nicht nur ihn – die ganze Pillenschlucker-Gang. Immer Party und Musik. Paul beschreibt Martin Meierlink als Tagträumer und Künstlertyp, immer große Klappe und beste Connections zu Aufputschmitteln. Dass Martin jemanden umbringt, kann sich Paul allerdings nicht vorstellen.

»Ein Weichei, mit Gewalt hat der nix am Hut«, lautet seine Einschätzung.

Andrea sieht ihren Bruder nachdenklich an. Dasselbe würde sie über ihn sagen. Das mit den Drogen stinkt ihr gewaltig. Hat Paul das wirklich nötig? Wenn ihre Eltern das erfahren! Wobei das momentan ihre geringste Sorge ist.

Null

Josefs Gespräch mit dem Detektiv erweist sich als Schlag ins Wasser. Der Geschäftsführer und Privatermittler in Personalunion Vinzenz Roider ist ein abgekochter Typ. In dem nur zehnminütigen Gespräch im Präsidium hat er nichts rausgelassen über den Auftrag für Furtler. Ganz amtlich – von wegen ›Vertraulichkeit‹.

»Das hat sich ja eh erledigt, wenn der Auftraggeber tot ist«, hatte Josef es zumindest probiert und noch nachgelegt: »Wer zahlt Ihnen denn die Auslagen für die Nachforschungen?«

»Schwacher Versuch«, hatte Roider erwidert. »Kein Auftrag, keine Kosten. Es hätte erst in einer Woche losgehen sollen.«

»Also doch ein Auftrag.«

»Nennen wir es eine Anfrage.«
»Die Beschattung seiner Frau?«
»Ich kann es Ihnen nicht sagen. Weil ich es nicht weiß. Er wollte mich persönlich instruieren. Nächsten Montag.«
»Dazu habe ich keinen Termin in seinem Kalender gefunden.«
»Ich weiß nicht, wie Herr Furtler seine Termine verwaltet. Ich kenne ihn nicht näher. Und ich werde ihn jetzt auch nicht mehr kennenlernen.«
»Was haben Sie denn in der Nacht von Samstag auf Sonntag gemacht? Zwischen 22 und drei Uhr morgens?«
»Nichts. Da war ich zu Hause. Ohne Zeugen. Ganz allein, im Bett.«
Mit diesem schalen Statement waren sie auseinandergegangen, beim Stand Null verblieben.
Josef gibt Roiders Namen in die Polizeidatenbank ein. Interessant: Roider war mal bei der Polizei. Fast zehn Jahre. Hat 2009 den Dienst quittiert. Und ein Jahr zuvor eine Vermisstenanzeige aufgegeben. Wegen seiner Frau. Die bis heute nicht wieder aufgetaucht ist. Vielleicht ist er deswegen Detektiv geworden?
»Ein Mann mit Geschichte«, murmelt Josef und steht vom Schreibtisch auf.
Er wird jetzt Tom einen Besuch abstatten, um mit ihm über den Konzertbesuch in der *Alten Mühle* zu sprechen. Tom gehört nicht zu seiner Abteilung, aber trotzdem ist es nicht okay, wenn er ermittlungsrelevante Informationen verschweigt.

Ästhetisch

Zu Andreas Erstaunen hat Martin Meierlink nichts gegen ein Gespräch. Von einem Arzt ist nicht die Rede, als sie sich telefonisch verabreden. Meierlink junior berichtet freimütig, dass sein Vater angerufen hat und ihn gebeten hat, die Kommissarin bei ihrer Arbeit zu unterstützen.
›Vorbildlich. Daddy wird ihn sauber instruiert haben‹, denkt Andrea, als sie aus dem Auto steigt.

Die Belt-Klinik ist ein Gutshaus mit einem weitläufigen Park hoch über dem Starnberger See. Unten das silberblaue Wasser, eingebettet in fettes Grün. Am Horizont kleben die Alpen, die scharfen Ränder glühen orange im sanften Nachmittagslicht. Fotomorgana.
»Schön haben Sie's hier«, sagt Andrea, nachdem die Vorstellungsformalitäten erledigt sind. Vor ihr im Korbsessel an Teakholztisch auf der Terrasse sitzt ein Dandy, ziemlich gutaussehend. In seinem Hausmantel wirkt er, als hätte er sich aus einer anderen Zeit hierher verirrt. Das Gefühl hatte sie ja schon bei seinem Vater gehabt.
Martin Meierlink macht eine ausladende Armbewegung, die See, Wiesen und Berge einschließt. Lächelt. »Wenn man in sich selbst gefangen ist, muss man all die Schönheit außer sich sehen, um die Kapsel aufzubrechen.«
»Außer was?«
»Jenseits der eigenen Schönheit. Sie sprachen doch gerade von Schönheit?«
»Naja, ich hab gesagt, dass es hier schön ist. Eine simple Feststellung ohne große Hintergedanken. Kein weitreichendes philosophisches oder ästhetisches Statement.«
»Alles, was wir sagen, sind philosophische oder ästhetische Statements. Was im Idealfall dasselbe ist.«
Andrea hebt die Augenbrauen.
»Ja, fast ein Aperçu, ein bisschen zu geschraubt vielleicht, aber ich sollte das notieren. Denn: die Gedanken kommen und gehen. Vor allem die guten. Ach, all die Kraft unseres Strebens nach dem Schönen ist doch leider meist vergebens.«
»Sehr schön. Jetzt bitte mal Pause mit den Versen. Kennen Sie Herby?«
»Wenn Sie unseren Herby meinen, den brillanten Mechaniker im Motorradclub meines Herrn Papa – ja, den kenn ich. Herby, der Selige, er war ein böser Finger, aber so ein Ende hat er nicht verdient.«

»Woher wissen Sie von seinem Tod?«
»Mein Vater hat mich informiert. Er war ganz geschockt.«
»Haben Sie von Herby Drogen gekauft?«
Unumwunden gibt Martin Meierlink zu, seine Drogen vornehmlich bei Herby bezogen zu haben. »Aber wir waren sehr diskret. Ausgeschlossen, dass Big Daddy etwas mitgekriegt hat.«
»Warum umgibt sich Ihr Vater mit solchen Typen?«
»Herby war nur einer der halbseidenen Typen in Papas Club. Da haben alle einen Hau. Vorstadtgangster. Minimafia. Vielleicht hat Papa ein Helfersyndrom als Strafverteidiger. Meint, dass er sie dann unter Kontrolle hat. Oder er liebt den Geruch der Gefahr. Ich weiß es nicht.«
»Wie würde Ihr Vater reagieren, wenn er wüsste, dass Sie die Drogen bei Herby bekommen haben?«
»Ich hab es ihm gesagt, als er mir von Herbys Tod erzählt hat.«
»Wann war das?«
»Als er vorhin angerufen hat.«
»Er wusste vorher nichts von Ihren Geschäften mit Herby? Ganz sicher?«
»Woher denn. Dann wäre die Hölle los gewesen!«
»Vielleicht ist genau das passiert.«
»Im Leben nicht. Papa ist Anwalt. Er kämpft für das Recht. Als ich es ihm gesagt habe, war er erstaunlich cool. Klar, vielleicht, weil sich das Problem bereits erledigt hat. Ein Teil zumindest. Und ich arbeite ja auch daran, an meinem Problem. Bin brav auf den Pfad der Tugend zurückgekehrt und lass mich in diesem Edelknast bespaßen.«
»Kennen Sie einen Paul? Musiker. Dunkle Haare, ziemliche Matte.«
»Paul, ja klar, guter Typ. Immer fett dabei.«
»Drogen auch?«
»Nur Aufputschmittel. Hab mich eh gewundert. Braucht der doch gar nicht. Ist doch so schon auf hundertachtzig. Was ist mit Paul?«

»Er ist einer der Letzten, die Herby lebend gesehen haben.«
»Hoffentlich war er nicht der Letzte.«
»Er hat ein Alibi für die Tatzeit.«
»Weiblich nehme ich mal an.«
Andrea antwortet nicht. Die Selbstgefälligkeit des Dandys nervt sie. Nicht nur die. Allein schon, dass er Paul kennt.
»Und jetzt?«, fragt Martin Meierlink.
»Sind wir gleich fertig. Wo waren Sie denn zur Tatzeit? Samstag, so um Mitternacht.«
»Hier. Wo sonst?«
»Zeugen?«
»Nicht wirklich. Einzelzimmer. Aber die Pforte ist immer besetzt.«
»Das ist dürftig.«
»Find ich nicht. Sie verraten mir jetzt bestimmt mein Motiv?«
»Streit. Wegen Drogen, wegen Geld.«
»Geld war nie ein Problem.«
»Darf ich mal einen Blick in Ihre Münchner Wohnung werfen?«
»Ich wüsste nicht, warum.«
Eine gute Begründung hat Andrea nicht parat. Nach den Kisten kann sie ihn ja schlecht fragen. Und was will sie in der Wohnung finden? Die Tatwaffe? Falls Martin Meierlink etwas mit Herbys Tod zu tun hat, ist er sicher nicht so blöd, sie in seiner Wohnung zu verstecken.
Hinter den Bergen geht jetzt die Sonne unter und färbt alles blutorange. Die Temperatur sinkt spürbar. Andrea fröstelt.
Meierlink sieht gebannt in den Sonnenuntergang. »Genießen Sie es, es sieht nicht immer so toll aus. Fantastisch, nicht wahr?« Andrea muss ihm Recht geben, ein wirklich majestätischer Anblick.
Sein Handy klickt. Schnappschuss vom Sonnenuntergang. »Schöne Momente kann man nicht festhalten. Aber zumindest eine Idee davon, einen Ausschnitt, eine Erinnerung daran. Das Unterbewusste ergänzt alles Weitere.«

Andrea nickt und lächelt. Denn gerade ist ihr eine Idee gekommen. An dem Abend in der *Mühle* haben bestimmt viele Leute Selfies geschossen. Wie immer auf Partys und Konzerten. Die sie dann auf ihrer Facebook-Seite oder auf der von der *Alten Mühle* hochladen. Dass sie nicht eher auf die Idee gekommen ist! Vielleicht ist Martin Meierlink oder sein Vater auf einem der Bilder. Das wäre richtig gut. Diese eingebildeten Zipfel.
Wenig später sitzt sie im Auto und denkt nach. Die leuchtende Alpenkette verschwindet schnell im Schwarz, zu dem sich das dunkle Orange verfärbt. In der Klinik gehen die Lichter an. Andrea zieht ihre Jacke enger um die Schultern.
Sie weiß auch nicht, auf was sie eigentlich wartet, aber irgendetwas hindert sie daran, loszufahren. Sie sieht zum Eingang. Keiner raus, keiner rein. Sie kann nicht sehen, ob jemand an der Pforte sitzt.
Sie steigt nochmal aus und raucht eine Zigarette. Es ist bereits empfindlich kalt. Sie geht außen am Zaun entlang, späht in die Fenster. Doch da ist nichts zu sehen. Oder die Vorhänge sind zugezogen. Sie geht zurück und betritt den Empfang. Ist irritiert, weil niemand da ist. Beugt sich über den Tresen und sieht den Pförtner im Büro. Der ist aber nicht mit Papieren beschäftigt, sondern zieht sich gerade an. Schnell huscht sie nach draußen, setzt sich ins Auto. Kurz darauf erscheint der Pförtner und geht schnellen Schrittes zu seinem Wagen.
Andrea folgt ihm, fährt ihm hinterher. In Berg steigt der Mann aus und geht auf einen Hauseingang zu. Dort wartet bereits eine Frau auf ihn, etwa dasselbe Alter. Mitte fünfzig. Sie küssen sich leidenschaftlich.
»Wenn das seine Frau ist, fress ich 'nen Besen«, murmelt Andrea. Und: »Mein kleiner Philosoph, dein Alibi ist einen Scheißdreck wert.«
Sie sieht auf die Uhr. Halb neun. So spät schon. Sie ruft Tom durch, dass sie sich ein bisschen verspätet.

Dranbleiben

Tom steht wie verabredet in der Gollierstraße 8. Er steigt zu Andrea ins Auto. Beim Warten schauen sie sich die Facebook-Seite des Clubs auf ihren Smartphones an. Was sie aber schnell aufgeben. Auf den kleinen Displays ist nicht wirklich viel zu erkennen.

»Hat Josef mit dir geredet?«, fragt Andrea. »Wegen Paul und Herby?«

»›Reden‹ trifft es nicht ganz.«

»So schlimm?«

»Ach, er war eigentlich ganz cool. Und trotzdem deutlich. Er hat ja Recht. Wir hätten ihm sagen müssen, dass die beiden gestritten und gemeinsam den Saal verlassen haben.«

»Du hättest es sagen können. Du musst so was nicht für mich tun.«

»Ich hab nicht überlegt. Das nächste Mal mach ich das.«

»Tut mir leid, wenn ich dich da reingezogen hab.«

»Ist schon okay. Du hast mich nicht darum gebeten.«

»Trotzdem danke. Auch, dass du hier dabei bist.«

»Kein Thema. Ist mit Josef abgesprochen.«

»Wie? Warum hast du ihm das gesagt?«

»Hab ich nicht. Er wusste es bereits. Heute Morgen ist nämlich eine Anzeige reingeflattert. Die Kollegen haben sie durchgereicht. Deine Autonummer. Jemand hat dich gesehen. Du hast gestern ein Auto angefahren. Vor der Gollierstraße 8.«

»Ach du scheiße, ja. Hab ich komplett vergessen. Das ist beim Ausparken passiert. Und?«

»Josef hat gesagt, dass du im Einsatz warst und den Unfall schon gemeldet hast. Musst du noch nachholen.«

»War er sauer, dass wir Roider beschatten?«

»Glaub schon. Aber dann hat er gemeint, dass wir zumindest die Nachtschicht übernehmen sollen. Er hat sich schon über ihn informiert. Roider war früher bei der Polizei. Seine Frau ist 2008 verschwunden. Er hat immer wieder Druck gemacht,

damit die Kollegen dranbleiben, den Fall nicht zu den Akten legen.«
»Und?«
»Nichts. Spurlos verschwunden. Und er hat den Dienst quittiert.« Tom zeigt Andrea auf dem Handy ein Foto von Roider in Uniform. »Aktuell sieht er aber nicht mehr so frisch aus.«
»Hast du Josef gesagt, dass wir ihm bis ins Puff gefolgt sind?«
»Ja, er sagt, wir sollen dranbleiben. Und nicht wieder jemandem an die Karre fahren.«
Jetzt geht oben das Licht aus. Andrea startet den Wagen und fährt um die Ecke zur Hofausfahrt.
Kurz darauf folgen sie dem schwarzen Audi auf den Ring, biegen auf die Nürnberger Autobahn ein, fahren bei Neufahrn ab, weiter Richtung Ottenburg.
»Jetzt wird's spannend«, meint Tom.
Der Audi biegt in die Burgstraße ein. Vor dem Haus von Lisa Furtler wird er langsamer. Im Haus brennt kein Licht. Der Audi beschleunigt.
»Wäre auch zu schön gewesen«, sagt Andrea.
»Wart ab. Zum Spaß ist der nicht hier draußen.«
Der Audi steuert bei Haimhausen einen großen Supermarkt auf der grünen Wiese an und biegt auf den verlassenen Parkplatz ein. Andrea fährt rechts ran. Macht das Licht aus. Sieht zum Parkplatz hinüber. Ganz verlassen ist der Parkplatz nicht, denn im Schatten des Gebäudes steht ein Wagen.
»Sieht aus wie ein Porsche. Meinst du, das ist sie?«, fragt Tom.
»Wer denn sonst? Mist, näher können wir nicht dran. Dann sehen sie uns.«
Tom öffnet die Beifahrertür. »Ich schau mal.«
Als Tom weg ist, hat Andrea wieder ein schlechtes Gewissen. Das macht er nur wegen ihr. Oder? Eigentlich wäre das ihr Job. Sie ist die Ermittlerin. Eigentlich. Sie sieht zu dem Gebäude hinüber. Die Autos im Schatten sind kaum zu erkennen. Jetzt sieht sie zwei Lichtpunkte. Zigarettenglut. Und Tom?

Plötzlich taucht er hinter dem leuchtenden Lidl-Schild auf, das auf dem Dach des Flachbaus thront. Andrea sieht, wie er geduckt zum Rand des Daches schleicht, sich dort auf den Bauch legt.

Geschäftsgrundlage

Sie sind direkt unter ihm. Zwei Schatten, zwei leise Stimmen, zu leise, er versteht sie nicht. Nikotinschwaden steigen zum ihm herauf. Er späht hinunter, kann sie aber nicht sehen.
›Was macht er da?‹, denkt Andrea, als sie sieht, wie weit sich Tom über den Rand des Flachdachs beugt.
Die beiden Zigarettenpunkte entfernen sich vom Supermarkt, Gestalten lösen sich aus dem Schatten des Gebäudes. Plötzlich ein Tropfen, mehrere, ein Schauer. Die beiden Personen eilen zu dem Unterstand für die Einkaufswagen. Andrea sieht zu Tom. Der hängt jetzt an der Dachkante. Spinnt er? Das sind gut fünf Meter!
Jetzt merkt Tom auch, dass das zu hoch ist, will sich wieder hinaufziehen, ist oben, nein, er fällt!
Andrea springt aus dem Auto. Will schon rüber rennen, sieht aber, dass Tom Riesenglück hat. Er ist auf das Cabriodach gestürzt, rappelt sich auf.
Er winkt ihr, da zu bleiben, wo sie ist. Zieht das linke Bein aus dem Dach des Porsches, wo jetzt ein fußgroßes Loch im Bezug ist. Er hat sich das Schienbein an den Verstrebungen des Stoffdachs aufgerissen. Egal. Er klettert vom Autodach, pult den Stoff ein wenig nach oben und taucht in den Schatten des Supermarkts. Sieht zu den Rauchern bei dem Unterstand. Zu weit weg, als dass sie etwas gesehen hätten. Und der Regen ist zu laut. Sein Glück.
Tom schleicht am Gebäude entlang. Vom Einkaufswagenstellplatz steigen Rauchschwaden auf, mystisch erleuchtet vom gelben Parkplatzlicht. Er wartet. Was soll er tun? Was haben die beiden zu bereden? Tom sieht zum Himmel. Der Wind jagt die

Wolken übers Firmament, jetzt tritt der Mond fett und rund hervor. Der Asphalt glänzt wie frisch lackiert. Die beiden verlassen ihren Unterstand, gehen direkt auf ihn zu. Er drückt sich hinter einen Stapel Europaletten. Obwohl die beiden leise sprechen, kann er jedes Wort klar und deutlich verstehen.

»Eine halbe Million?«

»Fünfhunderttausend. Mein letztes Wort.«

»Das krieg ich nicht zusammen.«

»Verkaufen Sie das Haus.«

»Das dauert.«

»Das geht ruckzuck. Und es bleibt genug für Sie übrig.«

»Das Testament wird erst in zwei Wochen eröffnet. Und ich weiß nicht, was drinsteht.«

»Sie kriegen das hin. Da bin ich mir sicher. Oder Sie nehmen einen Kredit auf. Und vielleicht gibt es ja noch Bargeldbestände.«

»Ich sehe, was ich machen kann. Und das Video?«

»Wird vernichtet, wenn ich das Geld hab.«

»Woher weiß ich ...?«

»Sie wissen es nicht. Aber ich werde es tun. Vertrauen ist die beste Geschäftsgrundlage.«

»Ich melde mich.«

Tom presst sich an die Gebäudewand. Sie gehen in zwei Meter Entfernung an ihm vorbei. Jetzt bleibt der Detektiv zurück. Tom bricht der Schweiß aus. Hat er ihn doch bemerkt? Der Schatten kommt auf ihn zu. Tom hält die Luft an. Dann hört er das Plätschern.

Tom atmet auf, als der Mann zu seinem Auto weitergeht. Erst das heisere Porsche-Röhren, dann der Tuningauspuff des Audis. Der Porsche schießt über den Parkplatz. Ob sie das Loch im Dach bemerkt hat? Der Audi rollt fast lautlos davon.

Tom wartet eine lange Minute, bis sein Puls wieder normal ist. Er trottet über den leeren Parkplatz zur Straße, wo Andrea auf dem Seitenstreifen wartet.

»Hey Tom, was machst du für Sachen!«, begrüßt sie ihn.

»Base Jumping.«
»Und? Was sagen sie?«
»Er will ihr etwas verkaufen: ein Video.«
»Mit was drauf?«
»Ich hab keine Ahnung. Etwas, das sie belastet, denk ich mal. Für eine halbe Million!«
Andrea strahlt. »Eine halbe Million! Ich hab's gewusst! Ihr Mann hat sie beschatten lassen. Weil er glaubt, dass sie fremdgeht. Der Typ von *VISIO* meldet sich bei ihm, dass sie sich einen Typen nach Hause geholt hat. Furtler ist nicht auf Geschäftsreise, sondern in der Stadt. Will seine Frau endlich in flagranti erwischen. Er will die Scheidung und braucht nur einen triftigen Grund. Er kommt nach Hause und findet Paul in seinem Bett. Dann passiert es. Die Eheleute streiten. Roider ist immer noch da, filmt alles, was in dem Haus passiert.«
»Furtler wurde im Arbeitszimmer erschlagen! Das ist im Souterrain. Da kannst du kaum reinschauen.«
»Ja, aber vielleicht sieht man im Film, wie der Streit im Wohnzimmer beginnt. Wie sie handgreiflich werden. Ihr Mann sagt ihr, dass er sich scheiden lässt, dass sie keinen Cent bekommen wird. Da wird ihr das ganze Ausmaß der Lage klar. Und oben pennt Paul, völlig zugedröhnt, kriegt nix mit. Da hat sie die geniale Idee. Sie folgt ihrem Mann ins Büro runter, erschlägt ihn hinterrücks. Ihr Mann liegt da, alles voller Blut. Dann geht sie nach oben und holt das T-Shirt ihres verhinderten Liebhabers.«
»So einfach ziehst du einem Besoffenen nicht das T-Shirt aus.«
»Dann hatte Paul es eben schon aus oder sie holt einen Lappen und wringt ihn auf seinem Hemd aus.«
»Hey, Andrea, da musst du schon wahnsinnig abgekocht sein.«
»Es gibt Leute, die werden im größten Chaos ganz ruhig. Habt ihr den Hausmüll gecheckt?«
»Wir schauen immer alles an. Du weißt doch, wie die Spurensicherung arbeitet. Wenn da ein blutiger Lappen oder so was dabei gewesen wäre, hätten wir ihn gefunden.«

»Bestimmt hat sie ihn ausgewaschen. Oder irgendwo weggeworfen. Scheiße!«
»Mann, Andrea, das klingt unrealistisch. Einen Besoffenen abschleppen und dann so eine Nummer abziehen.«
»Wir brauchen den Film. Der entlastet Paul und belastet sie. Warum lässt sie sich sonst auf Verhandlungen mit dem Detektiv ein? Eine halbe Million!«
Tom denkt nach. Dagegen ist nicht viel zu sagen. Trotzdem. »Andrea, dir ist schon klar, dass wir nicht wirklich was in der Hand haben? Ich hab ein paar Sachen belauscht, ein paar Zahlen gehört. Konkret ist das alles nicht.«
»Die Tante kriegen wir dran. So, genug beschattet, ich bring dich heim. Ist dein Bein okay?«
»Alles bestens. Nur ein Kratzer. Du informierst Josef?«
»Ich weiß nicht. Wenn er mitkriegt, wie sehr ich mich in den Fall einmisch, zieht er mir den Stecker.«
»Aber du kannst ihm doch nicht …«
»Bitte, Tom, du sagst ihm nichts!«
»Mann, Andrea!«
»Bitte!«
Tom brummelt etwas Unverständliches, Andrea lässt den Wagen an.

Liberté

Andrea geht in Pauls Zimmer. Tritt an seinen Schreibtisch. Der mal ihr Schreibtisch war. In ihrem Zimmer. Bis vor einem halben Jahr. Dann hatte er sich in ihrer Wohnung breitgemacht, einzig ihr Zimmer ist tabu. Wie oft hat sie sich gewünscht, dass er wieder auszieht. Und jetzt vermisst sie ihn so sehr. Aber wenigstens gibt es endlich eine Spur, einen Hinweis darauf, dass Paul unschuldig ist. Wie sollen sie weiter vorgehen? Sie hat keinen Plan, kann heute keinen klaren Gedanken mehr fassen.
Ihr Blick geistert über Pauls Sachen. Pauls Songbook liegt aufgeschlagen auf dem Tisch. So, als würde er gleich wiederkommen.

Der Kugelschreiber daneben. Ihr Blick fällt auf die Seiten. Andrea ist nicht neugierig, ist noch nie an seine Sachen gegangen. Ein neuer Song? *City-Lichtung* heißt die Überschrift. Der ursprüngliche Titel *Sommer wie Winter* ist durchgestrichen.

Hey, ich fang im Frühjahr an
Brasil, Brasil, da war ich noch ein junger Mann
Leichtgeschürzt und braungebrannt
Barfuß bin ich rumgerannt
Saß fröhlich unter Palmen
Ließ Zigarren, fette, qualmen
Trank Wein aus großen Flaschen
Sah die Sonne durch der Wedel Maschen
Die Liebe brachte mich dorthin
Alles schmeckte so nach Hauptgewinn
Doch irgendwas verlief dann schief
Und ich verließ das Paradies
Love comes and goes, ja leider
Aber's Leben geht halt immer weiter
Kaum dass ich in München bin
Hey, wo ist denn die Sonne hin?
Doch des Sommers letzter Rest
Heißt hier – zum Glück: Oktoberfest
Es war auch dieses Mal sehr schön
Selbst wenn ich in Gedanken stöhn
Ich vergaß das ganze Leid, ein Prosit der Gemütlichkeit
O leckomio, war i breit
Ich wollte nur ein Stündchen wandeln
Schnuppern Hendl, Ochsen, Mandeln
Ich sang, lachte, tanzt am Tisch
Stank krass nach Hendl, Radi, Steckerlfisch
Fand mich bald mit Bratensoße
Und andrem auf der Lederhose

Und reichlich eingeschränkter Sicht
Hackedicht im trüben Lampenlicht
Gelehnt an die Bavaria
Wusste nicht, was mach ich da?
Irgendwie bin ich dann heimgekrochen
Habe durchaus streng gerochen
Dezent mich aufs Parkett erbrochen
Meiner Schwester fest versprochen:
»Ich geh nie wieder hin, mach dir keine Sorgen,
Zumindest heut nicht, vielleicht morgen.«

Nach der Wiesn keine Frage
Kamen dann die grauen Tage
Ich pflegte meine Depression
Stand schon am Geländer vom Balkon
Auf einmal blies der Föhn sein Hallali
Ich hatte nochmal Sommerknie
Fühlt mich nicht mehr müd und matt
Fuhr mit dem Radl durch die Stadt
Saß unter der Bavaria
And're warn schon länger da
Transportierten letzte Planken
Bis die Zeltgerippe wankten
Jetzt musst ich wieder daran denken
Einst tanzt ich hier auf Tischen und auf Bänken
Mit Tamara, Yvonne, Jasmin
So heiß, dass meine Sohlen jetzt noch glühn
Aber Bier und Gaudi lang vorbei
Auch das wilde Trachtenallerlei
Doch ich sah sie schon wie Schwammerl sprießen
Beduinenzelte, roch den Duft den süßen
Flammbrot, Bratwurst, Hollerwein
Nein, Stille kehrt hier niemals ein

Sitarsounds und Räucherstäbchen
Dreadlockboys und Batikmädchen
Tamara, Yvonne, Jasmin
Gibt's ein Tollwood-Wiedersehn?
Teil ma uns a Biowurst?
Melonencocktail gegen Durst
Bei Classic Rock und Mundartdichtung
Schneegestöber auf der City-Lichtung

Wenn bald die Winterstürme tosen
Sitz ich cool in langen Unterhosen
Bei Kerzenschein in meiner Stube
Drück Wörter aus der Wörtertube
Streich liebevoll sie aufs Papier
Trink sie mir schön – mit Dunkelbier
Hab ich sie endlich abgetippt
Bin ich immer ganz verzückt
Seh darin mein ganzes Jahr
Und fast jedes Wort davon ist wahr
Palmenhain, Zigarren, Wein
Oktoberfest und Jodeltest
Theresienwiese – Trachtler, fiese
Weihnachtswicht im Ökokerzenlicht
Frühling, Sommer, Winter, oh, du mein Gedicht
Zeit vergeht, so schnell wie Licht
Tage weggeblasen, feiner Sand
Gerade war da noch der Strand
Das Meer und seine Wellen
Ein paar sind noch da, die hellen
Gedanken, leuchten Himmelblau
Zerstäuben all das Wintergrau.
Ich schau und lenke meine Schritte
Durch Münchens asphaltierte Mitte

Oben Tupfenwolken federweiß
Unten alles easy, alles nice
Im Kopf schon Frühling – liberté toujours
München, München, mon amour

Andrea läuft eine dicke Träne über die Wange. Sie erinnert sich genau, wie sie oben an der Theresienwiese standen und auf das Oktoberfest runterschauten. Und Paul sagte, dass er darüber unbedingt mal einen Song schreiben will. Über die ständige Baustelle, das ganze Wuseln, den Lärm, die Lebensfreude. Den ständigen Abbau und Aufbau. Wann hat er das gemacht?
Ihr kommt es vor, als kann sie Paul in diesem Moment in den Kopf schauen, in sein Gehirn, den ganzen Strudel seiner Gedanken sehen. All die Flausen, all die Poesie. Paul liebt die Freiheit, er ist ein Künstler, Dichter. Paul ist keiner, der anderen wehtut. Er bricht maximal Herzen. Und das nicht vorsätzlich. Nein, Paul hat niemanden umgebracht! Sie muss ihn aus dem Knast rausholen, seine Unschuld beweisen!

Sonnenklar

Josef reibt sich die Stirn, als Andrea ihm endlich von ihren Ermittlungen zu Meierlink junior berichtet. Die Sache mit den Kisten aus dessen Wohnung findet er interessant, auch wenn ihm Andreas Story, dass sie Meierlink senior und die Möbelpacker angeblich nur auf der Straße gesehen hat, mehr als dünn vorkommt. Er fragt lieber nicht näher nach. Auch die Sache mit der Beschattung von Roider und dessen Treffen mit Lisa Furtler auf dem Parkplatz klingt nicht wirklich nach regulärer Polizeiarbeit.
»Das sind zwei Fälle«, sagt er schließlich.
»Ja, klar sind das zwei Fälle.«
»Und, was willst du machen, also zuerst?«
»Die Furtler und den Roider vorladen.«
»Warum nicht den Meierlink wegen der Kisten?«

»Weil wir nur vermuten können, dass da was Illegales drin ist. Pillen und so. Für Meierlink kriegen wir keinen Durchsuchungsbeschluss, für den Jungen nicht und für den Alten schon gar nicht.«
»Wie ist der Sohn denn?«
»Ganz der Papa. Ein Schwafler. Sagt natürlich, dass er in der betreffenden Nacht in der Klinik war.«
»Hat er Zeugen?«
»Nein. Und der Empfang ist nicht immer besetzt.«
»Aha?«
»Martin Meierlink sagt, dass ständig jemand da ist. Aber das ist nicht so. Der Pförtner hat eine Geliebte und verschwindet immer mal wieder.«
»Woher weißt du das?«
»Kommissarin Zufall. Ich hab's gesehen.«
»Okay, sein Alibi ist nicht wasserdicht. Aber wir haben auch keinen Beleg dafür, dass er weg war?«
»Leider nein.«
»Was hat die Auswertung der Bilder von dem Festival ergeben?«
»Hab ich noch nicht geschafft.«
»Dann weißt du, was du zu tun hast. Vielleicht ist er ja dabei.«
»Aber die Furtler und der Roider, das ist doch im Moment viel wichtiger. Tom hat genau gehört, was sie gesagt haben. Es gibt ein Video. Und das ist der Furtler eine halbe Million wert!«
»Hm.«
»Das ist doch interessant!«
»Ja, interessant. Aber konkret habt ihr nix, oder?«
»Was meinst du immer mit ›konkret‹?«, braust Andrea auf. »Geht's denn noch konkreter? Der hat ein Video, er erpresst sie damit. Fünfhunderttausend Euro! Und sie will zahlen. Der Fall ist doch sonnenklar.«
»Ein Video mit was? Also, was zeigt es?«
»Naja, dass … Ach, komm, Josef!« Andrea schüttelt den Kopf. »Du musst zugeben, dass das ziemlich plausibel klingt. Der

Typ hat das Video, das zeigt, was wirklich passiert ist in der Nacht, und erpresst sie jetzt. Und: nein, wir haben den Film nicht. Ganz klar. Aber wir müssen ihn kriegen.«

Josef nickt nachdenklich. »Okay. Mit wem sollen wir sprechen? Mit ihm? Mit ihr?«

»Mit ihm, er hat das Video. Kann ich das machen?«

»Nein, Andrea, das kannst du nicht machen. Du kümmerst dich um den toten Rocker.«

»Und du nimmst Roider in die Mangel?«

»Aber so was von.«

Da ist sich Andrea nicht so sicher. Josef ist immer so verdammt höflich. Aber man wird sehen. Mit Druck erreicht man bei Josef gar nichts. Das weiß sie inzwischen.

Also Fleißarbeit: Sie holt sich die Facebook-Seite der *Alten Mühle* auf den Bildschirm. Und stöhnt. Unmengen von Fotos. Vom Club selbst gepostet, aber auch von zahlreichen Gästen, die wiederum andere Beiträge geteilt haben und so weiter und so fort bis in die letzten Verästelungen des sozialen Netzwerks. Alle Fotos haben eine gemeinsame Bildsprache: schlechtes Licht, unscharf, grelle Farben. Die Motive sind durchgängig ähnlich: schwitzige, alkoholgerötete Gesichter. Horrorkabinett. Nein, untertrieben: die Bildergalerien sind das Labyrinth eines weitläufigen Horror-Louvre.

Als Andrea sich durch die Alben klickt, hat sie ein Déjà vu. Die Geschichte mit dem Oktoberfestkiller. Auch wenn die Bilder von Marlies technisch besser waren, die Darsteller waren vom selben Kaliber. Hier wenigstens eine geringere Trachtenquote. Sie denkt an Marlies, an ihr letztes Telefonat, wie sie sich aufgeregt hat. Wegen der Informationssperre des Innenministers. Tja. Unter den Facebook-Bildern sind auch jede Menge mit ihr selbst als Motiv. In einem völlig lächerlichen Bühnenoutfit. Stellt sie jetzt fest – aus der Distanz. Schon peinlich. Wobei – von der Stange ist das nicht. Biene Maja auf Speed. Muss man sich erst mal trauen.

Sie sucht Herby. Endlich entdeckt sie ihn. Am Tresen der Bar zusammen mit Paul. Super, nicht gerade das, was sie sehen will. Sie sieht das böse Funkeln in Pauls Augen. Egal, weiter. Tapfer kämpft sie sich durch die endlosen Bildserien. Keine Spur von Meierlink junior oder senior.

Sie holt sich einen Kaffee und klickt weiter. Ergebnislos. Wäre auch zu schön gewesen. Sie grübelt. Sohn oder Vater? Sie tippt auf den Sohn. Denn das Alibi des Vaters mit dem Konzertbesuch im Herkulessaal ist wasserdicht. Sie hat die Personen angerufen, die mit ihm beim Konzert und anschließend im *Franziskaner Bräu* waren. Und die bestätigen seine Aussage. Dass alle lügen, ist nicht sehr wahrscheinlich. Klar, zu Hause hat er keine Zeugen. Aber nach dem Kulturabend so spät noch auf ein Rockfestival zu fahren, ist nicht so naheliegend. Seinen Bikerkollegen Herby hätte er außerdem diskreter treffen können. Also eher der Sohn. Sie braucht Belege, dass er in der Nacht nicht in der Klinik, sondern in Haimhausen war, in der *Mühle*.

Pixelig

Andrea fährt schließlich unverrichteter Dinge heim. Sie sperrt die Wohnungstür auf und hängt die Jacke an die Garderobe, schlüpft aus den Schuhen. Die Wohnung wirkt schrecklich einsam. Sie geht in Pauls Zimmer und legt sich auf sein Bett, starrt an die Decke. So viele Gedanken, so viele Möglichkeiten. Aber nichts Konkretes. Sie schließt die Augen, gleitet in den Schlaf.

Ihr Handy summt. Sie schreckt hoch. Nein, es ist nicht ihr Handy. Es summt wieder. Sie sieht den Klamottenhaufen auf dem Stuhl, Pauls Jeansjacke obenauf. Sie holt sein Handy aus der Brusttasche. Was macht das hier? Naja, er braucht es ja jetzt nicht.

Vier Anrufe sind auf dem Display zu sehen. Die interessieren sie nicht. Sie hat eine andere Idee. Paul schießt immer zum Schluss eines Konzerts noch ein paar Bilder vom Publikum. Sie gibt *1-5-1-1* ein, die Daten seines Geburtstags. Die Icons der

Apps erscheinen auf dem iPhone. Sie geht auf das Fotosymbol und öffnet die Ordner. Jede Menge Bilder von Lisa, mal mit Paul, mal ohne ihn. Paul hat schreckliche Augen auf den Selfies – völlig besoffen und offenbar vollgepumpt mit Tabletten. Sie sieht sich die Bilder in dem Ordner davor an. Ja, er hat auch dieses Mal Schnappschüsse vom Publikum gemacht.
Sie mailt sich die Fotos und fährt ihren Rechner hoch, um sich die Bilder in groß anzusehen. Sie vergrößert sie sehr stark, sodass die Gesichter ausgefranst und pixelig werden. Das Licht ist schlecht. Aber sie betrachtet ein Gesicht nach dem anderen. Kein Meierlink junior und auch kein Meierlink senior. Dafür Tom und seine verliebten Augen. Dann stutzt sie. Wer ist das? Sie muss kurz nachdenken, dann versteht sie es. Das ist der Typ von *VISIO,* der Detektiv, dieser Roider. Was macht der da? Und vor allem: was hat der für Klamotten an? Lederjacke mit Fransen. Ist er auch ein Rocker? Ist er am Ende bei den *Dark Angels*? Nein, das wäre ein bisschen zu viel des Zufalls. Auf Meierlinks Mitgliederliste war er nicht. Was nichts heißen muss. Dem sauberen Herrn Doktor traut sie keinen Zentimeter über den Weg. Andrea raucht nachdenklich eine Zigarette, sieht sich in Ruhe die restlichen Bilder an. Nein, ansonsten keine weiteren Überraschungen. Roider – ein Rocker? Diese Neuigkeit muss sie Josef gleich mitteilen, denn der will morgen mit Roider im Präsidium sprechen. Vielleicht eine interessante Zusatzinformation. Andrea schickt Josef das Konzertfoto mit Roider aufs Handy. Anschließend ruft sie ihn durch.
»Josef, Roider war in der *Mühle* an dem Abend. Er hat die Furtler beschattet.«
»In den Klamotten?«
»Hinz und Kunz waren so angezogen. Er hat sie beschattet, gesehen, dass sie sich einen Typen aufreißt und mitnimmt und seinen Auftraggeber informiert. Aber dann hat er den Auftrag nicht abgebrochen, sondern ist drangeblieben und hat gefilmt, was da passiert ist. Endlich ein Beleg für seinen Auftrag.«

»Gut gemacht, Andrea. Trotzdem – er könnte auch einfach so auf dem Konzert gewesen sein.«
»Ach komm, Josef! Konfrontierst du ihn damit bei der Vernehmung?«
»Mal sehen. Kann sein, dass es besser ist, wenn er nicht weiß, wie viel wir über ihn wissen.«
»Hä?«
»Lass mich mal machen. Gute Nacht.«
»Gute Nacht.«
Andreas Euphorie ist ein bisschen verflogen. Josef ist immer so verdammt bodenständig. Hat sie ihn überhaupt schon mal begeistert erlebt? Nicht, dass sie sich erinnern kann. Egal, er wird schon wissen, was er tut.
Dann greift sie nochmal zu Pauls Handy. Klickt die Bildordner durch. Fühlt sich nicht ganz wohl dabei, aber es ist ja keine Neugier, sondern sie hofft noch irgendwas zu entdecken, was ihr weiterhilft. Jede Menge unsinnige Fotos mit der Band, mit Freunden, beim Saufen, eine Serie beim Nacktbaden in der nächtlichen Isar. In dem einen Typen glaubt sie Martin Meierlink zu erkennen.
Ja, jetzt sieht sie die Gang zu fünft in ein kleines weißes Cabrio gepfercht, am Steuer Martin Meierlink. Ob das sein Auto ist? Ziemlich auffällig, ein alter Alfa *Spider*. Die drei Leute hinten sitzen auf der Plane des offenen Verdecks. Sie mailt sich das Foto. Das muss sie Tom zeigen, der kennt sich mit Autos aus. Vielleicht ist das ein seltenes Exemplar und jemandem ist es in der Tatnacht aufgefallen. Ob Martin Meierlink das Auto in der Klinik draußen hat?
Andrea geht in die Küche, macht sich ein Bier auf. Trinkt ein paar Schluck. Denkt nach. Das Bier schmeckt ihr nicht. Sie gießt den Rest weg und geht ins Bett.

Goldwing

»Sie hier?«, fragt Josef erstaunt, als Dr. Meierlink am nächsten Tag im Präsidium auftaucht.

»Ja, mein Mandant möchte gerne bei diesem Termin einen Rechtsbeistand dabei haben.«

Jetzt betritt auch Vinzenz Roider das Büro.

»Er hat nichts zu befürchten. Ein paar simple Fragen.«

»Na, dann legen Sie mal los.«

Meierlink und Roider nehmen auf den Stühlen vor Josefs Schreibtisch Platz.

»Herr Meierlink, warum haben Sie uns nicht gesagt, dass Herr Roider auch in Ihrem Rockerclub ist?«

»Wie kommen Sie denn auf diese Idee?«

»Ich habe da so meine Quellen. Und, ist er Clubmitglied?«

»Ist er nicht. Er gehört zu den *Red Dragons*. Wir sind die *Dark Angels*.«

»Aha?«

»Die *Darks* fahren Harley, die *Reds* Honda *Goldwing*. Entscheidender Unterschied. Und wir sind kein Rockerclub, sondern ein Motorradclub. Nur die Freude am Fahren.«

»Aha.«

»Aber wir sind assoziiert. Die *Reds* sind ebenfalls keine Rocker. Die fahren ja schließlich Oldtimer.«

»Sehr schön. Aber Sie vertreten Herrn Roider?«

»Nicht nur ihn, auch die weiteren *Reds*-Mitglieder.«

»Das freut mich. Einen guten Anwalt kann man immer brauchen.«

»So ist es. Jetzt kommen Sie bitte zur Sache. Ich hab noch eine Menge zu tun. Und mein Mandant auch.«

Als die beiden nach dem weitgehend inhaltsleeren Gespräch über den angeblich nicht ausgeführten Auftrag Roiders für Karl Furtler das Büro verlassen, könnte Josef eigentlich frustriert sein. Ist er nicht. Im Gegenteil. Er grinst. Ihm ist es wurscht, ob es *Red, Dark* oder *Black* heißt. Die stecken alle unter einer

Decke. Nicht, dass er mit dieser Information etwas Konkretes anfangen könnte, aber so langsam setzt sich das zu einem Gesamtbild zusammen.
Das mit dem belauschten Parkplatzgespräch und dem Video hat er nicht angesprochen. Roider soll sich in der trügerischen Sicherheit wiegen, dass niemand etwas von seinen schmutzigen Nebengeschäften weiß. Josef hat jetzt ein paar Informationen mehr über Roiders Beruf. Den er nach seiner Polizeilaufbahn begonnen hat. Seine kleine Detektei betreibt er nur nebenberuflich. Ansonsten arbeitet er bei *SiS – Sicher ist Sicher*, einem großen Sicherheitsunternehmen im Zentrum. Da soll sich Andrea nachher mal umsehen. Auch wenn sie damit indirekt im Fall ihres Bruders ermittelt – falls Roider tatsächlich Filmmaterial zur Todesnacht von Karl Furtler hat. Er selbst wird sich jetzt näher mit Dr. Meierlink befassen. Der blasierte Jurist stachelt seinen Ehrgeiz an. So schmerzfrei Josef normalerweise ist, der Typ geht ihm ganz gewaltig auf den Zeiger. Als ob er das Recht gepachtet hat. Hat er nicht.

Bergseen

Andrea betritt am frühen Nachmittag die Räume von *Sicher ist Sicher* am Thomas-Wimmer-Ring zwischen Isartor und Maximilianstraße. Keine billige Gegend. Vornehmlich Kanzleien. Und in Laufweite zu *Exclusive Men*. Wie schön.
Der Pförtner an der Sicherheitsschleuse bittet sie, Platz zu nehmen. Während sie auf der fleischfarbenen Kalbslederbank wartet, sieht sie sich um. Marmorboden, versenkte Strahler, moderne Kunst an den Wänden. Ist sie in einer Galerie oder in der Zentrale eines Sicherheitsunternehmens? Der Bereich hinter dem Pförtner ist mit einer Milchglasscheibe und einem Drehkreuz abgetrennt. Immer wieder gehen Leute durch das Drehkreuz. Halten ihre Chipkarten an das Panel, das mit einem grünen Leuchten die Sperre freigibt. Andrea studiert die Menschen, die hier offenbar arbeiten. Und irgendwie studiert sie sie

auch nicht. Sie braucht ein bisschen, um zu verstehen, was ihnen allen gemeinsam ist. Ihre Unauffälligkeit. Nichts an ihnen – Gesicht, Frisur, Kleidung – bleibt ihr im Gedächtnis.

›Respekt‹, denkt sie, ›falls das Teil des Geschäftsmodells ist! Perfekt, wenn es um Personenschutz oder Beschattung geht.‹

»Indifferent.«

»Bitte?« Sie sieht auf.

Ein sportlicher Mann Anfang vierzig lächelt sie an. »Mein Personal. Zumindest die Leute im Außendienst. Unauffällig. Sie verschwimmen mit ihrem Hintergrund. Indifferent. Man erinnert sich nicht an sie. Gestatten Sie, Thomas Wimmer.«

»Oh …?«

»Ich weiß, die Adresse. Aber wo sonst sollten Sie Ihre Zelte aufschlagen, wenn Sie so heißen? Ich bin der Thomas Wimmer ohne Ring.« Er klimpert mit den Fingern – ohne Ring.

Andrea stöhnt leise auf und murmelt: »Mangfall, sehr erfreut.«

Er strahlt. »Auch ein schwacher Gag bleibt ein Gag.«

»Da bin ich mir nicht sicher.«

»War nur ein Scherz.« Er gibt ihr die Hand. Er hat einen festen Händedruck.

Sie sieht ihm in die Augen. Tiefes Grün. Zwei Bergseen. Können kein Wässerchen trüben. ›Von wegen. Der Typ sieht super aus und er weiß es.‹ Andrea bemüht sich um einen professionellen Tonfall. »Bei Ihnen arbeitet Vinzenz Roider?«

»Wer möchte das wissen?«

»Wir. Die Münchner Kripo. Herr Roider hat uns gesagt, dass er hier arbeitet. Ist er da?«

»Er hat heute frei. Wieso interessieren Sie sich für Herrn Roider?«

»Er hatte einen Auftrag für einen Kunden, der leider kürzlich verstorben ist.«

»Auf nicht natürliche Weise?«

»So ist es. Herr Roider sagte uns, dass es nur ein privater Auftrag war, für seine Detektei. Kann das sein?«

»Durchaus.«
»Er arbeitet hier nicht in Vollzeit?«
»Doch.«
»Aber?«
»Viele unserer Mitarbeiter gehen einer Nebenbeschäftigung nach. Ich zahle ordentliche Gehälter, aber Sie wissen ja, wie es in München ist. Und ich bin froh, wenn wir unseren Kunden Mitarbeiter für Sonderaufgaben anbieten können. So unsere Mitarbeiter diese Zeit erübrigen können. Normale Beschattungsaufträge übernehmen wir in der Regel nicht selbst. Nicht, dass wir da keine Kompetenz hätten, aber die Kosten-Nutzen-Relation ist nicht attraktiv. Für uns nicht, für die Kunden nicht. Eine Nachtschicht mit meinem Personal ist zu teuer, weil auch die ganzen Kosten für Back Office, Fuhrpark und Technik gedeckt sein müssen. Wenn Sie allerdings hohe Kosten nicht scheuen, können wir natürlich auch das bieten. Sie sind bei der Kripo, oder?«
Andrea nickt.
»Interessieren Sie sich für den Bereich persönliche Sicherheit?«
»Durchaus.«
»Dann zeige ich Ihnen mal unsere heiligen Hallen.«
Wimmer gibt dem Pförtner ein Zeichen und dieser entriegelt das Drehkreuz.
Mit dem Lift geht es ins Untergeschoss.
›Die Börse‹, schießt es Andrea durch den Kopf, als sie die vielen Menschen in dem unterirdischen Großraumbüro vor ihren Bildschirmen sitzen sieht.
»Das ist das Herzstück unseres Unternehmens. Die genaue Analyse von Gefährdungspotenzialen mittels Big Data. Wir haben einen Kooperationsvertrag mit Google und mehreren Mobilfunkgesellschaften und somit exakte Bilder, die genaue Verkehrssituation, umfassende Kommunikationsdaten von den jeweiligen Aufenthaltsorten unserer Klienten. Das alles in enger

Absprache mit unseren Auftraggebern. Aus diesen Daten errechnen wir das individuelle Sicherheitsprofil und setzen unsere Leute dementsprechend ein.«

»Das klingt nach totaler Überwachung.«

»Im Gegenteil. Sämtliche Daten sind anonym, es geht um Metadaten, die Menge, die Richtung, die Frequenz. Wir fischen in der Regel keine Suchbegriffe. Das verengt den Fokus. Wir sind nicht der BND oder die NSA. Inhalte interessieren uns nur sekundär. Wie gesagt, es geht um Metadaten und Kommunikationsströme. Wir sind fokussiert auf individuelle Gefährdungshotspots jenseits politischer Relevanz. Zumindest soweit wir es nicht mit Politikern zu tun haben. Das machen in der Regel dann aber staatliche Behörden. Oder wir in Kooperation mit ihnen.«

Andrea ist verblüfft, als sie hört, dass auch die Polizei bereits in Pilotprojekten solche Daten-Forecasts verwendet. Bei *SiS* ist das allerdings bereits beruflicher Alltag, der sich wirtschaftlich tragen muss, wie Wimmer ausführlich erklärt. Ob sie will oder nicht – sie ist beeindruckt.

»Es geht nicht darum, was die Maschinen sagen«, erklärt Wimmer, »es geht darum, wie wir die Daten interpretieren. Wir kennen bei der Erstellung des jeweiligen Sicherheitskonzepts keine Standards, sondern entwerfen das für jeden Fall komplett individuell. Die Auftraggeber erfahren in der Regel gar nicht, was genau wir machen. Unser Ruf ist so gut, dass man uns blind vertraut. Unsere Arbeitsweise ist daher auch sehr ökonomisch. Sehen Sie, wer heute viel Geld und Einfluss hat, sieht sich umzingelt von Feinden, wo vielleicht nur ein paar harmlose Neider für Unruhe sorgen. Sehr geringes Bedrohungspotenzial. Aber wer es für sein Ego braucht, der will in seine Sicherheit investieren. Dem werden wir unsere Hilfe nicht versagen. Wenn wir das Sicherheitsrisiko dieser Person bewerten und konstatieren, dass es marginal ist, erstellen wir nur ein kleines Sicherheitskonzept, das nicht allzu personal- und technikintensiv, aber trotzdem spürbar ist und somit Sicherheit bietet. Am Ende geht es vielleicht nur um die Steigerung des subjektiven Sicherheitsempfindens.«

Andrea lacht unwillkürlich. Das klingt ziemlich ausgebufft.

»Bei mir arbeiten viele Polizisten«, sagt Wimmer. »Also Ex-Polizisten. Anspruchsvoller Job, modernste Technik, adäquate Bezahlung.«

»Danke, kein Interesse.«

»Schade eigentlich.«

Andrea ärgert sich, dass sie rot wird, aber er scheint es nicht zu bemerken. Hofft sie. Quatsch, natürlich sieht er es. Was sie noch röter werden lässt. ›Verdammt! Wie peinlich ist das denn!‹

Thomas Wimmer lächelt. »Aber wir wollten ja gar nicht über meine Firma sprechen. Sie sind wegen Herrn Roider hier. Solange es seine Privatsphäre nicht berührt, gebe ich Ihnen gerne Auskunft. Was genau möchten Sie wissen?«

»Kann es sein, dass er Dinge auf eigene Kappe dreht?«

»Das sagte ich ja bereits.«

»Ich meine Aufträge, die im Widerspruch zu seiner Beschäftigung hier stehen.«

»Herr Roider ist einer meiner ältesten und erfahrensten Mitarbeiter. Er ist im Außendienst, er hat keinen Zugriff auf sensible Daten.«

»Erpressung?«

»Wen sollte er erpressen? Die Kunden, die zu uns kommen, fühlen sich bedroht. Unser Job ist es, diese Bedrohungslage in den Griff zu bekommen oder aufzulösen. Womit sollte er denn jemanden erpressen?«

»Wenn er bei einer Observation Zeuge einer illegalen Handlung wird und er den Täter dann erpresst?«

»Was glauben Sie, was hier los wäre, wenn sich ein Mitarbeiter ein derartiges Fehlverhalten leistet – und das bekannt wird. Wir würden keinen Auftrag mehr bekommen. Unser Geschäftsgeheimnis besteht nicht nur aus der herausragenden Informationstechnologie, sondern vor allem aus unseren Softskills: Diskretion

und Zuverlässigkeit. Wenn diese Faktoren nicht gewährleistet sind, kann ich dichtmachen.«
Andrea spart sich Ausführungen zur Meldepflicht, wenn man Zeuge einer Straftat wird. Stattdessen fragt sie: »Haben Sie denn mit Erpressungen zu tun? Also nicht mit diffusen Bedrohungslagen, sondern kommen Kunden auch zu Ihnen, weil sie konkret erpresst werden?«
»Natürlich, das ist ein triftiger Grund, uns zu konsultieren.«
»Und warum nicht die Polizei?«
»Naja, Diskretion und kurze Dienstwege sind nicht unbedingt Markenzeichen der Polizei.«
Andrea will nicht nicken, aber sie tut es. Klar, wenn der ganze Beamtenapparat loslegt, dann legt er eben los. Das ist manchmal das genaue Gegenteil von diskret.
Als Andrea draußen auf der Straße steht, ist sie sich nicht sicher, ob das nur der Verkehr auf dem Altstadtring ist, der da in ihren Ohren rauscht. Sie ist verwirrt. Und irgendwie – verknallt.
»Oh Mann!«, flüstert sie und geht zu ihrem Fahrrad.

Home sweet home
is everywhere you don't feel alone

Home sweet Home
TRISKA

Stern des Südens

»Wenn die Scheißsingerei nicht gleich aufhört, stopf ich dir die Klobürste ins Maul!«

Klare Ansage. Paul verstummt und sieht von seinem Stockbett herunter zu Hansi, seinem neuen Zellenkollegen. Hansi ist ein Zweieinhalbzentnermann bei eher geringer Körpergröße. Danny de Vito in Vollfettstufe. Das Rippshirt umspannt gefährlich Hansis eindrucksvollen Bauch.

Hansi blickt Paul über seine Bildzeitung hinweg an. »Is was, Spargel?«

»Nenn mich nicht Spargel!«

»Ich nenn dich, wie ich will. Du bist dürr wie ein Spargel. Und du stinkst wie Spargelpisse, wenn du's Maul aufmachst.«

»Hey, hör mal!«

»Halt's Maul. Und lass vor allem die Scheißsingerei!«

»Singen ist gut gegen schlechte Laune.«

»Leck mich.«

»Später vielleicht.«

»Hättste wohl gern. Vergiss es.«

Paul schließt die Augen und schickt ein Stoßgebet gen Himmel. »Bitte, lieber Gott, hol mich hier raus, bring mich weg von diesem Ort der Dummheit und fetten Wampenmonster.«

Eiserner Griff an seiner Kehle. Scheiße, hat er laut gesprochen? Paul öffnet die Augen und sieht in Hansis speckiges Gesicht.

»Deine Stunden sind gezählt, Spargel.«

Panik in Pauls Augen.

Hansi lacht dröhnend.

Paul macht sich los und setzt sich auf. »Was soll der Scheiß?«

»Bist du ein Kinderficker?«

»Klar, ich fick alles, was bei drei nicht auf den Bäumen ist.«

»Warum bist du hier?«

»Mord.«

»Echt?«

»Naja, Totschlag.«

»Und?«
»Was, und?«
»Warst du's?«
»Was denkst du?«
»Du Spargel? Im Leben nicht.«
»Doch, ich hab den Geliebten meiner Frau erschlagen.«
»Echt?«
»Logo.«
»Fett! Und deine Frau?«
»Ist abgehaun.«
»Und die Polizei hat die Leiche gefunden?«
»Woher denn. Also nicht gleich. Ich hab die Leiche zersägt, die Teile in Gefrierbeutel verpackt und eingefroren.«
»Warum das denn?«
»Hin war er ja schon. Dachte, ich könnte da noch was rausholen.«
»Hä?«
»Naja, Stück für Stück an die Familie des Typen schicken. So erpressermäßig. Wenn ihr nicht zahlt, bekommt ihr euren Liebling in Einzelteilen zurück. Hat ja keiner gewusst, dass er schon tot ist.«
»Boh, das ist ja voll psycho!«
»Hat eh nicht geklappt. Ist voll blöd gelaufen. Weißt du, ich komm von der Arbeit und check die Gefriertruhe, weil ich 'ne Pizza wollte. Und was seh ich? Sie ist leer. Also nicht ganz. Aber die Oberschenkel und Oberarme haben gefehlt.«
»Und, wo waren die?«
»Meine Putzfrau arbeitet in so 'nem afrikanischen Restaurant.«
»Nein!«
»Doch! Die Gloria ist so was von krass drauf. Offenbar hatten die einen Engpass im Lokal. Und da hat sie zugegriffen. Ein paar Kräuter der Prärie, Salz und Pfeffer. Und dann ab auf den Grillrost.«
»Aber das sieht man doch, dass das, also ...«

»Quatsch, war ja ohne Hände und Füße. Nur die Keulen sozusagen. Wenn du sagst, das ist Topi-Fleisch, dann merkt das keiner. Und sie hat es ja auch nicht gewusst. Die kleinteiligen Stücke waren ganz unten in der Truhe. Oben Topi.«
Hansi schluckt. »Topi? Echt?«
»Echt. Oder weißt du, wie ein Topi aussieht?«
Hansi schüttelt den Kopf.
»Na siehst du. Außen Topi-tz, innen Geschmack.«
Hans lacht dröhnend. »Und, wie hat es geschmeckt?«
»So was von geil. Superzart. Hat die Gloria gesagt. Naja, der Typ war ja auch gerade mal Mitte zwanzig.«
Hansi lacht auf. »Geile Story. Ha, da grillt die den Typen und die Gäste fressen das und merken nix. Super. Jetzt mal ernst, warum bist du hier?«
»Totschlag, also Anzeige wegen Totschlags.«
»Und wen hast du erschlagen?«
»Ich hab niemanden erschlagen. Ich steh unter Verdacht. Aber ich war es nicht.«
»Das sagen alle. Wer ist der Tote?«
»Der Mann einer Zufallsbekanntschaft. Ganz klassisch, du gehst mit einer mit, machst rum und der Ehemann kommt heim.«
»Kenn ich. Aber dann hast du ihn erschlagen?«
»Hab ich nicht.«
»Sondern?«
»Ich war so besoffen, dass ich mich an nichts erinnern kann.«
»Also warst du's.«
»Nein.«
»Ich denk, du weißt es nicht?«
»Ja.«
»Was jetzt?«
»Verwirr mich nicht. Seine Frau war's.«
»Klar, die Frau.«
»Warum bist du denn hier?«

»Nur eine kleine Wirtshausschlägerei.«
»Klein?«
»Wir haben Fußball geschaut – DFB-Pokal. Bayern gegen Dortmund. Und da waren so blöde Dortmund-Fans in der Kneipe. Denen mussten wir eins aufs Maul geben. Und jetzt liegt der eine im Koma. So 'ne Glatze. Ein Unfall. Und von denen gibt's doch eh zu viel.«
»Aha. Du bist ein Roter?«
»Aber so was von. *FC Bayern, Stern des Südens, du wirst niemals untergehn, weil wir in guten wie in schlechten Zeiten zueinanderstehn …* «
»Hey, du hast 'ne gute Stimme. Lass uns das mal gemeinsam singen.«
»*FC Bayern, Stern des Südens, du wirst niemals untergehn, weil wir in guten wie in schlechten Zeiten zueinanderstehn …* «

Kammermusik

Andrea hat nach dem Klingeln den Türöffner gedrückt und ist wieder zu ihrem Abwasch verschwunden. In der Küche dudelt das Radio. Süße Streicher und Lenny Kravitz: *How many tears I cried …*
›Supernummer‹, findet sie und singt mit.
»Hallo?«, kommt es von der Tür.
Andrea trocknet sich die Hände ab und dreht Lenny leiser. »Tom, ich bin in der Küche.«
»Äh, hallo, Andrea?«, sagt eine Stimme, die definitiv nicht nach Tom klingt.
Jetzt schaut Andrea in den Flur. »Mama, was machst du denn hier?«
»Hallo, meine Liebe«, sagt die aparte Frau Anfang fünfzig mit den wallenden Haaren.
»Mensch, Mama!«
»Wer ist denn Tom?«
»Ein Kollege.«

»Aha?« Ihre Mutter schließt die Tür hinter sich. »Endlich ein Mann in deinem Leben. Ich dachte schon, das wird nie was.«
»Mama, lass das! Was machst du hier?«
»Ich muss doch mal nach dem Rechten sehen.«
»Und warum rufst du nicht vorher an?«
»Ich wollte dich überraschen.«
»Das ist dir gelungen.«
»Außerdem kann ich mir nur so ein realistisches Bild machen, wie ihr beide hier zurechtkommt. Das Treppenhaus hat jedenfalls schon lange kein Wischwasser mehr gesehen.«
»Sag das dem Hausmeister.«
»Worauf du dich verlassen kannst. Wo wohnt der? Erdgeschoss?«
»Mama!«
»Ich mein das im Ernst. Also?«
»Mama, das ist München und nicht Bad Tölz. Hier gibt's nur einen Hausmeisterservice.«
»›Service‹ bedeutet ›dienen‹. Die werden doch ein Telefon haben?«
»Mama, ich lebe hier, nicht du.« Jetzt fällt Andreas Blick auf die Reisetasche ihrer Mutter. »Sag bloß, du hattest wieder Streit mit Papa?«
Ihrer Mutter schießen die Tränen in die Augen. »Ach, es ist so furchtbar!«
»Jetzt komm erst mal rein. Ich mach dir einen Kaffee.« Andrea lotst sie in die Küche.
Bei einer Tasse Kaffee klagt Andreas Mutter ihr Leid, erzählt von dem Kammermusikabend in der Stadthalle. Mit dieser Sängerin aus Russland. Olga Pitowa. »Ganz wunderbare Stimme, aber auch sehr gutaussehend. Für ihr Alter. Was heißt ›Alter‹? Die ist Ende dreißig! Horst wird nächstes Jahr sechzig! Er war ganz hin und weg. Und ich Idiotin hab ihn zu diesem Abend überredet. Du weißt doch, dass er klassische Musik nicht mag. Und dann glotzt er diese Frau an wie das achte Weltwunder.

›Ich hab noch nie etwas so Schönes gesehen.‹ Das waren seine Worte.«

»Er meinte bestimmt ›gehört‹ – also ihre Stimme.«

»Andrea, ich hab doch keine Tomaten auf den Ohren! Oh, das ist alles so furchtbar!«

»Mama, das ist bestimmt nur eine harmlose Schwärmerei.«

»Das ist keine harmlose Schwärmerei, wenn er sich alle CDs von ihr kauft und ihren Namen andauernd im Internet googelt.«

»Woher weißt du denn das?«

»Ach, er löscht doch nie seinen Browserverlauf.«

»Mama!«

»Ich habe allen Grund misstrauisch zu sein. Und er fährt ihr hinterher.«

»Zu den Konzerten?«

»Wie so ein Guppy.«

Andrea lacht.

»Das ist nicht komisch, das ist überhaupt nicht komisch!«

»Doch, Mama, ist es schon.«

»Dein Vater, fast im Rentenalter! Der bisher nie freiwillig einen Fuß in die Oper oder in einen Konzertsaal gesetzt hat, der keine Ahnung von klassischer Musik hat!«

»Er ist halt spätberufen. Vielleicht schlägt sie bei ihm eine Saite an, die vorher nicht berührt wurde? Also musikalisch.«

»Werd mal nicht frech! Ich kenn deinen Vater und seine Saiten. Die hab ich alle schon mal angeschlagen. Verlass dich drauf! Ich sag dir eins: Ich werde ihm zu alt!«

»Ach Quatsch, Mama.«

»Ich bin so enttäuscht. Nach so vielen Ehejahren. Ich lass mich scheiden!«

»Mama, jetzt hör mit dem Schmarrn auf! Das ist bestimmt nur eine Phase. Sag mal, hast du ihm gesagt, wo du bist?«

»Nein, hab ich nicht. Soll er ruhig mal ein bisschen schwitzen. Und wehe, du rufst ihn an! Das ist das Beste, was ich seit langem getan hab.«

»Musst du nicht arbeiten?«
»Ich hab mir eine Woche freigenommen.«
»Eine Woche!«
»Ich stör dich doch nicht?«
»Ich, naja, also, du weißt ja, wir haben nicht viel Platz, Paul und ich.«
»Paul … Wie geht's denn meinem Süßen? Wo ist er?«
»Unterwegs. Wie immer.«
»Ich versteh immer noch nicht, warum er nicht zu uns gekommen ist nach der Pleite mit dieser brasilianischen Hexe.«
»Astrud ist keine Hexe.«
»Ist sie schon. Mein armer Paul, sie hat sein Herz gebrochen.«
Es klingelt an der Tür. Mama springt auf. »Paul!«
»Das glaub ich nicht«, sagt Andrea und folgt ihr in den Flur.
»Erwartest du noch jemanden? Ah, dieser Tom?«
»Mama, misch dich nicht in meine Angelegenheiten.«
Andrea drückt auf den Türöffner. »Mama, du gehst jetzt wieder in die Küche.«
»Aber?«
»Pronto! Bitte!«
Beleidigt zieht sich ihre Mutter zurück. Allerdings erscheint ihr Gesicht sogleich in der Küchentür.
»Du bleibst, wo du bist! Mama, mach die Tür zu!«
Widerwillig schließt sie die Tür.
Als Tom oben ankommt, lässt Andrea ihn nicht in die Wohnung. »Tom, sorry, ich kann heute nicht. Ich hab unerwartet Besuch bekommen.«
Er sieht sie verdutzt an, schaut an ihr vorbei in den Flur. Sieht die Reisetasche.
Andrea schaut genervt zurück. Das geht ihn wirklich nichts an. Will sie ihm auch sagen, aber dann erklärt sie: »Meine Mutter. Ich muss mich um sie kümmern.«
Tom nickt nur. Andrea sieht ihm an, dass er ihr nicht recht glaubt. Das ärgert sie. Sie ist ihre eigene Chefin. Und wenn sie

dreimal einen anderen Grund hätte, ihn nicht reinzulassen, es geht ihn nichts an. Das ist ihr Zuhause. Aber sie sieht auch die Traurigkeit in seinem Blick. Zweifellos hat er sich auf den Abend mit ihr gefreut. Sie beugt sich vor, gibt ihm einen Kuss auf die Wange. »Wir sehen uns morgen.«

Als er sich umdreht, um zu gehen, versucht er, die Blumen zu verbergen. Die er die ganze Zeit hinter seinem Rücken versteckt hatte. Kurz hat sie den Impuls, ihn aufzuhalten, aber sie drückt schnell die Tür zu und lehnt sich gegen das Türblatt. Schließt die Augen und atmet durch.

»Mein Schatz, hast du Kummer?«

»Mama, bitte jetzt nicht!«

»Meine Kleine, ist alles gut bei dir? Hast du Kummer mit deinem Tom? Ist es das?«

Andrea sinkt in ihre Arme und heult einfach los. Obwohl es mit Tom nichts zu tun hat. Es ist einfach zu viel im Moment. Emotional. Und überhaupt.

»Weißt du was, meine Liebe – wir warten, bis Paul heimkommt, und dann führe ich euch zum Essen aus, zum Italiener.«

»Paul kommt heute nicht heim.«

»Hat er ein Engagement, ist er auf Tournee?«

»So kannst du es auch ausdrücken.«

»Ja, wo tritt er denn auf?«

»In Stadelheim.«

»Wo ist das? Nein, du meinst doch nicht ...?«

»Komm, Mama, wir trinken jetzt unseren Kaffee fertig. Dann erzähl ich dir, was Paul zurzeit treibt.«

Genau das macht sie. Und ihre Mutter fällt ihr nicht ein einziges Mal ins Wort.

»Das ist ja eine schöne Scheiße«, fasst ihre Mutter das Ganze schließlich treffend zusammen.

Andrea ist erstaunt, dass sie es so nüchtern sieht.

»Wir müssen was unternehmen, Andrea. Hat Paul einen guten Anwalt?«

»Gut genug, denk ich mal.«
»Horst soll ihm einen Anwalt organisieren. Er kennt doch Leute im Golfclub. Ich ruf ihn gleich an.«
»Mama, lass Papa da raus. Du weißt doch, was er von Paul denkt.«
»Bloß weil Paul die Uni geschmissen hat, heißt das noch lange nicht, dass Horst ihm nicht hilft.«
»Mama, lass Papa aus dem Spiel. Paul wäre das nicht recht. Du tust ihm den größten Gefallen, wenn du Papa nichts sagst. Wir kriegen ihn da wieder raus. Er ist unschuldig.«
Ihre Mutter kippt den Rest des kalten Kaffees runter und sagt: »Gut. Aber ich bleib bei dir. Es muss sich ja jemand um dich kümmern.«
»Mama, heute kannst du hierbleiben. Aber morgen fährst du zurück zu Papa. Er macht sich doch Sorgen!«
»Das soll er mal, der Schwerenöter. Diese Russin, pah! Und wir gehen jetzt zum Italiener!«

Schnuppe

Andrea liegt im Bett. Ihr schwirrt der Kopf. Sie haben tatsächlich zwei Flaschen Rotwein zum Abendessen getrunken. Und geredet wie die Wasserfälle. Was alles passiert ist, wie man Paul helfen könnte, was Lisa Furtler im Schilde führt. Andrea hat alles rausgelassen. Zum ersten Mal in diesem Fall hat sie das Gefühl, dass außer ihr noch jemand bedingungslos zu Paul hält. Die Idee hätte ihr schon früher mal kommen können! Eigentlich wollte sie ihre Eltern da ganz raushalten. Ausgerechnet jetzt taucht ihre Mutter auf. Tja, sechster Sinn. Morgen will Mama Paul im Gefängnis besuchen und dann wird sie wieder zurück nach Tölz fahren.
Andrea muss lachen. Ihr Vater hatte sie in der Osteria angerufen und sich nicht abwimmeln lassen, also hatte sie ihr Handy weitergegeben an ihre Mutter. Und die hatte ihrem Vater am Telefon eine lautstarke Szene gemacht, die das ganze Lokal

mitverfolgen konnte. *Molto dramatico.* Eine Flut von Vorwürfen zumindest seelischer Untreue, die aber letztlich in einer tränenreichen Versöhnung gipfelte. Andrea hat keine Ahnung, was ihr Vater gesagt hatte, aber der Effekt war enorm. Es war totenstill, als ihre Mutter ins Telefon flüsterte: »Ja, ich liebe dich auch.« Das ganze Lokal jubelte. Was für ein unglaublicher Kitsch! Ihre Mama, die Dramaqueen. »Oh, l'amore!«, hatte der Wirt begeistert ausgerufen und eine Lokalrunde Spumante spendiert. Ja, die Liebe. Sie denkt an Tom. Liebe macht blind. Tom sieht nicht, dass sie ihn nicht liebt. Und sie sieht ihn, wie er ist: gutaussehend, nett, zuverlässig, warmherzig. Das ist schon was. Sehr viel sogar. Aber nicht genug. Nur Glut, kein Feuer. Bei ihr zumindest. Plötzlich bekommt sie unbändige Lust auf eine Zigarette. Sie tritt ans Fenster, öffnet es und steckt sich eine an. Sieht in die Nacht. Heute keine Lichter im Haus gegenüber. Es ist erstaunlich mild, Sterne sind keine am Himmel. Tiefschwarz. Andrea raucht nachdenklich.
Ein letzter Zug.
Sie schnippt die glühende Kippe in die Nacht.
Sternschnuppe.
Wünscht sich was.

Unerschütterlich

In der Nacht schreckt Andrea hoch, weil sie Geräusche aus Pauls Zimmer hört. Paul? Dann fällt ihr ein, dass ihre Mutter zu Besuch ist. Räumt sie etwa auf? Und wenn sie dabei irgendwelche Sachen findet, Pillen …? Sie hat ihr natürlich nichts von Pauls Drogenkonsum erzählt. Vielleicht ahnt sie es eh schon. Ihr Vater darf das nie erfahren. Das würde all seine Vorurteile bestätigen. Paul und er sind Feuer und Wasser. Ihr Vater ist Prokurist einer großen Baufirma, Vorsitzender des CSU-Ortsverbands und in allen möglichen Verbänden engagiert. Er hat seiner Frau ein großes Haus am Ortsrand gebaut, umgeben von einem riesigen Grundstück, fast eine Parkanlage. Insignien gehobenen Bürgertums. Paul ist ein mittelloser Musiker, der außer viel Talent nichts besitzt. Und der seinen Vater ständig provoziert hat. So prinzipiell, was sogar Andrea damals zu viel war, obwohl auch sie damals Papas erzkonservative Grundeinstellung ablehnte. Heute ist sie da entspannter. Oder auch konservativer.

›Übernehmen die Kinder immer die Haltung ihrer Eltern? Immer ein bisschen mehr? Liegt das in der Natur? Das Spießigwerden? Spießig? Dazu passt Papas Affäre mit der Kammersängerin wiederum gar nicht. Quatsch, eine Affäre ist das noch lange nicht! Vielleicht ist es ein gutes Zeichen, wenn er überhaupt mal wahrnimmt, dass außerhalb seines engen Blickfelds mit Firma und Lokalpolitik noch ein anderes Leben stattfindet. Nein, das ist ungerecht. Mama gegenüber. Die leidet wirklich.‹

Am Himmel zeigt sich schon ein Hauch Morgenrot.

Wunderknabe

Andrea hat den ersten emotionalen Höhepunkt schon hinter sich. Einen lautstarken Streit mit ihrer Mutter, die doch ihren Mann angerufen hatte, um ihm die Geschichte mit Paul zu erzählen. Und der sogleich einen neuen Strafverteidiger vorgeschlagen hatte, ›den besten in München‹. Andrea wäre fast umgefallen, als sie seinen Namen hörte.

»Dieser Dr. Meierlink soll ein juristischer Wunderknabe sein«, hatte Mama getönt.

Andrea hatte sofort zum Telefon gegriffen, um ihren Vater anzurufen und zur Schnecke zu machen: »Was bildest du dir ein, dich so in das Leben deines erwachsenen Sohns einzumischen? Und dann noch einen Juristen vorzuschlagen, der alles andere als eine weiße Weste hat!« Als ihr Vater nachgehakt hatte, was sie denn damit meinte, war die Stimmung auf dem Siedepunkt. »Ein Tatverdächtiger, der mit Rockern Geschäfte macht, ist nicht gerade das, was ich mir für Pauls Verteidigung vorstelle!« Sie hatte den Hörer hingeknallt, was bei ihrer Mutter weniger für Erstaunen, als vielmehr für konkrete Verärgerung gesorgt hatte.

»Wenn ich heute Abend heimkomm, dann bist du nicht mehr da!« Das waren Andreas letzten Worte gewesen.
Jetzt bereut sie es. Das war respektlos. Soll sie sich entschuldigen? Ja. Aber nicht gleich. Meierlink! Wie kommt ihr Vater auf solche Ideen? In welchen Kreisen verkehrt er? Hoffentlich hat er nicht schon mit Meierlink gesprochen. Dem wäre das ein ganz persönliches Fest: die Verteidigung des Bruders einer Polizistin, die gegen ihn ermittelt.
Im Büro erwartet sie die nächste Hiobsbotschaft. Josef legt ihr wortlos das *Abendblatt* hin und schaut zu, wie sie durch die Seiten blättert. Im Lokalteil findet Andrea das Bild von Lisa Furtlers Villa. »Eifersuchtsdrama in Nobelvilla« brüllt die Schlagzeile. Paul wird nicht mit ganzem Namen genannt, aber als »mittelloser Musiker« und »Bruder einer Münchner Kripobeamtin bei der Mordkommission« bezeichnet.
»Was für ein dummes Arschloch!«, stöhnt Andrea.
»Kennst du den Reporter?«, fragt Josef.
»Noch nicht, aber gleich!«
»Mach keinen Quatsch, Andrea, wirble nicht noch mehr Staub auf.«
Andrea winkt beschwichtigend ab und Josef trollt sich.
Sie greift zum Telefon und holt Marlies aus dem Bett. »Ja, ich weiß, wie spät oder früh es ist, meine Liebe. Es ist mir scheißegal. Was soll dieser bescheuerte Artikel in eurer Zeitung? Über den Fall in Ottenburg? Da ist nichts mit unserer Presseabteilung abgestimmt.«
»Es gab ja keine Pressekonferenz!«
»Eben. Und insofern wundere ich mich, woher ihr eure Informationen habt.«
»Wir haben unsere Quellen.«
Andrea schnaubt.
Marlies klärt sie auf, dass es eben keine gute Idee war, mit der versprochenen ›Superstory‹ mit den Wiesnmorden dann doch nicht rüberzukommen. Dass ihr Reporter Joe Behringer sich

sehr geärgert hätte, als die Polizei keinerlei substanzielle Informationen rausrückte.

»Und dann heftet der Depp sich an meine Fersen, oder was?«

»Das weiß ich doch nicht, ich bin nur Fotografin. Jedenfalls hast du dein Wort nicht gehalten.«

»Was kann ich dafür? Wenn der Innenminister dem Dezernatsleiter einen Maulkorb verpasst und auch noch bei eurem Verleger anruft, dann kann man eine solche Geschichte eben nicht bringen.«

»Du hast es mir versprochen!«

»Ich kann nichts versprechen, worauf ich keinen Einfluss habe. Ober sticht Unter. Das gilt bestimmt auch bei euch. Jedenfalls macht euer Reporter in dem Artikel Stimmung gegen die Polizei. Bloß, weil er ein paar Informationen nicht bekommt. Wie liest sich das denn? Dass da nicht mit Hochdruck ermittelt wird, weil der Verwandte einer Mitarbeiterin der Mordkommission in den Fall verwickelt ist? Was meinst du, wie wir ermitteln? Mit der Wünschelrute?«

»Jetzt reg dich halt nicht so auf!«

»Und wie ich mich aufreg! Und du machst das mit! Weißt du, was du Paul damit antust? Den du sonst immer so süß findest?«

Am anderen Ende der Leitung ist es still.

»Ich höre?«, fordert Andrea sie auf.

»Ich hab den Artikel nicht gelesen«, sagt Marlies kleinlaut.

»Ich fass es nicht ... Aber das Foto ist von dir. Wie blöd ist das denn?«

»Was soll der Scheiß? Ich krieg einen Auftrag, da oder dort ein Bild zu machen, ich fahr da hin und mach das. Ich hatte keine Ahnung, um was es da genau geht. Und um wen.«

»Jetzt weißt du es. Paul sitzt im Knast. Er steht unter Mordverdacht. Oder zumindest Totschlag. Und Paul ist unschuldig! Kannst du ...? Nein, das bringt nix ... Vergiss, dass wir telefoniert haben.«

Andrea legt auf. Reibt sich die Schläfen.

Verdammter Mist! Wenn dieser Reporter sich jetzt auf sie einschießt? Was für ein Vollidiot! Sie erinnert sich an die abschließende Pressekonferenz zu den Wiesnmorden, die tatsächlich sehr knapp ausgefallen war. Mit keinem Wort wurde darin die Rolle des Innenministers erwähnt. Natürlich. Für die Presse ausgesprochen unbefriedigend, denn die hatte natürlich rausbekommen, mit wem das zweite Opfer befreundet war.

»Der Tag kann nur besser werden«, sagt Andrea zu Josef, als sie zu ihm ins Büro rübergeht. »Was liegt an?«

»Mach mir bitte einen Bericht über *SiS*, so das Wichtigste. Firmenprofil, was die genau machen. Das wäre nett.«

Andrea ist froh, was Konkretes zu machen. Recherche. Das lenkt sie von der Grübelei ab. Einen persönlichen Eindruck vom Firmenchef hat sie ja schon. Jetzt informiert sie sich im Detail via Internet, fragt Kollegen. Hört und erfährt überall nur Gutes, das Beste sogar. Ein Unternehmen mit tadellosem Ruf und besten Verbindungen. Speziell ausländische Wirtschaftsbosse vertrauen auf die Sicherheitsdienstleistungen von *SiS*. Thomas Wimmer ist immer wieder Referent für die Polizeiakademie, wenn es um internetgestützte Ermittlungsarbeit geht. *Digitalisierung als Schlüssel zur Verbrechensaufklärung und -prävention.* So heißt einer der Kurse.

»Die arbeiten mindestens auf Augenhöhe mit der Polizei«, murmelt Andrea. »Aber warum beschäftigt der so einen halbseidenen Typ wie den Roider?«

Ihr Magen knurrt. Sie steht von ihrem Bürostuhl auf und streckt sich. Geht in die Kantine runter, um sich am Kiosk eine LKS zu kaufen.

Kerbholz

Hansi donnert mit den Handballen an das Gestänge des Stockbetts.

»Hey, lass das!«, murrt Paul.

»Ich muss hier raus«, blafft Hansi.

»Ja, klar, das müssen wir alle«, sagt Paul und starrt an die Wasserränder der fleckigen Zellendecke. Eine Fliege hat sich in dem vergitterten Milchglasschirm der Deckenlampe verirrt. Kriecht innen am Glas entlang. Ausweglos. Final. Besser könnte Paul seine eigene Lage nicht in ein Bild fassen. Der Pflichtverteidiger ist eine Lusche und will, dass er den Totschlag zugibt, um mit dem Staatsanwalt einen Vergleich auszuhandeln. Wegen Alkohol und Drogen hätte er gute Chancen auf Unzurechnungsfähigkeit. Ja, unzurechnungsfähig war er definitiv in dieser Nacht. Er war komplett außer Gefecht, er hat niemanden erschlagen! Wie denn? Die Tante will ihm die Sache in die Schuhe schieben. Weil sie es ist, die ihren Mann im Streit erschlagen hat. Lisa hatte doch bestimmt vorher schon Stress mit ihrem Mann. Sonst hätte sie ihn doch gar nicht erst nach dem Konzert abgeschleppt. Oder hat er sie abgeschleppt? Egal – klar ist nur eins: Es sieht nicht gut für ihn aus.

Paul ist sich nicht mal sicher, ob Andrea ihm glaubt. Wahrscheinlich ist es ihr scheißpeinlich, dass sie als Kripobeamtin so ein schwarzes Schaf in der Familie hat. Sie hat ihm erzählt, dass Josef ihr verboten hat, in seinem Fall zu ermitteln. Eigentlich klar. Sie ist voreingenommen. Trotzdem. Sie muss es reißen. Josef hat nicht denselben Ansporn, Licht in die Sache zu bringen und ihn rauszuhauen. Oder? Ob Josef Lisa ordentlich in die Mangel nimmt? Oder wird sie ihn einwickeln? Ist Josef der Typ dafür? Klar, jeder Mann würde sich von so einer scharfen Lady einlullen lassen. Lisa ist verdammt sexy und vom Alter her für Josef noch attraktiver als für ihn. Bestimmt macht sie jetzt einen auf trauernde Witwe. Scheiße, er hat richtig schlechte Karten.

»Ich mein, im Ernst«, meldet sich Hansi wieder, »ich hab noch nie ein Heimspiel versäumt.«

»Es gibt immer ein erstes Mal.«

»Spar dir deine Scheißsprüche, Spargel!«

»Du kannst ja einen Antrag stellen. Vielleicht lassen die dich mit Fußfessel raus.«

»Niemals. Bei meinen Vorstrafen.«

»Hättest du deine Emotionen besser unter Kontrolle, wärst du überhaupt nicht hier.«

»Meine was?«

»Deine Gefühle.«

»Na super, du Wichser. Du haust 'nen Typen tot und erzählst mir was über Gefühle. Ich hab noch keinen totgehauen.«

»Wart's ab.«

»Mann, das ist alles eine Scheiße! Wenn ich das Spiel nicht sehe, dann hau ich hier alles kurz und klein. Mein blöder Anwalt kommt mit der Kaution nicht rüber.«

»Wie hoch ist die?«

»Fünfzigtausend.«

»Boh, dann hast du echt was auf'm Kerbholz, Hansi.«

»Davon kannst du ausgehen, du Labersack.« Hansi tritt mit voller Wucht an das Gestänge des Stockbetts.

»Hansi, jetzt reiß dich mal zusammen!«

»Ich komm hier raus, ich werde das Spiel sehen!«

»Klar, Hansi.«

Es erklingt ein hoher Summton. Der Türriegel wird freigegeben. Mittagspause finito.

Strafbar

Die Sonne senkt sich über die Dächer der Stadt. Lange Schatten im Innenhof des Präsidiums. Andrea hat sich zur Beruhigung eine Zigarette angezündet und klopft die Asche am Fensterbrett ab. Sie dreht sich zu Josef. »Wie ist Paul abgehauen?«

»Es gab einen Brand in der Wäscherei. Offenbar ist er in dem Trubel abgehauen. Zusammen mit dem Mitbewohner seiner Zelle. Andrea, das ist wie ein Schuldeingeständnis!«

»Unsinn! Ich weiß, dass Paul niemanden umgebracht hat. Er geht in den Knast und diese blöde Tussi zahlt einem Typen viel Geld, damit der ein kompromittierendes Video verschwinden lässt. So geht die Geschichte.«

»Wir haben keinerlei Beweise. Und jetzt haut Paul aus dem Knast ab. Warum?«

»Weil er nicht glaubt, dass sich jemand für ihn einsetzt.«

»Spätestens jetzt hat er sich strafbar gemacht.«

»Ja, ganz toll, wenn du unschuldig im Knast sitzt. Weiß man denn, wie die Burschen entkommen sind?«

»Man vermutet, dass sie irgendwie mit einem Lieferwagen von der Wäscherei raus sind.«

»Waschen die nicht selbst?«

»Doch. Aber auch für andere. Hotels und so. Jedenfalls gab es eine Explosion in der Wäscherei. Es ging ziemlich durcheinander mit der Feuerwehr. Und dann waren die beiden weg. Jedenfalls ist das eine schöne Scheiße. Nicht gut für Paul. Gar nicht gut.«

»Viel besser hat es vorher nicht ausgesehen. Was machen wir jetzt?«

»Du schaust, ob du Kontakt mit ihm aufnehmen kannst. Vielleicht meldet er sich ja von selbst. Die Fahndung ist längst draußen. Paul ist mittellos. Finde ihn, bevor er sich irgendwo Geld organisiert.«

»Ach komm, du glaubst doch nicht, dass er eine Bank ausraubt?«

»Ich hab keine Ahnung. Aber ich weiß, dass mir im Moment in unserem Job einiges zu familiär ist, viel zu familiär. Offiziell dürftest du in der Sache keinen Finger rühren.«

»Und inoffiziell?«

»Will ich, dass du das geräuschlos wieder einrenkst. Wenn das überhaupt geht. Warum hat Paul nicht ein bisschen Geduld? In ein paar Tagen wissen wir vielleicht schon mehr.«

»Bestimmt eine Kurzschlussreaktion.«

»Nein, sie sind zu zweit abgehauen. Die haben das geplant. Der andere ist ein stadtbekannter Schläger. Einer von der ganz üblen Sorte.«

»Jetzt erzähl mir bitte noch, dass Paul im Knast schlechten Umgang hat …«

Kompliziert genug

Andrea steht in ihrer Küche. Ihr Kopf qualmt. Das ist der Supergau. Ihr bescheuerter Bruder haut einfach aus Stadelheim ab. Was an sich schon erstaunlich genug ist. Das ist kein Provinzknast. Aber sie bewundert ihn nicht für diese Leistung. Denn jetzt hat Paul ein neues Problem.Sie überlegt fieberhaft, wo er sein könnte. Ihr fällt nichts ein. Ob er mit ihr Kontakt aufnimmt? Wenn er zumindest noch eine Tasse im Schrank hat, meldet er sich bei ihr. Sie muss ihn finden.

Zuerst ruft sie den Schlagzeuger seiner Band an. Ohne Erfolg. Auch der inzwischen gesundete Bassist weiß nichts. Kreuzt er bei Lisa Furtler auf, um sie unter Druck zu setzen? So blöd wird er nicht sein. Oder? Aber wie soll er da hinkommen, ohne Geld und in Anstaltskleidung? Naja, wenn sich Paul was in den Kopf setzt ... Bei Lisa Furtler stehen bestimmt Beamte vor dem Haus. Wie bei ihr selbst. Sie sieht aus dem Fenster. Gegenüber parkt ein dunkler BMW mit zwei Zivilfahndern. Na super. Als sie das Haus betreten hatte, war sie ganz cool geblieben, hatte so getan, als hätte sie die Typen in dem Auto nicht gesehen. Garantiert Kollegen. Wahrscheinlich hatte Josef sie dahin beordert. Wer sonst. Findet sie ungut. Aber er hat ja Recht. Tja, wenn Paul hier aufkreuzt, dann nehmen sie ihn sofort hopps.

Sie lässt sich auf einen Küchenstuhl fallen. Was soll sie jetzt machen? Tatsächlich zu Lisa Furtler fahren, schauen, ob Paul da aufkreuzt, ihn davon abhalten, irgendwelchen Unsinn zu machen? Sie kriegt fast einen Herzinfarkt, als die Wohnungstür aufgesperrt wird. »Paul!

»Hi, Schwesterherz.«

»Ich geb dir gleich ein ›Hi‹! Woher hast du den Schlüssel?«

»Der Ersatzschlüssel im Keller.«

»Vor dem Haus stehen zwei Zivilfahnder!«

»I'm a backdoor man ... «, singt er den Doors-Klassiker an.

»Du blödes Aas. Haust aus dem Knast ab! Dir haben sie doch ins Hirn geschissen!«

»Hey, runter vom Gas!«
»Mann, Paul, was hast du dir dabei gedacht? Wenn du jemals unschuldig warst – mit dem Ausbruch hast du dich strafbar gemacht.«
»Soll ich rumsitzen und tatenlos abwarten, während Lisa Lügen über mich verbreitet? Ich muss das selbst in die Hand nehmen. Die lügt wie gedruckt. Bestimmt waren die kurz vor der Scheidung. Und ihr läutet, was das bedeutet: *dolce vita finita, señorita.*«
»Spar dir dein Esperanto! Und weiter?«
»Na, sie erschlägt ihren Mann bei der erstbesten Gelegenheit, weil sie einen Dummen gefunden hat, dem sie das in die Schuhe schieben kann.«
»Wäre schön, wenn du das beweisen kannst.«
»Ich muss ein ernstes Wort mit ihr reden!«
»Das wirst du nicht! Du wirst sie nicht bedrohen.«
»Du glaubst nicht im Ernst, dass ich für die Tante in den Knast gehe?«
»Da bist du ja schon.«
»Im Moment nicht.«
»Ja leider. Jetzt haben Sie einen handfesten Grund, dich dauerhaft in den Knast zu stecken. Wie bist du überhaupt da rausgekommen?«
»Das ist jetzt nicht wichtig. Wie kriegen wir Lisa dran? Weißt du irgendwas, was uns weiterbringt?«
»Josef hält mich aus dem Fall raus.«
»Ach komm, irgendwas musst du doch mitkriegen.«
»Ich kann dir nichts sagen.«
»Hey, du bist meine Schwester. Und du bist meine einzige Hoffnung. Habt ihr Lisa verhört?«
»Ja. Josef.«
»Und?«
»Nichts Neues. Sie sagt, dass du es warst.«
»Glaubt er ihr?«
»Ich weiß nicht.«

»Und du?«
»Nein, ich ...«
»Wenn du irgendwas weißt, was mir weiterhilft, dann sag es bitte jetzt! Das ist wichtig für mich!«
»Gehst du dann wieder nach Stadelheim?«
»Niemals.«
»Paul!«
»Ich geh nur zurück, wenn es Hoffnung gibt, dass ich da auf legalem Weg wieder rauskomm. Also, weißt du was?«
»Ja. Es gibt da einen Typen von einem Detektivbüro. Der hat Lisa Furtler im Namen ihres Mannes beschattet. Offenbar hat er ein Video von der Tatnacht. Mit dem erpresst er sie.«
»Echt? Wahnsinn! Und was genau ist auf dem Film?«
»Das wissen wir nicht. Aber dieser Detektiv will Geld von ihr.«
»Wie kommen wir an das Video?«
»Wir werden sehen. Funk uns nicht rein!«
»Und woher weißt du das? Hast du sie beschattet?«
»Eigentlich den Detektiv. Josef ist über ihn gestolpert, als er durch Karl Furtlers Mails gegangen ist. Der Detektiv wollte aber nichts über den Auftrag sagen. Und da hab ich gedacht, den schau ich mir mal genauer an.«
»Meine schlaue mutige Schwester! Gegen den ausdrücklichen Wunsch ihres Vorgesetzten. Denk ich mal.«
»Genauso ist es. Und du pfuschst mir jetzt nicht rein! Ich fahr dich zurück nach Stadelheim.«
»Ich geh nicht wieder in den Bau, bis die Sache geklärt ist.«
»Na super, Paul. Das kriegst du bestimmt hin. Weißt du, ich geb dir jetzt einen ganz heißen Tipp: Halt dich von dieser Frau fern, das ist alles schon kompliziert genug. Du rückst wieder ein und wir kümmern uns. Ich ruf Josef an.«
»Bist du wahnsinnig?«
»Ich pack das nicht allein. Du auch nicht. Gemeinsam kriegen wir das hin. Ich ruf Josef an. Und dann besprechen wir das weitere Vorgehen. Bis er kommt, koch ich uns was.«

»Ich will lieber 'ne Pizza.«
»Nein.«
»Wieso nicht?«
»Ist ungesund.«
»Hä?«
Andrea lacht. »Klar, ich bestell dir deine Pizza. Und du gehst duschen. Du muffelst. Aber die Knastklamotten sehen cool aus.«

Kein Spaß

»Wo ist er?«, fragt Josef, als Andrea die Wohnungstür öffnet.
»Langsam, Josef!«
»Mann, Andrea! Paul hat sie doch nicht mehr alle! Ich nehm ihn mit.«
»Das tust du nicht.«
»Doch, natürlich! Was denn sonst?«
»Also nicht gleich!«
»Er steht unter Mordverdacht.«
»Tut er nicht!«
»Gut, Totschlag. Aber er ist aus dem Knast abgehauen. Und du hast mich angerufen. Hier bin ich. Kann ich in sein Zimmer?«
»Nur, wenn du ihm nichts tust.«
»Ich red mit ihm. Und dann nehm ich ihn mit. Ich mein das ernst, kein Spaß!«
Widerwillig gibt Andrea die Tür frei. Sie deutet zu Pauls Zimmer. Josef klopft. Keine Reaktion. Er sieht zu Andrea, sie zuckt mit den Achseln.
Als Josef die Tür öffnet, sieht er den wehenden Vorhang. Er tritt auf den Balkon hinaus, blickt nach unten in den Hof. Keine Spur. Er flucht.
Jetzt geht die Klospülung. Josef stürmt in den Flur zur Toilette und reißt die Tür auf. Paul grinst dämlich. Aus dem Klo dringt scharfer Geruch nach draußen. »Mach mal langsam, Macho-Joe. Du sprichst mit Andrea wie mit einer Verbrecherin. Sie hat

mit meinem Verschwinden aus Stadelheim nicht das Geringste zu tun.«
»Und was machst du hier?«
»Scheißen.«
»Sonst noch was?«
»Andrea wollte mich überreden, mich zu stellen.«
»Da draußen läuft eine Großfahndung«, sagt Josef ernst. »Du musst dich stellen!«
»Erst muss ich meine Unschuld beweisen.«
Josef stöhnt auf.
»Gib uns einen Tag Zeit«, bittet Andrea, »nur vierundzwanzig Stunden.«
»Und solange lasse ich die Fahndung einfach weiterlaufen?«
»Blas sie ab.«
»Mit welchem Grund? Was soll ich sagen?«
»Dass du weißt, wo er ist, dass du dich persönlich kümmerst.«
»Da kann ich mich gleich selbst suspendieren.«
»Ach komm! Lass dir was einfallen. Bitte, das ist wichtig!«
Paul sieht Josef ernst an. »Ich kann nicht zurück in den Knast!«
»Oh, doch, ganz sicher.«
»Gib mir zumindest eine Nacht.«
»Wozu, Paul? Damit du noch mehr Porzellan zerdepperst? Damit du Lisa Furtler bedrohst?«
»Nein, damit ich mich sortiere. Mit Andrea bespreche. Wie es weitergeht. Bitte!«
»No way!«
Andrea schickt Paul auf sein Zimmer, bespricht sich allein mit Josef, bekniet ihn.
Als sie mit ihrem Monolog zu Ende ist, stöhnt er leise: »Okay. Ich verlass jetzt die Wohnung. Ich war nie hier. Paul schläft hier. Du hast ihn im Auge! Wenn er morgen um zehn Uhr nicht in Stadelheim ist, dann war es das. Nicht nur für Paul, sondern auch für dich, Andrea. Ist das klar?«
»Ja, ist klar.«

»Und Paul bleibt hier in der Wohnung. Kein Kontakt zu Lisa Furtler. Sonst kommt er in die Hölle! Ohne Umwege. Dafür sorge ich persönlich.«
Als die Haustür ins Schloss fällt, sinkt Andrea aufs Sofa.
Paul ist sofort zur Stelle. »Ist er weg?«
»Ja.«
»Und? Was sagt er?«
»Dass du in die Hölle kommst.«
»Da bin ich doch schon. Also?«
»Er gibt uns bis morgen früh Zeit. Damit wir uns besprechen.«
»Cool. Wir haben Zeit gewonnen.«
»Eine Nacht. Was ist das schon?«
»Wenn du im Knast sitzt, ist das verdammt lang.«
»Ja, mein Sensibelchen.«
Paul lacht und nimmt seine Jacke von der Garderobe.
»Was wird das, Paul?«
»Ich zieh nochmal los. Keine Bange, spätestens zum Frühstück bin ich wieder hier.«
»Echt nicht!«
»Doch.«
»Wo willst du hin? Zu Lisa Furtler?«
»Ich muss mit ihr reden.«
»Definitiv nicht. Außerdem steht da bestimmt auch Polizei vor dem Haus.«
»Ich komm schon irgendwie rein.«
»Nein, Paul!«
»Mach dir keine Sorgen, ich werde sie nicht bedrohen.«
»Vergiss es! Denk auch mal an mich. Ich krieg Riesenprobleme. Außerdem haben wir doch jetzt endlich eine heiße Spur. Wenn der Detektiv ein Video von der Tat hat, dann kriegen wir das auch.«
»Okay, ihr checkt den Detektiv, ich sprech mit Lisa.«
»Das tust du nicht!«
»Mach dir keine Sorgen, Mutti.«

»Mann, was bist du nur für ein Arschloch? Du hast sie echt nicht mehr alle.« Sie dreht sich weg und geht auf ihr Zimmer.
»Hey, Schwester!«
»Leck mich! Und wag es ja nicht, das Haus zu verlassen!« Sie knallt die Tür zu, wirft sich aufs Bett und drückt ihr Gesicht ins Kopfkissen.
Irgendwann hört sie die Haustür. Sie flucht, springt auf, zieht Schuhe und Jacke an. Als sie auf die Straße sprintet, sieht sie nur noch die Rückleuchten ihres Autos.
»Du kleiner Dreckskerl!«, flucht sie.
Ihr Blick fällt auf den BMW mit den beiden Beamten. Und die sehen zu ihr. Die Tiefgaragenausfahrt hatten sie offenbar nicht im Blick. Wenigstens das. ›Immer schön auf die Haustür aufpassen, Jungs!‹ Sie ist schon versucht, den beiden Helden zuzuwinken. Macht sie lieber doch nicht.
Sie will Tom anrufen. Nein. Auch das lässt sie bleiben.
›Ihr könnt mich alle mal!‹ Sie steckt das Handy wieder ein und geht nach oben.

Alter Käse

›Gerade noch rechtzeitig‹, denkt Paul, als ihm Lisas Porsche auf der Burgstraße entgegenkommt. ›Wo will sie so spät noch hin?‹ Er wendet. Folgt ihr ein Auto? Nein. Vermutlich warten die Polizisten vor ihrem Haus und lauern darauf, dass er vorbeikommt. »Tja, Leute, Pech gehabt!«
Lisa Furtler fährt in Richtung München. Frankfurter Ring, Donnersberger Brücke, ins Westend, Gollierstraße. Sie findet einen Parkplatz. Paul beobachtet, wie sie in die Kneipe *Kilombo* geht und bleibt in zweiter Reihe stehen.
Durch eins der Fenster späht er in den Kneipenraum. Locker gefüllt. Wer ist der Typ, zu dem sie sich setzt? Was haben die zu bereden? Er muss das wissen. Er überlegt: So kann er nicht reingehen. Läuft zurück zum Auto. Holt sich Andreas Bayern-Kappe von der Rückbank. Und die Sonnenbrille aus dem

Handschuhfach. Bescheuert. Nachts! Er checkt sein Konterfei im Rückspiegel. Wie ein blöder Fußballproll. Hauptsache, Lisa erkennt ihn nicht.
Er sieht eine Gruppe von fünf, sechs Leuten vor dem Lokal und hängt sich dran, als sie die Kneipe betreten. Viel los. Freitagabend. Er nimmt hinter Lisa Platz. Rücken an Rücken. Knapper Meter Luftlinie. Musik, Stimmen, Gläserklirren. Er versteht sie nur schwer. Er konzentriert sich.
»Wie viel ist das?«
»Hundert. Also hunderttausend.«
»Was soll das? Ich hab gesagt: eine halbe Million!«
»Mehr geht im Moment nicht.«
»Wann krieg ich den Rest?«
»Bald.«
»Was kriegst du? – Hallo?« Paul blickt auf. Die Bedienung sieht ihn fragend an.
»Äh, ein Bier«, nuschelt er. Jetzt hat er den Faden verloren. Er dreht den Kopf zur Seite, um besser zu hören.
»Und das Video?«, fragt Lisa Furtler.
»Sobald ich den Rest hab, wird es vernichtet«, antwortet der Mann.
»Woher weiß ich, dass Sie mich nicht bescheißen?«
»Das wissen Sie nicht, bis Sie den Rest bezahlen.«
»Und dann? Wenn Sie eine Kopie haben?«
»Wort gegen Wort. Mehr ist nicht drin. Überlegen Sie nicht zu lang. Wenn ich damit zur Polizei gehe, ist das nicht gut für Sie.«
»Für Sie auch nicht. Die Polizei zahlt Ihnen keinen Cent.«
»Deswegen sollten auch wir beide das Geschäft machen.«
»Sie kriegen Ihr Geld.«
Paul glühen die Ohren. Am liebsten würde er aufspringen und die geschäftige Zweisamkeit sprengen. Das Video, von dem Andrea erzählt hat! Hat der Typ tatsächlich gefilmt, was in der Nacht passiert ist? Soll er das Video einfordern, Lisa seine Wut ins Gesicht schreien? Nein. Würde alles kaputtmachen. Er ist

ein flüchtiger Gefängnisinsasse. Ganz schwache Ausgangslage. Er muss einen klaren Kopf behalten, ruhig bleiben. Es gibt das Video also wirklich! Das ist die erste positive Entwicklung seit Tagen. Endlich ein Weg, eine Möglichkeit, der aussichtlosen Sache einen neuen Dreh zu geben. Den richtigen.

Ein tiefes Gefühl der Zufriedenheit macht sich in ihm breit. Er ist das Opfer einer Verschwörung, er hat es nicht getan, egal, wie sehr er sich in dieser Nacht zugedröhnt hat. Ihm waren schon selbst Zweifel gekommen. Lisa hat ihren Mann erschlagen und will ihm die Schuld in die Schuhe schieben. Er ist der perfekte Sündenbock. Aber es gibt einen Zeugen. Paul nimmt einen großen Schluck von seinem Bier, während die zwei hinter seinem Rücken zahlen. Er zahlt ebenfalls und verlässt das Lokal.

Paul hastet zu … seinem Auto? Nichts. Kein Auto.

Der Porsche röhrt auf.

»Verdammter Bockmist!«

Zweite Reihe. Abgeschleppt! So schnell? Lisa ist weg.

Jetzt sieht er den Mann von eben. Er zieht an einem Automaten Zigaretten. Paul folgt ihm. Bis zur Gollierstraße 8. Dort verschwindet er im Hauseingang. Paul wartet, wo das Licht angeht. Studiert das Klingelbrett. *VISIO – Ermittlungen aller Art.* Soll er einfach klingeln, mit dem Typen sprechen, ihm drohen? Wohl kaum, die Wahrheit ist für den Typen ja nichts wert. Wenn er ihm ebenfalls einen Haufen Geld bieten könnte … Kann er aber nicht. Paul sieht zu den Lichtern in den Fenstern hoch. Ein Büro oder eine Wohnung? Oder beides? Da würde er sich gern mal umschauen. Heute wird der Typ seine Behausung nicht mehr verlassen. Und er sitzt morgen wieder in Stadelheim. Mist!

Oben geht das Licht aus. Im Treppenhaus an. Zieht er doch nochmal los? Unschlüssig steht Paul auf der anderen Straßenseite und beobachtet das Haus. Die Haustür öffnet sich nicht. Hat der Typ seine Wohnung doch nicht verlassen, ist einfach ins Bett gegangen? Und jemand anderes hat das Licht im Treppenhaus angeknipst? Doch niemand kommt aus der Haustür.

Kurz darauf bollert ein schweres Motorrad an ihm vorbei. Für einen Moment fällt Licht auf das Gesicht des Fahrers unter dem Jethelm. Der Mann von eben. Ein Rocker? Egal. Jedenfalls ist er es. Und jetzt ist er nicht zu Hause.

Paul überlegt kurz, ob er auf gut Glück irgendwo klingeln soll, damit ihm jemand aufmacht. Nein, kann er nicht bringen, mitten in der Nacht. Es muss eine Hintertür geben, denn eine Tiefgarage hat das alte Mietshaus nicht. Also hat der Typ im Hinterhof geparkt. Paul geht um das Haus herum. Sieht die Garagen. Geht zur Hintertür. Die ist nicht abgesperrt. Paul betritt das Treppenhaus, macht das Licht an. Steigt mit festen Schritten nach oben. Selbstbewusst, als würde er hier wohnen. Nicht auffallen! Im dritten Stock steht *VISIO* an der Tür. In der Mitte des Türblatts ein Schließzylinder. Extraschloss. Dahinter steckt ein stabiler Riegel. Was tun? Paul denkt an die Balkons, die er im Hof gesehen hat. Von unten kommt er nicht hoch in den ersten Stock und weiter in den dritten. Von oben? Vielleicht.

Er steigt ganz nach oben. Vierter Stock. Speicher? Er sieht an die Decke. Kein Zugang zum Dachboden? Jetzt entdeckt er den unscheinbaren Haken, die schmale Linie der Fuge. Die Decke ist hier gut drei Meter hoch. Er steigt auf das Treppengeländer, stützt sich mit ausgestreckten Armen an der Decke ab, tastet sich zu dem Haken vor. Greift ihn und hängt sich dran. Kurz klemmt die Luke, jetzt geht das Minutenlicht aus, er verliert den Halt, stürzt nach unten, die Luke öffnet sich kreischend. Rostige Federn krächzen. Paul reibt sich das schmerzende linke Knie und rappelt sich im Dunkeln auf. Wartet kurz, horcht, macht das Licht wieder an. Zieht die Leiter ganz herunter. Quietscht. Laut. Paul lauscht. Im Treppenhaus rührt sich nichts. Irgendwas stinkt. Bisschen wie Erbrochenes. Oder alter Käse. Perfide. Schneidend. Er steigt die Leiter hoch, zieht die Luke hinter sich zu.

Auf dem Dachboden ist es stockfinster. Paul wischt sich die Spinnweben aus dem Gesicht. Hier ist der Gestank fast unerträglich. Paul ringt nach Luft, atmet durch den Mund. Vielleicht ein verendetes Tier, eine Taube, eine Ratte? Er macht die Lampe seines Handys an, achtet darauf, nicht den Flugmodus zu deaktivieren. Darauf wartet die Polizei sicher nur. Lange hält der Akku eh nicht mehr – schlappe sechs Prozent noch. Er leuchtet den Dachboden ab. Spinnweben glitzern. Oh, dieser Gestank!

Paul stolpert über eine Kiste, stürzt. Wirbelt Staub auf, der langsam im Licht des runtergefallenen Handys zu Boden zwirbelt. Das Handy beleuchtet nicht nur Staubpartikel und Wollmäuse, sondern auch ein merkwürdiges Etwas, das von einem Deckenbalken herabhängt. Die Quelle des Gestanks: ein Mensch, zumindest das, was von ihm übriggeblieben ist. Paul sieht in ein mumifiziertes Ledergesicht. Übelkeit steigt in ihm hoch. Von dort kommt der fiese Geruch.

Er lacht heiser auf. Zumindest diesen Toten können sie ihm nicht anhängen. Der hängt hier schon seit Jahren. Komisch – ein Selbstmörder klettert hier hoch, zieht die Luke zu und hängt sich auf. Sehr diskret. Muss er Andrea sagen, auch wenn die eher für Mord als für Selbstmord zuständig ist.

Er öffnet eine Dachluke. Mit viel Kraft. Auch diese Luke wurde seit Jahren nicht bewegt. Kalte Nachtluft strömt herein. Paul atmet tief durch. Er dreht sich nochmal zu dem Dachbodenbewohner, sagt leise »Servus« und schlüpft durchs Fenster. Das Giebeldach ist steil. Er hält sich am Rahmen der Luke fest und sucht mit den Füßen nach dem Schneefanggitter. Findet es. Zögert kurz, lässt los. Vorsichtig tasten sich seine Hände über die rauen Dachziegel. Er steigt über das Gitter.

Die Regenrinne zu seinen Füßen ächzt. »Mach bloß keinen Scheiß!«, weist er die Dachrinne an und krallt sich an den Schneefang. Der Balkon ist genau unter ihm. Er greift um, hängt sich an die Rinne, die wieder aufstöhnt, und fischt mit den Füßen nach dem Balkongeländer.

Als er auf dem Geländer steht, geht sein Puls einen Tick runter. Gesicht schweißnass. Rest auch. In James-Bond-Filmen sieht das immer ganz lässig aus. Noch dazu im Maßanzug. Und er? Hat eine Scheißangst, macht sich gleich in die Hose und keine gute Figur. Paul wundert sich über die Kapazitäten für Banales, die sein Gehirn selbst in einer so komplexen Situation noch offenbart. Wo es doch viel wichtiger wäre, sich darauf zu konzentrieren, nicht runterzufallen, nicht in die ewigen Jagdgründe einzugehen.

Er steigt leise auf den Balkon und lugt nach unten. Die Balkone sind außen mit Stahlstreben verbunden. Er hangelt sind an einer Strebe runter, erreicht den dritten Stock, späht vom Balkon in die Wohnung. Ein paar technische Geräte blinken, senden rote und grüne Leuchtpunkte ins Schwarz.

Soll er die Balkontür knacken, riskieren, dass die große Scheibe zu Bruch geht? Nein. Eine Nummer kleiner. Klofenster. Er mustert es: ein nachträglich eingebautes Kunstoffenster. Paul klopft prüfend an den Rahmen. Das geht. Er steigt auf den Balkonstuhl, hält sich am Geländer fest. Tritt gezielt gegen den Fensterrahmen. Beim dritten Tritt gibt er nach. Das Fenster samt Zarge neigt sich nach innen. Putz und Mörtel bröseln auf den Fliesenboden des Klos. Paul lockert die Fensterzarge, bugsiert das komplette Fenster nach drinnen neben die Kloschüssel und steigt ein.

Im Flur macht er das Licht an. Sieht sich um. Linoleumboden, Raufaser an den Wänden, scheußliche Lampen. Hier lebt niemand mit Geschmack. Das Zimmer zum Balkon wird von einem langen Schreibtisch mit zwei großen Flachbildschirmen dominiert. Unter dem Tisch ein Rechner, der stumm vor sich hin blinkt. *Standby*. Paul überlegt kurz, dann schüttelt er den Kopf. Mit dem PC braucht er sich nicht befassen, da geht ohne Passwort garantiert nichts. Versuchsweise bewegt er die Maus. Die Bildschirme flammen auf. Bildschirmsperre. *Drücken Sie Str + Alt + Entf*. Macht er nicht.

Er checkt den Schreibtischcontainer. In der untersten Schublade findet er einen braunen Umschlag. Er öffnet ihn. Ein dickes

Bündel Fünfhunderter. Das könnten die 100.000 sein, von denen Lisa und der Mann im Lokal geredet haben. Mit Besuch hat der Typ nicht gerechnet, sonst hätte er das Geld nicht einfach in der Schublade gelassen. Hat der keinen Safe? Offenbar nicht. So viel Geld hat Paul noch nie in Händen gehabt. Hey, damit könnte er sich vom Acker machen. Startkapital für Südamerika. Schnapsidee. 100.000? Dafür muss das Video tatsächlich was bieten. Er steckt das Geld ein. Er muss das Video finden, das ist seine Fahrkarte raus aus dem Knast. Den Rechner kann er nicht mitnehmen. Er sucht nach einer CD, DVD, DV-Kassette oder SD-Karte.

Im Regal liegen zwei große Nikon-Fotoapparate. Er entnimmt beiden die Fotokarten. Durchsucht auch die Fototasche. Findet darin eine Kunststoffbox mit weiteren Karten. Steckt die Box ein. Jetzt erst fällt ihm ein, dass er keine Handschuhe anhat und überall seine Fingerabdrücke hinterlässt. Und die hat die Polizei, denn er wurde erkennungsdienstlich behandelt. Er holt Klopapier und wischt alles ab, was er berührt hat – soweit er sich erinnern kann. ›Reichlich sinnlos, aber besser als nichts‹, denkt er. ›Wie komm ich jetzt wieder raus?‹

Die Wohnungstür ist abgeschlossen. Also wieder Balkon. Er öffnet die Balkontür und tritt nach draußen, klettert über die Brüstung und hangelt sich an den Außenstreben drei Stockwerke nach unten. Ist froh, dass auf keinem der Balkons ein Raucher seinem Hobby frönt. Aber es ist auch tiefe Nacht.

Vom ersten Stock lässt er sich fallen. Harter Aufprall. Er verzieht keine Miene. Huscht aus dem Hinterhof, weiß nicht, was mehr brennt: seine Füße, die 100.000 Euro oder die Kartenbox in der Jackentasche.

Herzschlag

»Ahhhhh!«, schreit Andrea.

All die aufgestaute Lust, Kraft, der Frust. Tom stöhnt wie ein Gewichtheber beim Reißen einer 150-Kilo-Langhantel. Ist sich

selbst fremd, weiß, dass Andrea nicht wirklich bei ihm ist, dass sie mit ihren Dämonen kämpft, ihrer Angst um ihren Bruder.
Sie hatte Tom angerufen, wollte nicht alleine sein, denn mit Paul rechnete sie nicht mehr. Soll er doch machen, was er will – sie ist nicht seine Mutter! Tom, die treue Seele, war so spät noch zu ihr gekommen. Und sie war über ihn hergefallen, hatte ihm die Kleider vom Leib gerissen, ihn mit all ihrer Lust bedacht. Und er sie auch.
›Wie in einem französischen Film‹, denkt Tom jetzt. ›Kein Gedanke an gestern, morgen. Zwei Leiber, die aufeinanderprallen, ohne Geschichte, ohne Ansprüche, pures Begehren.‹ Voll der Kitsch. Er möchte ihr etwas sagen – sein Herz ausschütten –, aber er weiß, dass sich jedes Wort falsch anhören würde. Er schweigt, will die stille Übereinkunft, die sie getroffen haben, nicht zerstören.
Sie liegt nassgeschwitzt auf seiner Brust. Er spürt ihren Herzschlag. Ist immer noch in ihr. Für immer verbunden.
Wenn ein Augenblick eine Ewigkeit währt. Tut er nicht.
Die Wohnungstür wird aufgesperrt. Sie gleitet von ihm runter, aus dem Bett, zieht Slip und T-Shirt an, verlässt das Zimmer.
Tom möchte weghören, aber es geht nicht. Zu laut ist der Streit zwischen ihr und Paul.
»Du Arsch, du machst alles kaputt! Und klaust einfach mein Auto!«
»Ich hab's doch immer benutzen dürfen.«
»Darum geht es nicht. Warst du bei Lisa Furtler?«
»Nein!«
»Verscheißer mich nicht! Gib mir die Schlüssel! Wo steht das Auto?«
»Bitte, flipp jetzt nicht aus. Ich bin abgeschleppt worden, also das Auto.«
»Wo ist es!?«
»Wo man die Kisten halt immer hinbringt. Ich würde es holen, aber das geht ja nicht. Ich geb dir das Geld. Also später.«

»Ganz super, Bruderherz, ganz super.«
Tom hat sich hastig angezogen und tritt in den Flur raus. »Ich geh dann mal.«
»Was macht der hier?«, fragt Paul.
»Halt die Klappe, das ist meine Wohnung. Tom, ich ruf dich an.« Sie schiebt ihn raus.
Als die Tür ins Schloss klickt, setzen sie ihren Streit fort.
Andrea stößt Paul die Hände gegen die Brust. »Du bist so ein Arschloch!«
»Und du? Schleppst hier den Typen an. Den das alles hier einen Dreck angeht!«
»Du Depp, Tom hilft mir. Was in der Lage kaum jemand tun würde. Weil man sich dabei strafbar macht. Ich sowieso. Wo warst du?«
Paul erzählt es ihr. Berichtet von dem Treffen in der Kneipe, von den Dingen, die er in den Büroräumen von *VISIO* gefunden beziehungsweise geklaut hat, den 100.000 Euro und den Fotokarten.
»Du hast echt nicht alle Tassen im Schrank«, lautet Andreas Resümee. »Das ist Einbruch. Und Diebstahl. Du wirst auf Jahre im Knast verschwinden. Totschlag hin oder her.«
»Ich hab niemanden erschlagen.«
»Das hoff ich für dich. Wirklich!«
»Scheiße, Andrea, da war noch was! Eine Leiche.«
»Was hast du gemacht!?«
»Ich hab nichts gemacht! Aber da hängt wer auf dem Dachboden. An einem Balken. Müssen wir das melden?«
»Eine frische Leiche?«
Er schüttelt den Kopf und grinst. »Frisch war da nix. Voll die Mumie. Krass stinkoletti. Die oder der hängt da bestimmt seit Jahren. Was machen wir jetzt?«
Zunächst das Naheliegende. Sie sehen sich auf dem Computer die Fotos und Filme an. Überwachungsaufnahmen. Zum Teil messerscharf, zum Teil nachtorange und pixelig. Einzelne Leute,

meist Männer, die Wohnungen und Häuser betreten, dort herumgehen, etwas trinken, in der Küche ein Fertiggericht zubereiten, auf dem Sofa oder im Schlafzimmer Sex haben. Mit einer Frau, einem Mann oder mit sich selbst.

»Ist das ein Spanner, der Detektiv?«, fragt Paul.

Andrea klickt sich durch die Filme und Bilder, murmelt: »Da ist was faul mit dem Zeug.«

»Wie meinst du das?«

»Der Typ arbeitet sonst für *Sicher ist Sicher*, das ist so eine Sicherheitsfirma. Schicker Laden. Jede Menge Hightech. Die Leute von *SiS* beschützen Wirtschaftsbosse, Politiker, wichtige Leute.«

»Und filmen sie auch? Ich mein: privat? Und erpressen sie dann mit den Aufnahmen?«

»Eher nicht. Warum solltest du deine Kunden erpressen, die zahlen schließlich einen Haufen Kohle?«

»Vielleicht machen sie erst belastende Filmchen und Fotos. Damit erpressen sie die Leute. Also anonym. Wenn sie zahlen, ist es gut, wenn sie nicht zahlen wollen, dann lassen sie sich ihre Sicherheit etwas kosten.«

»Und gehen dann zu *SiS*, um sich beschützen zu lassen …«

»Das ist doch ein geiles Geschäftsmodell.«

Andrea überlegt: »Das Sicherheitskonzept von *SiS* wird individuell angepasst. Wenn die Bedrohung hausgemacht ist, kannst du die Beine hochlegen und alles ist wunderbar sicher. Inszenierte Bedrohung, inszenierte Sicherheit. Leicht verdientes Geld.« Dann schüttelt sie den Kopf. »Nein, die machen keine kleinen Drecksjobs. Das ist eine Riesenfirma. Wenn da servicemäßig irgendwas nicht passt, springen denen die Leute ab.«

»Aber so ein Kleinkrimineller wie dieser Detektiv arbeitet für die? Einer, der Leute erpresst – und das nicht zu knapp?« Paul tippt auf das Geldbündel.

Andrea nickt nachdenklich und atmet tief durch. »Lass uns den Rest anschauen.«

Es wird eine lange Videosession. Sie finden keinen Film mit Lisa Furtler. Aber zumindest auch kein Video mit Paul bei einer kriminellen Handlung, etwa, wie er Karl Furtler den Aschenbecher über den Kopf zieht.

Andrea reibt sich schließlich die Augen und schaltet den Computer aus.

»Was jetzt?«, fragt Paul.

»Ich bring dich zurück nach Stadelheim.«

»Niemals!«

»Doch! Morgen früh. Oder besser heute früh. Ich hab es Josef versprochen. Mach es nicht schlimmer, als es eh schon ist. Ich kümmer mich. Wenn es das Video wirklich gibt, dann kriegen wir es. Wir holen dich da raus.«

»Dein Wort in Gottes Ohr.«

»Bevor du ins Bett gehst, sagst du mir noch, wie du aus dem Knast rausgekommen bist? Wir müssen denen morgen ja was erzählen.«

»Naja, das war Zufall. Wir waren in der Wäscherei, auf einmal gibt's eine Explosion, ich muss k.o. gegangen sein. Mehr weiß ich nicht. Offenbar hat mich Hansi in den Lieferwagen der Wäscherei verfrachtet.«

»Hansi?«

»Mein Zellengenosse.«

»Hat dieser Hansi für die Explosion gesorgt?«

»Kann ich mir nicht vorstellen. Der ist nicht die größte Leuchte.«

»Und Hansi hat dich einfach mitgenommen?«

»Sieht so aus. Jedenfalls bin ich auf einer Parkbank in den Max-Anlagen wieder aufgewacht.«

»Warum da?«

»Der Transporter stand vor dem Hotel *Rizzi*. Vermutlich hat mich Hansi da ausgeladen und abgelegt.«

»Sehr fürsorglich. Und wo ist Hansi hin?«

»Vermutlich zu seinem Fußballspiel.«

»Was für ein Fußballspiel?«

»Hansi ist fanatischer Bayern-Fan. Die hatten Heimspiel. Die Explosion kam wie gerufen für ihn.«
»Klingt nicht besonders glaubwürdig.«
»War aber genauso.«
»Okay, dann erzählen wir denen morgen das.«
»Nein, dann häng ich ja Hansi hin.«
»Du sagst, die Explosion hat euch in so einen Wäschecontainer geschleudert, ihr wart ohnmächtig, und der Container ist in den Lieferwagen verladen worden und mit dem seid ihr dann raus.«
»Na super.«
»Der Anwalt wird das schon gut verpacken.«
»Da bin ich mal gespannt. Das ist so ein Anzugheini, da hab ich nicht viel Vertrauen.«
»Red nicht so einen Stuss. Anwälte tragen fast immer Anzug. Der gibt sich schon Mühe. Und jetzt ab ins Bett.«
»Ja, Mutti. Und was ist mit dem Geld und den Filmen?«
»Sehen wir noch. Ich sprech mit Josef. Hast du Fingerabdrücke in der Wohnung hinterlassen?«
»Sicher. Zumindest auf dem Balkon. Aber der Typ meldet den Einbruch bestimmt nicht bei der Polizei.«
»Glaub ich auch nicht. Der Sache mit der Leiche am Dachboden müssen wir natürlich nachgehen.«
»Puh, wenn da jetzt die Polizei ins Haus kommt ... Hat das nicht ein bisschen Zeit?«
»Leichen haben nie Zeit.«
»Die läuft euch doch nicht davon.«
Andrea lacht. Da hat er Recht. Trotzdem. Aber sie muss sich noch eine Ausrede zurechtlegen, warum die Leiche ausgerechnet jetzt dort oben gefunden wurde. Und wer sie gefunden hat. Morgen.

87

Als Andrea ihren Bruder an der Pforte des Gefängnisses ablieferte, staunten die Justizbeamten nicht schlecht. Ihre Vorgesetzten wussten schon Bescheid, Pauls Anwalt hatte die Rückkehr vorbereitet.

Paul sitzt wieder in der Zelle. Diesmal allein. Er ist nicht so deprimiert wie vor ein paar Tagen noch. Jetzt hat er zumindest eine Ahnung davon, was wirklich gelaufen ist. Naja, gelaufen sein könnte. Mit Lisa würde er schon noch gerne sprechen. Obwohl, Andrea muss erst einen Schritt weiterkommen, wirklich etwas gegen sie in der Hand haben. Solange sich Lisa in Sicherheit wiegt, dass er in seinem umnebelten Zustand keinerlei Erinnerung an die Nacht hat und somit niemand in eine andere Richtung ermittelt, drängt die Zeit nicht. Jetzt ist er froh, dass er Lisa keinen Besuch abgestattet hat. Wahrscheinlich hätte er sich nicht im Griff gehabt. Auf dem Kerbholz hat er mit dem Ausbruch schon genug.

Er schließt die Augen und überlegt. Ob der Detektiv den Einbruch bei der Polizei meldet? Wohl kaum. Vermutlich schlägt er wieder bei Lisa auf, weil er denkt, dass sie sich das Geld zurückgeholt hat. Sonst weiß ja niemand davon. Die gestohlenen Kamerakarten würden dazu passen. Hoffentlich kommt Andrea an das Video. Aussagekräftig muss der Film ja sein, sonst würde Lisa nicht so viel Geld dafür hinblättern.

Paul öffnet die Augen, studiert Decke und Wände. In die Wand rechts neben dem Bett hat jemand Striche eingeritzt. Fünfergruppen. Er kommt auf 87 Striche. Tage oder Wochen? Wäre beides zu viel. Viel zu viel. Er muss schleunigst hier raus.

Mit jeder weiteren Minute in der stillen Zelle verfliegt ein bisschen mehr von dem neugeschöpften Mut, mit dem er sich vorhin hier eingefunden hat. Was, wenn sie dem Typen nichts nachweisen können, wenn sie das Video nicht kriegen, wenn Lisa bei ihrer Geschichte bleibt? Dann sitzt er hier und muss tatenlos auf seinen Prozess warten und sich auch noch für den Fluchtversuch verantworten.

Ob Hansi schon zurück ist? Er würde ihn gerne sehen, mit ihm sprechen. Gelohnt hat es sich ja nicht, denn Bayern hat 1 : 2

gegen Wolfsburg verloren, wie er heute Morgen im Radio gehört hat. Paul sinkt zurück auf die harte Pritsche, starrt an die Decke. Die Stille liegt bleischwer auf ihm.

Ziemlich genial

»Danke, dass du ihn pünktlich zurückgebracht hast«, meint Josef, als sich Andrea im Präsidium einfindet.

»Das war noch die einfachste Übung.« Sie erzählt Josef haarklein, was Paul bei seinem nächtlichen Ausflug erlebt hat.

Als sie fertig ist, kratzt sich Josef nachdenklich am Kopf. »So hatte ich das gestern nicht verstanden. Jetzt auch noch Einbruch. Das sieht gar nicht gut aus für Paul.«

»Jetzt lass doch mal Paul. Das muss doch keiner erfahren. Gib's zu – es liegt doch auf der Hand, was da abgeht.«

»Darum geht es nicht. Wie stichhaltig sind Beweise, wenn man sie auf diesem Weg organisiert? Einbruch und Diebstahl! Wenn es überhaupt Beweise sind. Du hast einen Haufen wackelige Videos mit irgendwelchen Leuten, die wir nicht zuordnen können, und ein Bündel Geld. Und? Was sollen wir damit machen? Roider unter Druck setzen, ihm sagen, dass wir von seinen kleinen dreckigen Geschäften wissen?«

»Klein? Das sind hunderttausend Euro! Und wenn wir in unsere Polizeidatenbank schauen und seine Fingerabdrücke mit denen auf dem Umschlag vergleichen, dann haben wir ihn.«

»Aha, dann haben wir ihn?«

»Und wir müssen prüfen, ob die Fingerabdrücke von Lisa Furtler auf dem Umschlag sind. Die haben wir doch, oder?«

»Ja, wegen dem Tatort in ihrem Haus. Wir werden sehen. Und du sagst mir bestimmt auch, wie wir denen erklären, wo wir die Kohle herhaben?«

»Lass es halt einfach drauf ankommen«, meint Andrea, »konfrontier sie mit der Kohle.«

Josef schüttelt den Kopf. »Und was ist mit dieser Leiche am Dachboden?«

»Naja, die ist doch zumindest ein guter Anlass, um das ehrenwerte Haus und Herrn Roider mal genauer unter die Lupe zu nehmen.«

»Wie erfahren wir denn so plötzlich von der Leiche?«

»Paul hat gesagt, dass die Leiche entsetzlich stinkt. Es kann sich doch irgendwer über den komischen Geruch gewundert und die Polizei gerufen haben. Wie bei diesem Rentner in Giesing, der ein Jahr lang tot in seiner Wohnung saß. Vor dem laufenden Fernseher.«

»Aber warum riecht das jetzt erst?«

»Keine Ahnung. Hat ja in Giesing auch keiner gleich gemerkt. Jedenfalls checken wir das, finden die Leiche und befragen die Nachbarn. Und den Roider auch.«

»Der riecht doch gleich Lunte, dass das kein Zufall ist. Der Typ kennt mich schon.«

»Aber mich nicht.«

»Gut, dann machst du das, Andrea. Aber keine Extratouren. Tom übernimmt die Spurensicherung am Dachboden. Ich hoffe, Paul hat da nicht alles angefasst. Falls der Typ von *VISIO* doch noch Anzeige erstattet wegen Einbruch und die Kollegen finden in seiner Wohnung Pauls Fingerabdrücke, dann hat Paul allerdings ein neues Problem.«

»Der Typ erstattet keine Anzeige. Garantiert.«

»Dann kümmer dich. Glaubst du, dass die Person auf dem Dachboden seine Frau ist?«

»Die er vermisst gemeldet hat? Das wäre doch, äh, ein bisschen nah? Naja, wer weiß.«

»Schick zwei Streifenbeamte in die Gollierstraße und informier die Kriminaltechnik.«

Andrea macht sich an die Arbeit, erledigt die Telefonate und zieht los.

Als sie aufs Rad steigt, fühlt sie sich irgendwie beobachtet. Mehrfach dreht sie sich um. Nichts, niemand. Wird sie langsam neurotisch?

Brothers

»Hey, Bruder!«, brüllt Hansi über den Gefängnishof.

Paul schlurft zu ihm herüber. »Hansi, du Arsch, du bist mir eine Erklärung schuldig.«

Sie setzen sich am Rande des Hofs auf einen Mauervorsprung.

»Krasse Geschichte, Spargel!«, begrüßt ihn Hansi.

»Was ist passiert? Wie sind wir aus dem Knast raus?«

»Du kannst dich an nix erinnern?«

»Nicht wirklich. Wir waren in der Wäscherei. Und plötzlich explodiert der Kessel. Alles voller Dampf. Mehr weiß ich nicht.«

»Du warst gleich hinüber, also, so ein bisschen bewusstlos. Ich hab dich nach draußen gezogen. Und da stand der Laster von der Wäscherei auf der Rampe. Wie ein Sechser im Lotto. Spitzenchance. Ich mit dir hinten rein in die Wäschekisten. Du pennst wie ein Lämmchen. Ich denk mir, hey, das muss mein Glückstag sein, Gott ist Bayern-Fan. Denn da setzt sich der Laster schon in Bewegung. Und wir gondeln butterweich aus dem Knast raus, während die Sirenen von der Feuerwehr heulen. Als alles schön still war, bin ich raus. Das war bei dem Hotel am Landtag. Du warst immer noch ausgeknockt. Ich hab dich auf einer Parkbank abgelegt. War ja schön warm an dem Abend. Und bin ins Stadion. Perfektes Timing. Mann, hab ich mich gefreut. Spiel war scheiße. Wir verlieren gegen die Gurkentruppe aus Wolfsburg! Aber trotzdem super.«

»Und nach dem Spiel bist du wieder zurück nach Stadelheim?«

»Ja, klar. Vorher bin ich noch im Park vorbei. Aber du warst nicht mehr auf der Bank. Ich dachte, du wirst schon wissen, was du tust.«

»Und dann hast du dich einfach hier wieder gemeldet?«

»Erst war ich noch in Giesing auf ein Bier. Dann bin ich heim nach Stadelheim. Ich hab denen was erzählt, dass die Explosion uns draußen in die Wäschekisten geschleudert hat und wir dann ohnmächtig waren und der LKW-Heini uns vermutlich eingeladen hat.«

Paul lacht laut auf. »Ich hab denen genau dasselbe erzählt.«
»Cool! Zweimal gelogen und schon ist alles wahr.«
»Das sehen die bestimmt anders.«
»Aber was sollen sie machen? Die Explosion ist passiert. Und ich hab mich freiwillig zurückgemeldet. Du ja auch. Alles gut.«
»Es gab eine Großfahndung nach uns. Sagt Andrea.«
»Wer ist Andrea? Deine Alte?«
»Meine Schwester. Die ist bei den Cops.«
Hansi sieht ihn angeekelt an. »Deine Schwester ist bei den Cops? Was bist du? Ein Scheißbullenspitzel?«
»Echt nicht. Andrea ist bei der Mordkommission.«
»Ah, klar. Du sitzt ja wegen Totschlag.«
»Halts Maul, Hansi! Und sei froh, dass ich dir keins drauf geb. Ich hab allen Grund, sauer zu sein. Schleppst mich einfach aus dem Knast. Bringst mich in eine Scheißsituation. Ich weiß nicht, was auf Ausbrechen steht. Du?«
»Scheiß der Geier, die Gelegenheit war so gut. Vielleicht halten die den Ball flach. Ist doch megapeinlich, wenn du hier einfach so aus- und einchecken kannst. Noch 'ne Zigarette?«
Paul nimmt sich eine, entzündet sie an seiner Restkippe und pafft gedankenverloren. Denkt nach. Was würde Hansi mit 100.000 Euro machen? Auf den Kopf hauen – in einer Nacht. Und dann wieder einrücken. Als wär nix gewesen. Könnte man einen Song schreiben über den Typen. Einen Knast-Song … Oder gleich 'ne Knast-Band aufmachen, das wär's doch! Nicht wie Johnny Cash oder so, also nicht nur im Knast auftreten, sondern eine richtige Knackiband. Elvis! *Jailhouse Rock!* Und als erstes ein Live-Album an den Start bringen: roh, ungeschnitten, *no overdubs!* So mit Blechgeschirr-Percussion. *The Stadelheim Rockers. The Barnhome Bluesband. The Barnhome Brothers.* Ja, ›Brothers‹ ist cool – so Gospels, Spirituels, rootsmäßig.
»Spielst du ein Instrument, Hansi?«
»Klar.«

»Echt? Was denn?«
»Arschgeige.«

Spurlos

Dass in dem Mietshaus in der Gollierstraße etwas nicht stimmt, haben die Mieter schon selbst gemerkt. Denn inzwischen stinkt es im ganzen Treppenhaus. Penetrant. Wegen des Fugenkitts sind die Gerüche bislang dort geblieben, wo sie entstanden sind. Auf dem Dachboden.
Andrea hat Tom erklärt, warum die Spalte rund um die Falltür nicht mehr so schön verfugt ist wie bisher. Als Paul die Luke gewaltsam geöffnet hatte, hat er den Weg frei gemacht für den bestialischen, süßen Gestank, der dort oben seit Jahren vor sich hin gärt und jetzt das Treppenhaus bis in den letzten Winkel durchzieht.
»Wie in einer ägyptischen Grabkammer«, findet Tom.
Oben im Speicher, im grellen Schein der Arbeitslampen hängt eine weibliche Leiche, zumindest das, was von ihr übrig ist: ledrige Hautreste an einem Skelett.
»Ich schätze, das ist mindestens fünf Jahre her«, meint Tom.
»Selbstmord?«
»Ich kann's dir nicht sagen. Aber dass die Dachbodenluke verfugt wurde, ist schon sonderbar, oder?«
»Der Hausmeisterservice weiß nichts davon.«
»Wahrscheinlich hat die Leiche angefangen zu stinken und jemand hat dann die Luke verfugt. Aber ohne nachzuschauen, was der Grund für den Gestank ist?«
»Naja, vielleicht wusste die betreffende Person, was da oben passiert ist. Roider hat seine Frau vermisst gemeldet. 2008.«
»Zeitlich könnte das passen. Aber warum sollte er so was machen? Und wenn er seine Frau als vermisst meldet ...«
»Ich rede mit ihm. Gleich. Falls er zu Hause ist.«
Andrea steigt die Treppe runter. Dritter Stock. Klingelt bei *VISIO*. Roider ist da.

Andrea hält ihm den Ausweis hin. »Polizei. Sind Sie Herr Roider?«
»Ja.« Er späht ins Treppenhaus. »Was ist da oben los?«
»Wir haben eine Frauenleiche gefunden.«
Sein Gesicht verliert alle Farbe.
»Vermissen Sie jemanden?«
»Meine Frau ist verschwunden.«
»Haben Sie das gemeldet?«
»Ja, natürlich hab ich das gemeldet. Sie ist spurlos verschwunden. Vor Jahren. 2008. Nicht das geringste Lebenszeichen.« In seinen Augen steht das Wasser.
Andrea wundert sich. Irgendwie hat sie damit gerechnet, dass er sich ertappt fühlt, dass die Versiegelung der Falltür sein Werk ist.
»Kann ich da hoch?«, fragt Roider und deutet zum Speicher.
Sie nickt. »Ist kein schöner Anblick. Aber vielleicht können Sie uns helfen, die Leiche zu identifizieren. Kommen Sie.«
Sie steigen in den vierten Stock. Andrea klettert ein paar Sprossen der Leiter hoch. »Tom, hier ist jemand, der die Frau möglicherweise identifizieren kann. Kann er hoch?«
Toms Gesicht erscheint in der Luke. »Gib ihm einen Anzug, dann kann er rauf.«
Roider zieht den weißen Einmal-Anzug an, den ihm einer der Kriminaltechniker reicht, und klettert die Leiter hoch. Andrea schlüpft ebenfalls in einen Anzug und folgt ihm.
Der Dachstuhl sieht gespenstisch aus. Grell erleuchtet all der Staub, die Spinnweben, der Plunder, die Vogelscheuche, die an einem dicken, flunsigen Seil hängt.
Roider geht nahe an den Leichnam heran, betrachtet die zerfledderten Klamotten, den Schädel mit den langen staubgrauen verfilzten Haaren, die Hände mit den hautüberzogenen Knochen, den Ring.
»Nichts anfassen!«, sagt Tom.
»Ist das Ihre Frau?«, fragt Andrea.
Roider würgt trocken, nickt.

»Kommen Sie bitte, wir sprechen unten.«
Als sie die Leiter runtersteigen, klickt ein Fotoapparat – *tack-tack-tack* – wie ein Maschinengewehr.
»Verdammt, was soll das?!«, fährt Andrea den Fotografen an.
»Frau Mangfall, was ist da oben? Ist das Leichengeruch?«
»Zur Hölle, wer sind Sie?«
»Was sagen Sie zum Tod von Karl Furtler?«
Roider starrt den Mann erstaunt an, dann Andrea.
Andrea braucht eine Schocksekunde, dann weist sie die uniformierten Kollegen an: »Bringt ihn raus! Personalien aufnehmen und dann kommt er mir nicht mehr ins Haus.«
»Ich übe meinen Beruf aus!«, faucht der kleine Mann.
»Sie behindern unsere Arbeit.«
»Frau Mangfall, stimmt es, dass Ihr Bruder in den Mordfall Furtler verwickelt ist?«
»Kollegen, bringt den Typen raus!«
»Und wie kam es zu dem Ausbruch aus Stadelheim?«
»Raus!«

Paragraphenreiter

Josef sitzt am Schreibtisch, denkt nach, ist mit sich selbst nicht im Reinen. Eigentlich ist er der überkorrekte Beamte. Und jetzt drückt er nicht nur zwei Augen zu, sondern verletzt seine Dienstpflicht, deckt einen Ausbrecher, hält Ermittlungsergebnisse zurück. Gar nicht seine Art. Zumindest ist Paul wieder da, wo er hingehört. Nicht prinzipiell, aber von Rechts wegen. Vorerst zumindest.
Schuld an dem Chaos ist Andrea. Hervorragende Ermittlerin, aber private und berufliche Dinge geraten bei ihr ständig durcheinander. Und bringen ihn in eine unangenehme Lage.
Wie ist seine Lage eigentlich, seine Position? Jetzt ist er seit zwei Jahren Abteilungsleiter. Der Druck ist viel größer als früher, als er noch selbst im operativen Geschäft steckte. Wobei er diesmal seit längerer Zeit selbst wieder im Alltagsgeschäft tätig

ist, denn die anderen Kollegen sind alle für irgendwelche Fortbildungen abgezogen. Meier ist bei Europol in Paris, Kramer in einer Soko vom Rauschgift und die Pulver ist krank. Die Pulver – in Gedanken nennt er sie immer Lieselotte. Obwohl sie Christine heißt. Auch gute Ermittlerin, aber sehr eigen. Und hadert mit ihrem Alter. Wäre sie kein so schräger Vogel, hätte sie damals die Abteilung übernommen. Ein Karriererückschlag, der sie verbittert hat, was sie ihn jede Minute ihrer Anwesenheit spüren lässt. Zum Glück ist sie nicht allzu oft da. Die Bandscheibe. Obwohl – für die Manpower der Abteilung ist das ein Problem.
Momentan also nur Andrea. Und deren größtes Manko ist zugleich ihre beste Qualität als Ermittlerin: ihr Bauchgefühl, ihr emotionales Gespür. Sie riecht förmlich, wenn etwas faul ist. Aber muss sie immer ihren ganzen privaten Mist in die Arbeit mitbringen? Tom tut ihm leid. Dass sie ihn nicht liebt, sieht ein Blinder mit dem Krückstock. War es wirklich so eine gute Idee, Andrea in die Gollierstraße zu schicken? Tatsächlich eine gute Gelegenheit, Roider auf den Zahn zu fühlen. Vielleicht kann ein bisschen weiblicher Charme etwas mehr bewegen?
Bleibt für ihn Dr. Meierlink. Der Typ ist ihm zutiefst zuwider. Gehört zu den Menschen, die sich für was Besseres halten, sich über das Gesetz stellen, weil sie glauben, es mit ihrem Schönfelder gefressen zu haben. Blöder Paragraphenreiter. Klar, das ist keine korrekte Einstellung für einen Ermittler. Aber er ist sich sicher: Meierlink hat Dreck am Stecken. Gleich wird er ihn besuchen. Unangemeldet. Um nochmal alles mit ihm durchzugehen. Die Nacht, als Herby erstochen wurde. Die exakten Zeiten. Er wird ihn fragen, was sein Sohn gemacht hat. Ob er wirklich in der Klinik war. Was in den Kisten aus dessen Wohnung ist, von denen Andrea ihm erzählt hat. Aber woher soll er das eigentlich wissen? Soll er wirklich sagen, dass eine Kollegin die Umzugsleute von der Straße aus beobachtet hat? Klingt sehr dünn. Aber egal. Einfach mal sehen, wie er reagiert.

Er müsste was Konkretes gegen Meierlink in der Hand haben. Tatwaffe wäre schon ein Anfang. Nein, die Lösung. Sein Gefühl sagt ihm, dass es ein Jagdmesser war, ein Hirschfänger vielleicht, mit dem Herby ins Jenseits befördert wurde. Ein gezielter Stich in die Innereien und er ist innerlich verblutet. Jetzt fällt ihm etwas ein. Das letzte Mal hat er in der Kanzlei etwas gesehen, was ihm bei seinen Ermittlungen helfen könnte. Josef überdenkt seine Fragestrategie nochmal.

Aufgetaucht

Andrea sieht sich in Roiders Wohnung um. Drückende Atmosphäre, die Zimmer klein, eine enge Küche mit Linoleumboden, Tisch mit gemaserter Kunststoffplatte. Alles akkurat sauber, wie unbenutzt. Überordentlich. Ein Pedant? Ein Psycho?
»Sie wohnen hier?«, beginnt sie das Gespräch.
»Was soll ich sonst hier machen?«, fragt Roider zurück.
»Wegen dem Büroschild draußen. Was ist *VISIO*?«
»Meine Detektei.«
»Sie sind Detektiv?«
»Nebenberuflich.«
»Und sonst?«
»Ich arbeite bei einem großen Sicherheitsunternehmen.«
»Wo?«
»Bei *SiS*. Wir können das abkürzen. Sie waren kürzlich bei meinem Chef.«
»Ja, ich war bei Thomas Wimmer.«
»Sie sind eine Kollegin von diesem Josef Hirmer, oder?«
»So ist es. Er hat Sie zu Karl Furtler befragt. Und keine rechte Antwort bekommen. Möchten Sie mir jetzt was dazu sagen?«
»Es gibt nichts Neues. Karl Furtler hat mich für einen Auftrag angefragt. Aber so weit ist es nicht mehr gekommen. Über den Inhalt des Auftrags weiß ich nichts.« Er sieht Andrea in die Augen. »Was meinte der Reporter vorhin? Ich hab es nicht ganz verstanden. Ihr Bruder ist in den Fall verwickelt?«

»Lassen Sie das!«, sagt Andrea barsch. »Ich stelle die Fragen. Kommen wir zu Ihrer Frau. Früher lebten Sie hier mit ihr zusammen?«

»Ja, wir waren« – seine Stimme stockt – »sehr glücklich hier. Solange es ihr gut ging.«

»War sie krank?«

»Krebs.«

»Das tut mir leid.«

»Muss es nicht. Wurde gut therapiert. Sie war wieder gesund.«

»Aber?«

»Der Kopf spielte nicht mit. Sie verlor immer mehr ihren Lebensmut. Als würde ihr langsam die Luft ausgehen. Sie nahm Tabletten, dann fing das mit dem Schnaps an, sie hatte Ausraster. Und von einem Tag auf den anderen war sie dann verschwunden. Spurlos. Ich hab alles getan, um sie zu finden. Erfolglos.«

»Haben Sie Fotos von Ihrer Frau?«

Er geht zum Arbeitszimmer. Andrea folgt ihm. Ein großer Schreibtisch, Telefon, zwei Monitore, Ordner in den Regalen, zahlreiche Fotos seiner Frau an der Pinnwand, eine Kopie der Vermisstenanzeige, Zeitungsausschnitte mit nicht identifizierten Toten in und rund um München. Der Raum hat etwas Beklemmendes. Mausoleum. Und Kommandozentrale. Sie sieht die Schwung- und Antriebskräfte für sein Tun, seine Interessen: Nachforschungen, das Leben der anderen, Voyeurismus. Sie betrachtet die Fotos. Eine schöne Frau. Dunkle Haare, jugendlich, feine Gesichtszüge. Er hat unablässig nach ihr gesucht. Mit hohem Aufwand. Jetzt ist sie aufgetaucht. Nur wenige Meter von der gemeinsamen Wohnung entfernt. Tragisch. Und irgendwie auch nicht. Eher sonderbar.

›Spürt man so was nicht? Wenn ein geliebter Mensch so nahe ist? Auch tot? Das mit seiner Frau ist speziell. Da ist er nicht so einsilbig, das berührt ihn‹, denkt Andrea.

»Sie haben sie überall gesucht?«

»Ohne Erfolg. Die Behörden waren nicht sehr interessiert.«

»Allein in München verschwinden jedes Jahr …«

»Hören Sie auf! Die billigen Ausreden für den Mangel an Einsatz, für die frühe Kapitulation bei der Suche. Was ist schon eine Vermisstenanzeige? Wenn man keine bekannte Person ist, wenn man nicht wichtig ist? Der Einzelne zählt nichts.«

»Doch, das tut er schon. Sie wissen doch, wie die Polizei arbeitet. Sie waren bei der Bereitschaftspolizei am Hauptbahnhof. Das ist ein harter Job. Das Verschwinden Ihrer Frau lag in Ihrer Dienstzeit?«

»Ja.«

»Und Sie haben gekündigt, weil sich niemand gekümmert hat?«

»Ich musste mir ständig einreden, dass das Verschwinden meiner Frau nur ein Fall von vielen ist, dass ich das den Kollegen überlassen sollte, dass meine Emotionen fehl am Platz sind. Das schaffen Sie nicht auf Dauer.«

»Und das war auch der Grund dafür, dass Sie Ihr eigenes Detektivbüro aufgemacht haben?«

»Ich dachte, dass sich das miteinander verbinden lässt, ja.«

»Hatte Ihre Frau Suizidgedanken?«

»Natürlich hatte sie die. Ihr ging es schlecht, sehr schlecht.«

»Dass sie so nah ist, damit haben Sie nicht gerechnet, oder?«

»Nein, ich dachte, sie hat sich in den Zug gesetzt, in einen Flieger, und ab in die Sonne, um es dort zu tun.«

»Und an Sie hat sie nicht gedacht, als sie spurlos verschwunden ist? Das ist doch sonderbar.«

»Wissen Sie, wie Depressive sind?« Er schüttelt den Kopf. »Nein, Sie wissen es nicht. Sonst würden Sie nicht fragen.«

»Sie sind auf einem Foto in einem Musikclub. Mit Rockerklamotten.«

»Bitte?«

»In der *Alten Mühle.*«

»Aha?«

»Dort wurde ein Rocker erstochen.«

»Ich verstehe Sie nicht?«

»Kennen Sie Herbert Mitterwieser, genannt Herby? Von den *Dark Angels*? Hat eine fette Harley gehabt. Sie sind doch in einem Rockerclub?«

»Ich bin bei den *Red Dragons*. Wir sind ein *Goldwing*-Club. Honda, nicht Harley. Und wir sind keine Rocker. Nur Biker. Und ich kennen keinen Herby.«

»Aber Sie haben denselben Rechtsbeistand wie die *Dark Angels*?«

»Ich weiß nicht, wen Dr. Meierlink noch vertritt.«

»Herby zum Beispiel. Er ist an diesem Abend in der *Mühle* verstorben. Also keine Auseinandersetzungen zwischen den Clubs?«

»Verfeindete Motorradclubs. Schönes Klischee. So, wie man das im *Tatort* sieht.«

»Ich schau nie *Tatort*. Mein Alltag reicht mir. Ich geh nur dem Naheliegenden nach. Ich seh zwei Rocker auf einer Veranstaltung. Einer stirbt, also frag ich den anderen. Der dann ausgerechnet noch im Umfeld der Ermittlungen bei einem anderen Tötungsdelikt auftaucht. Sie nämlich. Und Sie waren nicht sehr kooperativ, als mein Kollege bei Ihnen war und Sie zu Karl Furtler befragen wollte. Sie haben ihm die Tür vor der Nase zugeschlagen. Und beim nächsten Mal hatten Sie Ihren Anwalt dabei. Warum?«

»Ihr Kollege hat mich an meinen ehemaligen Chef bei der Polizei erinnert. Ein Moralapostel, dem man nicht widerspricht. Ich kenne meine Rechte. Jetzt gehen Sie bitte. Ich hab nicht den Eindruck, dass es hier um meine Frau geht.«

»Ich gehe jetzt. Aber wir sprechen uns nochmal nach der Obduktion.«

»Obduktion?«

»Wir erhoffen uns Hinweise auf die Todesursache Ihrer Frau.« Er sieht sie fragend an. Sie erwidert seinen Blick mit einem Lächeln. »Unsere Rechtsmediziner fördern manchmal Erstaunliches zutage, auch nach Jahren noch. Ich hab in diesem Job schon alle möglichen Überraschungen erlebt. Auch bei Toten. Nicht, dass Sie mich jetzt falsch verstehen. Das tut mir sehr leid mit Ihrer Frau. Aber ich hab das Gefühl, dass das gerade ein ziemlich komplexes Bild ergibt: Ihre Tätigkeit als Detektiv und Ihr Job bei *SiS*, Ihre vermisste Frau tot auf dem Dachboden Ihres Hauses, dann sind Sie auf einem Konzert, wo es einen Toten gibt, den Sie angeblich nicht kennen, der aber ebenfalls ein Rocker ist und denselben Rechtsanwalt hat. Das sind sehr viele Verbindungen, die mit Zufall allein nicht hinreichend erklärt sind.«

Roider mustert sie eingehend, lächelt schmal. »Sie sind auch ein Teil des Bildes. Sie waren auch in dem Club, Sie sahen da anders aus. Sie waren auf der Bühne mit der Band. Sie haben Gitarre gespielt oder Bass, hab ich Recht?«

»Da täuschen Sie sich. Leider. Ich bin leider völlig unmusikalisch.«

»War's das?«

»Für heute war's das. Bitte halten Sie sich zur Verfügung, wenn wir noch Fragen haben.«

»Wann wird der Leichnam meiner Frau freigegeben?«

»Das wird noch etwas dauern. Wie gesagt – die Obduktion. Wir geben Ihnen Bescheid. Darf ich noch schnell Ihre Toilette benutzen?«

Er deutet zu der Tür am Ende des Flurs.

Als Andrea auf dem Klo ist, atmet sie tief durch. Stressig. Zu viele Einzelthemen, zu viele Berührungspunkte, sie schlittert über Glatteis.

Sie mustert das Fenster, das Paul aus dem Rahmen gedrückt hat. Das Kunststofffenster ist unversehrt. Steckt einwandfrei im Rahmen. Sie betrachtet die Fugen. Frischer weißer Kitt. Sauber verfugt. Wer das gemacht hat, weiß, wie das geht. Sie sucht den Boden ab. Blitzsauber. Sie fährt mit dem kleinen Finger die Rückwand des Spülkastens entlang. Bröselig. Ein Rest alter Fugenkitt. Sie steckt ihn ein. Über der Tür ist ein

Hängeschrank. Sie öffnet ihn. Putzutensilien. Und eine Kartusche Fugenkitt. Fast voll. Andrea drückt ein bisschen von der weißen Masse heraus und schmiert sie in eine leere Tempopackung, faltet sie vorsichtig zusammen und steckt sie ein. Sie betätigt die Spülung und verlässt die Toilette. Roider wartet bereits an der Wohnungstür.

Bisschen viel

»Und, wie war's beim Herrn Detektiv?«, fragt Tom, der vor dem Haus auf Andrea gewartet hat.
»Sonderbar. Komischer Typ. Auf der Lauer.«
»Mal im Ernst, Andrea – woher kam der Tipp mit der Leiche?«
»Von Paul. Er ist in die Bude von dem Roider eingestiegen.«
»Übers Dach?«
»Ja, so Spiderman.«
»Der Spinner. Hat er was mitgehen lassen aus der Wohnung?«
Andrea zögert kurz, dann nickt sie. »SD-Karten mit Fotos und Videos und hunderttausend Euro.«
»Das Geld von Lisa Furtler!«
»Sieht ganz so aus. Und Roider hat den Einbruch nicht der Polizei gemeldet.«
»Wo ist das Geld?«, fragt Tom.
»Auf dem Revier. Ich hab's Josef gegeben.«
»Oh Mann, wenn das auffliegt, habt ihr ein Riesenproblem. Was hat Josef vor?«
»Ich hoffe, er konfrontiert Lisa Furtler damit. Und bringt sie zum Sprechen.«
»Du hast Roider nicht darauf angesprochen?«
»Nein. Und was soll ich sagen, woher wir das Geld haben?«
Tom nickt nachdenklich. »Was ist auf den Kamera-Karten?«
»Er hat Leute beschattet. Und gefilmt. Für *SiS* kann es kaum sein, die machen ja keine ›zeit- und personenintensiven Einzelüberwachungen‹. O-Ton Firmenchef. Ich tipp, dass Roider damit Leute ausgeforscht hat, um sie gegebenenfalls zu erpressen.

Er hat ja hohe Kosten wegen der Suche nach seiner Frau und dann noch seine Bordelltrips.«

»Das mit seiner Frau ist schon komisch, oder?«

»Sein Büro ist tapeziert mit ihren Bildern, Steckbriefen, Zeitungsmeldungen. Dazu Computer und Monitore. Wie eine Einsatzzentrale. Und jetzt taucht die vermisste Ehefrau keine zehn Meter Luftlinie von ihm entfernt auf dem Speicher auf. Das ist schon sonderbar. Tom, kannst du für mich was überprüfen?« Sie reicht ihm die leere Tempopackung mit der Probe frischem Fugenkitt.

»Was willst du wissen?«

»Gibt es nur eine Sorte Fugenkitt?«

»Keine Ahnung. Schätze nein.« Er betrachtet das Tütchen.

»Die Probe hab ich aus einer Kartusche aus Roiders Kloschrank. Kannst du prüfen, ob er mit dem Kitt von der Dachluke übereinstimmt?«

Tom zuckt die Achseln. »Der Kitt von der Luke ist aber Jahre alt.«

»Trotzdem. Weißt schon, so chemische Analyse.« Sie holt auch noch den Rest Fugenkitt raus, den sie hinter dem Spülkasten herausgefummelt hat. »Den hier bitte auch. Paul hat bei seinem Einbruch das Klofenster rausgestemmt. Das ist jetzt frisch verfugt. Das ist ein Rest vom alten Fensterkitt.«

»Du denkst, dass bei der Fuge von der Dachbodenluke und vom neu eingesetzten Klofenster derselbe Kitt verwendet wurde?«

»Und der alte Kitt vom Klofenster vielleicht eine andere Marke ist.«

»Im Klartext: Du willst wissen, ob Roider die Luke verfugt hat?«

»Vor dem Polizeidienst hat Roider eine Lehre zum Sanitärinstallateur gemacht. Er kann so was. Das Klofenster war piccobello wieder eingebaut. Nur eine Idee.«

»Ich schau's mir an. Ich muss los.«

»Du, wart mal! Ich brauch noch deinen Rat als Mann.«

»Ja?« Tom sieht sie erwartungsvoll an.

»Was ist das für ein Auto?« Sie zeigt ihm Pauls Handyfoto mit dem weißen Alfa Cabrio und Meierlink junior am Steuer. »Das ist ein Alfa, oder?«

»Ja, das ist ein *Spider*, ich schätze mal Jahrgang 67. Hey, schönes Auto.«

»Selten?«

»Ich denk nicht, dass es in München viele davon gibt. Wer sind die anderen Typen außer Paul?«

»Unter anderem Martin Meierlink. Der am Steuer. Er hat kein verlässliches Alibi für die Tatnacht, also als das mit Herby passiert ist. Er sitzt in einer Entzugsklinik am Starnberger See. Aber der Pförtner in der Klinik ist nachts immer mal wieder auf Freiersfüßen und nicht an seinem Arbeitsplatz. Meierlink könnte also problemlos nach München gefahren sein, ohne dass jemand etwas davon mitgekriegt hat.«

»Und jetzt hoffst du, dass irgendjemand das Auto in dieser Nacht gesehen hat.«

»Das wäre toll. Wenn wenigstens der Parkplatz von der *Mühle* videoüberwacht wäre. Ist er aber nicht.«

»Und der von der Klinik?«

»Gute Idee. Hätt ich selbst mal drauf kommen können. Danke, Tom.«

Tom hebt die Hand zum Gruß und geht zu seinem Auto, das in einer Seitenstraße parkt.

Andrea sieht ihm hinterher. Aber nur kurz. Ihr Gehirn läuft übertourig. Sie findet den Fall inzwischen reichlich konfus. Die Leiche auf dem Speicher, Pauls Ausbruch aus Stadelheim, Pauls Einbruch bei Roider und zu allem Überdruss noch ihre Affäre mit Tom, die doch keine ist. Soll sie jetzt nach Berg fahren? Nein, das kostet zu viel Zeit. Ein Anruf könnte das auch klären. Oder? Vielleicht später.

Ihr Kopf schmerzt. Zu viele Möglichkeiten, Dinge, die zu überprüfen sind. Vielleicht sollte sie heute Nachmittag nur was Me-

chanisches machen, Videos und Fotos gucken, das Material von Roiders SD-Karten sichten.
Wenn man auf den Videos Leute identifizieren könnte, dann wäre es interessant, sie mit der Kundenkartei von *SiS* abzugleichen. Aber wie soll man da jemanden erkennen, wenn es nicht gerade ein Promi oder Politiker ist? Wenn es da Überschneidungen gibt, dann sind Roiders Videos sicher vor der Auftragserteilung durch diese Leute an *SiS* erstellt worden. Interessantes Geschäftsmodell.
Jetzt fällt ihr der blöde Journalist ein, der sie im Treppenhaus in der Gollierstraße belästigt hat. Ihr Gefühl in den letzten Tagen hat sie also nicht getäuscht. Sie hatte die ganze Zeit den Schmierfink vom *Abendblatt* an den Hacken. Der sie unbedingt in die Pfanne hauen will. Gelingt ihm ganz gut, allerdings anders als er denkt. Ihre Position zu Roider haben die paar hingebellten Sätze im Treppenhaus bereits nachhaltig geschwächt. Jetzt weiß Roider, dass der Lover von Lisa Furtler der Bruder einer Kripokommissarin ist. Ob Lisa Furtler das eigentlich auch weiß? Nicht unwahrscheinlich. Im Suff ist Paul ein unglaublicher Labersack.

Shakespeare

»Das werde ich nicht!«, sagt Martin Meierlink scharf und sieht seinen Vater unverwandt durch die Sonnenbrille an.
»Das wirst du schon!«
»Auf keinen Fall!«
Der Senior sieht sich um. Die idyllische Landschaft bei Berg. Viel schöner geht's nicht. Die Alpenkette vor fettem Wiesengrün und dem Silberglitzern des Starnberger Sees. Wie gemalt. Er holt tief Luft.
»Nimm die Sonnenbrille ab, wenn ich mit dir rede«, herrscht er seinen Sohn an.
Der zögert kurz, dann nimmt er sie ab.
»Weißt du, wer das alles hier zahlt?«, fragt Meierlink senior.

»Ja klar, Papa, du. Weil du auch sonst alles zahlst. Was soll das werden? Du glaubst doch nicht im Ernst, dass ich wieder bei euch einziehe, mir jeden Tag Mamas kummervolles Gesicht ansehe und schon dem Wochenende entgegen fiebere, wenn ich mit dir und deinen Freunden auf die Jagd gehen darf? Glaubst du das im Ernst?«
»Früher warst du gerne mit auf der Jagd. Du bist ein ausgezeichneter Schütze. Alle haben mich bewundert, alle haben gesagt, was für einen tollen Sohn ich habe. Und dann dieser Absturz. Du bist nur noch ein Schatten von dem, der du sein könntest.«
»Oh, Papa, wirst du jetzt poetisch? Shakespeare, oder was? Ich sag's dir: Das eigentliche Drama – oder die Tragödie – das sind deine bescheuerten Freunde. Du musst ja unbedingt mit diesen Rockern rummachen. Und erzähl mir nicht, dass du nicht wusstest, was Herby sonst noch alles treibt. Der war ein kleiner, mieser Krimineller. Motorräder klauen und Amphetamine kochen. Ich hab keine Ahnung, welche Jobs die anderen Typen für dich so machen. Aber bestimmt nix Gutes. Wahrscheinlich Leute einschüchtern, Geld eintreiben. Ist doch so, oder?«
Meierlink senior mustert seinen Sohn kühl. »Du kommst also nicht mit?«
»Die Hölle tu ich.«
»Hier bleibst du auch nicht. Das ist rausgeworfenes Geld.«
»Schade eigentlich. Das Psycho-Hotel gefällt mir. Und die Beruhigungsmittel sind gut. Und legal. Hoffe ich doch zumindest.«
»Montag bist du hier raus. Bis dahin kannst du überlegen, was du machst. Deine Wohnung hab ich aufgelöst.«
»Wo sind die Kisten?«
»In meiner Garage. Ich werde sie bei der nächsten Gelegenheit entsorgen.«
»Das tust du nicht, das Zeug ist bezahlt.«
»Wenn du heimkommst, kannst du das selber regeln. Sonst schmeiß ich das Zeug weg. Und dann ist Schluss mit den Geschäften!«

Martin sieht ihn zweifelnd an.
»Du kommst zu uns. Wir reden über alles. Und du fängst nochmal neu an. Denk drüber nach.«
»Ja, mach ich, Paps. Wer weiß, vielleicht kommt er ja noch, der große Sinneswandel.«
Meierlink geht, ohne sich zu verabschieden. Innerlich kocht er. Und zugleich fühlt er sich kalt, eiskalt. Ist das wirklich sein Sohn, dieser rotzfreche Typ, der sein Leben wegwirft für ein paar Stunden im Drogenrausch?
Meierlink steckt sich ein Zigarillo an und raucht auf dem Parkplatz vor der Klinik. Sieht den orangen Streifen am gezackten Horizont. Verdammt nochmal. Er hat alles und doch nichts. Die Ehefrau mit den kaputten Nerven, der drogenabhängige Sohn und jetzt auch noch die Polizei am Hals.
Er schnippt den Rest des Zigarillos weg und steigt in seinen Jaguar. Quält ihn im dritten Gang die schmale Straße entlang. Bis zur Autobahn. Er nimmt die erste Auffahrt. Richtung Garmisch. Kaum Autos. Er beschleunigt auf 200. Die Berge fliegen ihm entgegen. Der Anblick hebt seine Stimmung sofort. Ein ordentliches Abendessen, eine Flasche Rotwein und ein Zimmer in einem guten Hotel. Und morgen ausschlafen und einen Tag Auszeit nehmen. Ein bisschen Spazieren gehen und nachdenken. Am Montag erholt nach München zurück. Er stellt das Handy aus. Die Anlage an. Bach. Vor diesem Panorama. Erhaben.

Diskretion

›War das gerade Meierlink senior?‹, fragt sich Andrea, als sie bei Berg in Richtung Klinik abgebogen ist.
Das fragt sie auch den Pförtner. Der ihr allerdings explizit sagt, dass er aus Diskretion keinerlei solche Auskünfte zu erteilen bereit ist.
»Ja, mein Freund, dann werde ich mal mit Ihrer Frau sprechen, ob sie auch die Dame in der Kellerbachstraße kennt. Eine gemeinsame Freundin, oder?« Und dann platziert sie gleich die

zweite Frage in das erblasste Gesicht des Ehebrechers: »Könnten Sie bitte mal nachprüfen, ob sie vergangenen Samstag wirklich die ganze Nacht hier an der Pforte waren?«

»Nein, war ich nicht«, sagt er, ohne in den Kalender zu schauen. Andrea betrachtet die sonnengegerbten Gesichtszüge des kleinen Mannes, sieht das nervöse Zucken unter dem rechten Auge.

»Sie können damit also auch nicht verbindlich sagen, dass Herr Meierlink in dieser Nacht in der Klinik war?«

»Das könnte ich nicht mal sagen, wenn ich die ganze Zeit da gewesen wäre.«

»Ja?«

»Man kann das Haus auch durch den Hintereingang verlassen.«

»Wie steht es mit einer Tiefgarage. Haben Sie doch?«

»Ja, warum?«

»Gibt es eine Videoüberwachung?«

»Nein, haben wir nicht.«

»Schade. Hat Herr Meierlink seinen Wagen hier?«

»Ja, das Cabrio steht im Keller.«

»Kann ich es sehen?«

Widerwillig führt er sie nach unten. Das Auto steht in einer Ecke der großzügigen Tiefgarage. Nebst Fahrzeugen der gehobenen Mittelklasse und der Luxusklasse.

»Steht der Wagen immer da?«

»Soweit ich weiß.«

Andrea betrachtet den Wagen, als könne man ihm ansehen, ob er in letzter Zeit bewegt wurde. Kann man natürlich nicht. Sie beugt sich ins Cockpit, checkt den Kilometerstand. Überlegt, ob sie Meierlink junior auf das Auto ansprechen soll. Entscheidet sich dagegen.

Sie fährt nicht direkt nach Hause ins Westend, sondern erst noch zur *Alten Mühle.* Auf dem Weg nach Haimhausen achtet sie genau auf Blitzampeln oder Videoanlagen, die den Wagen abgelichtet haben könnten. Nichts. Schade. Sie bräuchte einen Augenzeugen für die betreffende Nacht. So ein schönes Auto fällt doch auf, oder? Auf dem Parkplatz der *Mühle* dreht sie schließlich um. Nach Hause. Sie braucht eine Pause. Morgen ist Sonntag.

Herz und Seele

Martin Meierlink bringt seinen Alfa in einer Staubwolke vor der Diskothek *Sautrog* in Feldafing zum Stehen, schwingt sich über die geschlossene Fahrertür. Er trägt einen zerknitterten weißen Leinenanzug, setzt sich eine verspiegelte Pilotenbrille auf, obwohl finstere Nacht ist.

Man kennt sich. »Servus, Charly«, begrüßt er den bulligen glatzköpfigen Türsteher. »Ist der Duke da?«

»Im Salon.«

»Dann check ich mal ein.«

Er betritt die überfüllte Disco, betrachtet mit einem Grinsen die zuckenden Leiber auf der Tanzfläche, murmelt »Ihr verdammten Hühnerficker« und stürzt sich in das Gewusel, lässt ein paar exzentrische Zuckungen zu den wummernden Discobeats vom Stapel. Einige der knapp bekleideten Landladys schicken ihm heiße Blicke. Ja, er weiß genau, was sie sehen: Falco, der offenbar seiner Gruft entstiegen ist, um sich ein bisschen zu amüsieren. Und ein paar Lines Koks zu ziehen, fällt ihm jetzt gleich ein. Das ist der Grund seines Kommens. Er lenkt seine Moves durch die ekstatische Masse in Richtung Bar und Hinterzimmer, vor dem sich ein weiterer glatzköpfiger Schrank aufgebaut hat. »Hey, Joe, du solltest mal wieder zum Friseur.«

Der Angesprochene lächelt nicht, gibt aber die Tür anstandslos frei. Im Raum dahinter ist vor lauter Nikotinnebel fast nichts zu sehen. Doch, ganz hinten, beim Kartenspielen – der Duke. Schwarzer Anzug, bleiche Haut, lange Haare zum Zopf gebunden. »Hey, Martin, wird's dir zu langweilig im schönen Berg?«

»Mann, Duke, die haben voll die geilen Medikamente. Aber eher so zum Runterkommen. Ich brauch was, was ein bisschen Gas gibt.«

»Das sagst du? Du sitzt doch an der Quelle.«

»Ist schwierig zurzeit.«
»Hast du was mit Herbys Tod zu tun?«
»Bist du narrisch – wir sind Geschäftspartner, also wir waren Geschäftspartner. Ein Herz und eine Seele.«
»Ja, klar, ihr zwei.«
»Gegensätze ziehen sich an. Hat sich halt mit komischen Typen rumgetrieben, der Gute. Also hast du was?«
»Ha, das ist witzig. Sonst bist du doch der Lieferant.«
»Naja, hier draußen ist ein bisschen ab vom Schuss.«
Duke schaut ihn verdutzt an, dann prustet er los.
Martin schüttelt den Kopf. »Ich brauch kein Heroin. Das ist nicht meins. Hast du Koks?«
»Klar hab ich Koks. Aber ich frag mich, wo denn die Lieferung für mich bleibt? Ich betreib eine Disco. Die Leute wollen Spaß.«
»Wie gesagt: ist ein bisschen schwierig zurzeit. Wegen Herbys Abgang.«
»Aber du hast das Zeug?«
»Logo.«
»Wo ist es?«
»In Sicherheit. Wir müssen aufpassen. Die Cops haben Herbys Labor ausgehoben. Aber ich hab vorher noch alles abgezogen. Acht Kisten mit den feinsten Sachen.«
»Und wo sind die?«
»Stehen bei meinem alten Herrn.«
Duke lacht wieder los. »Großartig! Der Herr Rechtsanwalt hat ein waches Auge drauf. Dann ist ja alles safe.« Er wird wieder ernst. »Wann kriegen wir das Zeug?«
»Wenn ich wieder raus bin aus der Klinik.«
»Wann ist das?«
»Paar Tage noch.«
»Das dauert mir alles zu lange. Wir holen es selbst ab. Wo genau hat der Herr Anwalt das Zeug untergebracht?«
»Hey, ich kann schlecht sagen: Hey, Papa, da kommt wer vorbei

und holt den ganzen Stoff. Er ist eh schon genervt und will das Zeug am liebsten vernichten.«

»Der Krempel ist bezahlt!«

»Ja, ich weiß. Alles easy, da kommt nix weg.«

»Nix easy: Wo ist das Zeug?«

»In der Garage. Mit meinen anderen Sachen. Er hat meine Wohnung geräumt.«

»Wir holen es ab, das kriegt dein alter Herr gar nicht mit. Wie erkennen wir die Kisten?«

»Auf den Kartons steht *Spedition Haimerl.*«

»Das kriegen wir hin.«

»Adresse habt ihr?«

»Na klar, Schätzchen.«

»Aber ihr macht nix kaputt!«

Duke lacht wieder dröhnend und dreht sich zu Joe, dem glatzköpfigen Muskelprotz. »Joe, hast du schon mal was kaputtgemacht?«

Joe gluckst. »Niemals. Und Charly auch nicht. Außer ein paar Zähnen vielleicht.«

»Duke, hast du jetzt was für mich?«, meldet sich Martin wieder, der nicht ganz so zum Scherzen aufgelegt ist.

»Hast du denn Kohle?«

»Aber die Kisten?«

»Sind schon bezahlt. Also? Hast du Kohle?«

»Im Moment schlecht, aber nächste Woche, wenn ich daheim bin, kann ich was organisieren.«

»Der feine Herr Papa wird dir Geld geben. Kohle für Koks. Dass ich nicht lache.«

»Ich zweig ein paar von seinen Antiquitäten ab.«

»Antiquitäten klingt gut. Fast so gut wie Cash.«

»Papa hat ein paar Sachen, die er nicht öffentlich zeigt.«

»Sehr schön. Mach das.« Duke greift in die Jackentasche und zieht einen Beutel mit Koks heraus. »Aber nicht alles auf einmal! Und nicht in meinem Laden!«

Preacherman

»Du willst beichten, mein Sohn?«, fragt der Gefängnispfarrer, als Paul sein Büro nach der Sonntagsmesse betritt.

»Vielleicht ein andermal. Ich hätte eine Frage.«

»Des Glaubens?«

»Eher weltlicher Natur. Sie leiten doch den Gefängnischor?«

»Chor wäre übertrieben. Ich leite eine Gruppe von sechs Sängern.«

»Perfekt. Ich möchte da mitmachen.«

»Kein Problem.«

»Ich denke nicht an religiöse Lieder.«

»Sondern?«

»Unterhaltung. Barber Shop, Doo Wop, Rock'n'Roll.«

»Aha.«

»Nicht so Ihres?«

»Doch. Durchaus.«

»Können wir so was auch singen?«

»Durchaus. Aber keine Texte mit gotteslästerlichem Inhalt!«

»Gibt's denn so was?«

»*Son of a Preacherman.*«

»Stimmt. Ja. Geile Nummer.«

Aufgefrischt

Am Montag lässt sich Josef durch das Menschengewühl in Neuhausen treiben, nachdem er aus der U-Bahn Rotkreuzplatz ans Tageslicht getreten ist. Er nimmt die Trambahn zum Romanplatz.

Als er die Kanzlei erreicht, sieht er gerade jemanden aus dem Haus kommen. Er huscht hinein, ehe die schwere Holztür ins Schloss fällt.

»Dr. Meierlink ist nicht da«, schnarrt ihm die Empfangsdame entgegen, als er die heiligen Hallen betritt.

»Das macht gar nichts. Ich komm vor allem wegen Ihres ausgezeichneten Kaffees.«

»Was wollen Sie vom Herrn Doktor?«

»Ach, ich war gerade in der Gegend und dachte, ich schau mal rein.« Er lächelt.

»Wollen Sie wirklich einen Kaffee, ich meine, haben Sie so viel Zeit?«

»So viel Zeit muss sein.«

»Dann nehmen Sie doch bitte Platz.« Sie lotst ihn ins Vorzimmer. »Bin gleich bei Ihnen.«

Als sie eine Minute später wiederkommt, bemerkt er, dass sie ihren Lippenstift nachgezogen und ihr Parfüm aufgefrischt hat. Er strahlt sie an. »Oh, wie das duftet.«

Irgendwo klingelt ein Telefon. »Bin gleich wieder bei Ihnen«, flötet sie und rauscht ab.

Josef zückt sein Handy und macht ein Foto von dem fast lebensgroßen Porträt von Dr. Meierlink und Sohn in Jagdmontur. Er steht immer noch vor dem Bild, als die Sekretärin wieder erscheint. »Schon stattlich, die beiden«, meint er.

»Sie aber auch. Nehmen Sie doch Platz.« Sie hat zwei Tassen Espresso auf einem Tablett dabei und setzt sich auf den Sessel ihm gegenüber, schlägt raschelnd die Beine übereinander.

Josef betrachtet ihre attraktiven Beine und wird rot, als sich ihre Blicke begegnen. Er nippt an dem Kaffee. »Sehr schön«, sagt er, »also, der Kaffee, sehr gut.«

»Kommen Sie denn voran mit dem Todesfall dieses Rockers?«

»Hat Dr. Meierlink mit Ihnen darüber gesprochen?«

»Ach, wissen Sie, als persönliche Assistentin bekommt man eigentlich alles mit. Ich bin sehr diskret, aber Sie sind ja von der Polizei. Gibt's denn was Neues?«

»Leider nein.«

»Sie verdächtigen nicht im Ernst Dr. Meierlink?«

»Nein, nicht im Ernst.«

»Und seinen Sohn?«

»Nun ja, er stand in einer Art Geschäftsbeziehung mit dem Rocker.«

»Diese hässlichen Drogen. Martin ist ein guter Junge. Ich weiß auch nicht, wie er da reingerutscht ist.«
»Manchmal ist es einfach Langeweile.«
»Ja, schrecklich, nicht? Aber für die Meierlinks lege ich meine Hand ins Feuer. So eine nette Familie! Jetzt erzählen Sie doch ein bisschen. Ich lese für mein Leben gerne Krimis. Ihr Beruf muss furchtbar spannend sein, oder?«
»Da muss ich Sie enttäuschen. Viele Akten, viel Bildschirmarbeit. Da bin ich froh, wenn ich mal rauskomme, unter Leute. Und wenn es dann noch so nette Menschen sind ...«
»Flirten Sie mit mir?«, fragt sie unschuldig.
»Nicht die Bohne. Ja, der Kaffee, der war wirklich hervorragend. Vielen Dank nochmal. Ich muss jetzt los. Termine. Und ich melde mich das nächste Mal vorher an.«
Sie schlägt wieder ihre raschelnden Beine übereinander und mustert ihn. Fährt sich mit der Zunge über die Oberlippe. Das kurze Aufblitzen unverhüllter Lust erschreckt Josef. Er schluckt und verscheucht einen wirren Gedanken.
Sie steht auf und stellt die Kaffeetassen aufs Tablett. »Beehren Sie mich mal wieder.«
»Sehr gerne«, sagt er mit kratziger Stimme.
Josef merkt erst im Treppenhaus, dass er ganz durchgeschwitzt ist. *Hui.* Aber er grinst über beide Ohren. In seinem Kopf raschelt es immer noch. Er pfeift, als er auf die Straße tritt. Er hat, was er braucht.

Gewissen

Andrea ist langsam in die Woche gestartet. Nach einem ruhigen Sonntag. Heute Innendienst mit Aktenstudium. Bei einer Zigarettenpause lässt sie den vergangenen Sonntag nochmal Revue passieren. Als sie Paul am frühen Nachmittag besucht hatte, war sie erstaunt gewesen über seine gute Verfassung. Er hatte mit leuchtenden Augen erzählt, dass er jetzt bei einer Gesangsgruppe einsteigen würde, die der Gefängnispfarrer leitet. Für Paul ein lebensrettender Strohhalm. So kann er selbst unter diesen bescheidenen Umständen machen, was er am liebsten macht: Musik.

Sie war anschließend von Stadelheim zu Fuß zurück ins Zentrum gelaufen, die tosende Tegernseer Landstraße entlang, den Nockherberg hinab, runter an die Isar und weiter zum Röcklplatz. Wo sie ihre zwei Kugeln Eis neben dem belebten Kinderspielplatz genossen hatte. Im Blick die Hipster-Eltern, die sich erfolglos mühten, ihre Kids mit gut gemeinten Ratschlägen fernzusteuern. Die Herbstsonne hatte durch das Blätterdach geleuchtet und es war ein entspannter Nachmittag gewesen. Gut zum Nachdenken. Auch über Tom hatte sie nachgedacht. Eigentlich nur Gutes. Aber für eine Beziehung reichte das nicht. Da war sie sich sicher. Bauchgefühl. Schade eigentlich. Am Abend war sie früh ins Bett gegangen und hatte tief geschlafen.

Jetzt also Montag. Den hatte sie bislang genutzt, um nochmal alle Akten zu den Fällen anzuschauen, die Videos und Fotos von Roider nochmal zu studieren. Leider ohne greifbares Ergebnis. Trotzdem hat sie das Gefühl, dass sie ganz langsam vorankommen. So als würde das große Knäuel sich bald auf einen Schlag aufdröseln. Hoffentlich.

Josef hat sich den ganzen Tag kaum blicken lassen. Vormittags unterwegs, nachmittags hatte er sich in seinem Büro verschanzt und vorhin war er nochmal losgezogen. Sie hatte ihn in Ruhe gelassen, offenbar brütete er etwas aus.

Sie geht gerade das Vernehmungsprotokoll mit Lisa Furtler durch, die Abläufe an dem Abend, an dem ihr Mann zu Tode kam, als das Handy klingelt. Der Anrufer: Thomas Wimmer! Zuerst wundert sie sich, woher er ihre Nummer hat. Aber klar, sie selbst hat ihm ihre Visitenkarte gegeben. Ob sie Lust hat, mit ihm auf ein frühes Bier zu gehen.

›Bier – das klingt unkompliziert‹, denkt sie spontan. ›Nicht nach großen Verpflichtungen.‹ Und sagt zu. Für acht Uhr.

Wenig später steht sie zu Hause vor ihrem Kleiderschrank und hat ein schlechtes Gewissen. Es gäbe wirklich wichtigere Dinge.

Kommt da Beruf und Privates durcheinander? Ja natürlich. Aber es kann ja nicht schaden, ein bisschen mehr über Wimmer zu wissen. Oder? Aber Tom? Sie führt Selbstgespräche: »Hey, bloß ein Feierabendbier! Ich bin erwachsen. Und nicht verheiratet. Mit Tom schon gar nicht ... Aber übertreiben brauch ich es auch nicht.« Sie zieht die weit ausgeschnittene weiße Bluse wieder aus und ein ganz normales schwarzes Shirt an. Zu schwarzen Jeans. Haare sauber zum Pferdeschwanz. Sieht prüfend in den Spiegel. Ein bisschen Lidstrich. Dezenter Lippenstift. Rosé. Nein, kein Lippenstift. Klare Linie. Sie schnappt sich ihre Lederjacke und verlässt das Haus.

Ein letzter Rest Abendrot klebt über den Häusern. Sie hat die Fahrradlichter vergessen. Egal. Polizei ist sie selber.

Die Kirchturmuhr von St. Paul zeigt acht Uhr und läutet dementsprechend laut. Sie wird nicht ganz pünktlich sein. Egal. Die paar Minuten. *Klenze 17.* Interessant. Ganz normale Kneipe. Sie hätte Wimmer eher im *Brenner* oder einem anderen Edelschuppen vermutet.

Poff! – verabschiedet sich die Luft aus ihrem Hinterreifen.

Sie flucht. Die blöden Glassplitter rund um die Theresienwiese. Jedes Jahr zur und nach der Wiesn passiert ihr das. Wird ihre Verabredung noch etwas länger warten müssen. Sie sperrt das Rad an eine Laterne und macht sich zu Fuß auf den Weiterweg. Sie geht im Handy auf Verbindungen, findet Wimmers Anruf, aber die Nummer ist geblockt.

»Selber schuld, Mr. Anonym«, murmelt sie und geht weiter in Richtung Goetheplatz.

Verwirrt

Roiders Wochenende war nicht gut. Obwohl er mit der *Goldwing* unterwegs war. Mit seinen Kumpels in Tirol. Anreise Samstag mit Besäufnis und Übernachtung in Imst, Sonntag Serpentinen am Hahntennjoch. Aber er hatte den Kopf nicht freibekommen. Trotz Biken, trotz Bier, trotz Kater. Und der

Montag war bislang auch nicht viel besser. Mehr als halbherzig hat er für *SiS* den Sicherheitscheck bei einer Industriellenvilla durchgeführt und eine Videoanlage installiert. Er war nicht ganz fertiggeworden und würde morgen nochmal kommen müssen. Sein Chef Thomas war nicht begeistert gewesen. Egal. Oder auch nicht. Zu viele Gedanken. Er ist nervös. Und verwirrt. Der Einbruch, der Leichenfund, hängt das alles zusammen? Aber wie?

Diese Polizistin – was weiß sie? Ihr Bruder ist in den Fall Furtler verstrickt? Ist das der Lustknabe von Frau Furtler? Die Sache mit Herby …? Und wollen die wirklich die Leiche seiner Frau obduzieren? Zu viele Fragen, viel zu viele.

Roider schenkt sich einen großen Cognac ein. Schiebt das Glas weg. Er braucht einen klaren Kopf. Hat er aber nicht. Er zieht das Glas wieder zu sich heran und kippt den Cognac auf einen Satz runter. Greift nach dem Handy, scrollt durch die Nummern. Dr. Bruchmüller. Er tippt den Kontakt an. Freizeichen, dann das Band. Er legt auf. Erinnert sich genau: »Rufen Sie mich an, wann immer Sie Hilfe oder einen Rat brauchen. Ich bin rund um die Uhr für Sie da …« Nichts als blödes Gelaber.

»So ein Depp! Wozu mach ich die ganze Scheißtherapie?«

Er überlegt. Ob die von der Polizei herausbekommen, dass er in Behandlung ist? Wegen seines labilen Zustands, seines Überwachungs- und Kontrollwahns. Nein, wie soll das gehen? Arztgeheimnis. Dank Dr. Bruchmüller hat er seine Ticks und Paranoia im Griff. Einigermaßen. Die zwanghaften Beschattungen sind sein ganzer Lebensinhalt. Es ist ein Widerspruch in sich. Er überwacht andere, hat aber sein eigenes Umfeld nicht im Blick. Wie ein schlechter Witz – bei ihm ist eingebrochen worden. In der Detektei! Jemand hat sehr viel Geld gestohlen. Und zahlreiche Kamera-Karten. Nicht die wichtigen, die hat er in seiner Brieftasche. Oder? Hektisch greift er zu seiner Jacke auf dem Sofa und tastet die Innentasche ab. Ja, seine Geldbörse ist drin.

Er holt die Karten raus, geht ins Arbeitszimmer, steckt sie in die Slots des Computers. Er muss die Daten überspielen, ein Backup machen. Er prüft, ob die Balkontür auch wirklich zu ist. Dann das Klofenster. Hier ist der Einbrecher eingestiegen. Er überprüft den Fensterhebel. Ja, ist zu. Sicher? Er macht das Fenster auf und wieder zu. Verflucht sich selbst. Diese Ticks, sie waren fast weg. Dieses Fünf-Mal-zur-Haustür-Zurückgehen, um nachzuprüfen, ob auch wirklich abgesperrt ist. Und wenn dieser Typ nochmal kommt und wieder den Rahmen rausbricht? Nein, derselbe kommt kein zweites Mal. Ist ja bestens bedient mit den 100.000 Euro. Verdammt! Warum war er so leichtsinnig gewesen und hat das Geld nicht besser versteckt? Weil er die Dinge nicht mehr unter Kontrolle hat.
Kontrolle, ja, sein Thema. Auch bei seiner Frau. Damals. Er hatte sie auf Schritt und Tritt überwacht. Hatte Angst um sie, traute ihr nicht mehr. Und dann baut sie den Autocrash und landet im Rollstuhl! Aber so hatte er sie wenigstens leichter unter Kontrolle, denn sie konnte die Wohnung nicht mehr verlassen. Und doch war es genau andersrum: er war ihr Sklave, sie kontrollierte ihn. Und das Entscheidende hatte er sowieso übersehen – was ihr Verhältnis zueinander betraf: wie weit sie schon von ihm weg war. Und dann war sie plötzlich richtig weg. Er hatte all seine Kraft hineingesteckt, um sie zu finden. Und in Wirklichkeit war sie ganz nah. Zehn, zwanzig Meter Luftlinie.
Er gießt sich noch einen Cognac ein, stürzt ihn runter. Diese Polizistin. Sie weiß etwas, er sollte auch sie überwachen. Hat er die Zeit dafür? Überwacht nicht sie ihn? Der Alkohol dreht in seinem Kopf die Runden, bringt seine Gedanken ins Schlingern. Warum lässt er sich so gehen? Er ist besoffen. Nein! Woher denn – die paar Schnäpse.
Er macht den Fernseher an. Dort sinnfreies Volksmusiktreiben. Öffentlich-rechtlicher Wahnsinn: Florian Silbereisen schwebt an einem Drahtseil durch buntes Herbstlaub in die Arena und trällert: »*Melancholie – im September …* «

›Eine Bombe ins TV-Studio, das wär's. Dann wär es mit der Lustigkeit vorbei – ein für alle Mal.‹

Stichprobe

Es ist halb neun, als Andrea beim *Klenze 17* ankommt. Sie sieht durch das Fenster ins warme Kneipenlicht. Thomas Wimmer sitzt an der Bar, spricht mit dem Barkeeper. Die zwei scheinen sich zu kennen. Fasziniert betrachtet Andrea Wimmers markante Gesichtszüge, seine muskulösen Unterarme, das enge T-Shirt, unter dem sich nicht der Hauch eines Bauchansatzes zeigt. Wow, was für ein Typ! Sie will schon reingehen, da sieht sie Tom an einem der Tische. Tom – mit einer Frau? Jung! Gutaussehend! Was soll das? Er weiß doch nichts von ihrer Verabredung? Ein blöder Zufall? Nein, es gibt keine blöden Zufälle. Beschattet er Wimmer? Er ist doch kein Ermittler! Sie ist sauer. Jetzt kann sie da natürlich nicht reingehen. Oder?

Ihr Handy klingelt.

»Hallo, Andrea, wo bleiben Sie?«

»Ich wollte anrufen, aber Ihre Rufnummer ist unterdrückt.«

»Oh, das müssen wir ändern. Ist Ihnen was dazwischengekommen?«

»Ja, leider. Wir haben einen neuen Fall. Das dauert noch länger heute.«

»Wie schade. Na, dann klappt es hoffentlich ein andermal.«

»Tut mir leid. Trotzdem einen schönen Abend.«

Andrea steckt das Handy ein und sieht wieder durchs Fenster. Tom unterhält sich bestens mit der Frau. Na toll! Thomas Wimmer trinkt aus und zahlt. Schnell geht sie auf die andere Straßenseite und drückt sich in einen Hauseingang. Wimmer kommt aus der Kneipe, zückt das Handy, telefoniert. Sehr bestimmt. Kein Smalltalk.

Was soll sie machen. Ihn ansprechen? ›Hey, ich hab's doch noch geschafft!‹ Nein, das klingt komisch. Warum ist Tom in der Kneipe? Sie sieht hinüber zu den Fenstern, kann nicht erkennen,

ob Tom noch drin ist. Naja, wo soll er sonst sein? Er hat das Lokal nicht verlassen. Wimmer geht in Richtung Gärtnerplatz. Sie folgt ihm. Bauchgefühl. Einfach mal schauen.
Auf dem immer noch sehr belebten Platz zündet Wimmer sich eine Zigarette an und betrachtet die Leute, die in der milden Herbstnacht auf Bänken, Decken und Jacken sitzen und Bier trinken. Andrea wartet hinter einem Lieferwagen.
Nach der Zigarette biegt Wimmer in die Klenzestraße ein und setzt seinen Weg fort bis zur Holzstraße. Als er bei der Nummer 6 die Haustür aufsperrt, rollt ein Auto heran, hält. Schwarzer Audi. Roider!
»Ein Zufall ist das nicht«, flüstert eine Stimme hinter ihr.
Sie dreht sich um. »Tom?! Was machst du hier?«
»Gegenfrage: Was machst du hier?«
»Wer war die Tante im *Klenze 17*?«
»Auf wen hat Wimmer an der Bar gewartet?«
»Weiß ich doch nicht.«
»Bist du dir sicher?«
»Wer war die Frau?«
»Eine alte Bekannte, die ich da getroffen habe. Kam mir sehr entgegen. Als Tarnung.«
»Warum beschattest du ihn?«
»Weil ich eifersüchtig bin.«
»Haha.«
Er sieht sie ernst an. »Hey, Andrea, der ist so was von halbseiden. Der beschäftigt Typen wie den Roider. Der ihn jetzt noch besucht. Ganz spontan. Das ist nicht knusper.«
»Seit wann bist du an ihm dran?«
»Seit einer guten Stunde. Ich bin ihm von seiner Firma aus gefolgt.«
»Ich wüsste zu gern, was die beiden zu bereden haben.«
»Wimmer wohnt in der Remise. Im Nachbarhof ist eine Schlosserei. Über die Werkstatt kommen wir in den Hinterhof.«
»Woher weißt du das alles?«

»Ich hab mich ein bisschen informiert.«
»Ein bisschen … Naja, dann schauen wir uns seine Bude mal an.«
Sie gehen durch die Einfahrt des Nachbarhofs und klettern über die Mülltonnen auf das Dach der Werkstatt und weiter in den Hof nebenan. Die Fenster der Remise sind hell erleuchtet. Sie sehen, wie Roider in dem loftartigen Wohnzimmer hin- und hertigert und auf Wimmer einredet. Der steht an der Hausbar und nippt an seinem Whiskey. Leider sind die Fenster geschlossen. Kein Wort dringt nach draußen.
»Meinst du, dass Wimmer auch krumme Dinger dreht?«, fragt Andrea.
»Davon gehe ich aus.«
»Du magst ihn nicht.«
»Darum geht es nicht. Ich glaube, ich weiß, wie sein Laden funktioniert. Zumindest in Teilbereichen. Er hat ein paar zwielichtige Typen, die reiche Leute unter Druck setzen. Die fühlen sich bedroht und wenden sich vertrauensvoll an *SiS*. Die ihnen dann ein maßgeschneidertes Sicherheitspaket anbieten.«
»Paul hat genau dasselbe vermutet. Und Wimmer vergibt kleine Jobs bevorzugt an Roiders Detektei. Ich hab mich schon gewundert, warum der Furtler als Banker ausgerechnet so eine kleine, schmierige Klitsche beauftragt. Wahrscheinlich hat er sich zuerst an *SiS* gewandt und denen war das zu popelig. Also hat Wimmer Furtler die Detektei seines Mitarbeiters empfohlen. Und Roider hat gedacht, dass er das sich anbahnende Ehedrama ja filmen könnte, um sich noch was dazuzuverdienen, falls was Interessantes passiert. Und so war es ja auch. Und jetzt stellt Wimmer Roider in die Senkel, weil ich in seinem Laden war und Fragen zu seinem Mitarbeiter gestellt hab.«
»Hast du ihm denn gesagt, warum wir uns für Roider interessieren?«
»Nicht konkret, aber ich hab's angedeutet.«
Drinnen wird die Debatte heftiger. Sie sehen es nur, hören kein Wort. Roider gestikuliert wild. Wimmer schenkt Roider einen

Whiskey ein, den dieser erst wegschiebt, dann aber doch trinkt. Auf einen Satz. Wimmer klopft Roider auf die Schulter und bringt ihn zur Tür.
»Folgen wir Roider?«, fragt Andrea.
»Mein Auto steht in der Fraunhoferstraße.«
»Lauf los. So wie Roider parkt, wird er zur Auenstraße runterfahren. Wir treffen uns an der Kreuzung.«
Kurz darauf springt sie in Toms Auto. »Isaraufwärts.«
Tom gibt Gas. Beim Großmarkt haben sie Roider eingeholt. An der Müllverbrennungsanlage vorbei. Die Lichtstreifen auf der Brudermühlbrücke. Über die schwarze Isar. Candidplatz, Obergiesing. In der Alpenstraße biegt Roider schließlich in einen Hinterhof.
»Das kenn ich«, sagt Andrea. »Da sind unterirdische Übungsräume und Lager.«
Sie parken draußen und verstecken sich unter einer Laderampe im Hof.
»Wer war die Frau in der Kneipe?«, fragt Andrea.
Tom lacht. »Achtung, er kommt!«
Roider trägt einen Karton zum Auto und stellt ihn in den Kofferraum, geht wieder zum Eingang der Kellerräume.
Einsatz Andrea. Sie huscht zum Auto, öffnet den Kofferraum und den Karton, nimmt etwas heraus. Als sie den Kofferraumdeckel schließt, erscheint Roider wieder in der Tür. Rücken zu ihr. Andrea geht auf der Fahrerseite in Deckung. Roider tritt an den Kofferraum und stellt den zweiten Karton ab. Ein Schritt und er sieht sie. Aber er ist zu sehr mit sich selbst beschäftigt. Er verstaut auch diesen Karton im Kofferraum. Als er wieder zum Lager geht, spurtet Andrea zu Tom.
»Du hast echt ’nen Knall, Andrea!«
Sie reicht ihm einen Leitz-Ordner.
»Und jetzt?«, fragt er. »Willst du noch mehr?«
»Nein. Nur Stichprobe. Mehr macht mein Herz nicht mit. Wir warten draußen im Auto, bis er fertig ist.«

Zehn Minuten später rollt der Audi aus der Hofausfahrt. Sie folgen ihm in sicherem Abstand.

Auf dem Ring gibt Roider plötzlich Gas, fädelt gefährlich durch die Autos und biegt scharf nach Sendling ab. Tom schafft es nicht mehr.

Er schlägt aufs Lenkrad. »Scheiße! Er hat uns bemerkt.«

»Ach, vielleicht hatte er nur das Gefühl verfolgt zu werden. Kennst du das nicht, wenn du plötzlich Gas geben und abrupt abbiegen willst?«

»Nein, kenn ich nicht.«

»Ich hab zurzeit öfters das Gefühl.«

»Echt? Hm.«

»Dieser Reporter vom *Abendblatt* ist an mir dran.«

»Warum macht er das?«

»Weil er die Geschichte auf der Wiesn wollte.«

»Und da hat Aschenberger den Finger drauf.«

»Vor allem der Minister. Komm, wir machen Schluss für heute.«

»Der Fugenkitt ist übrigens vom selben Hersteller«, sagt Tom, »also, der von der Bodenluke und der aus seinem Kloschrank. Der alte Rest vom Fenster ist was anderes, ein ganz billiges Produkt. Was heißt das?«

»Dass er selbst nicht das Standard-Baumarkt-Zeugs verwendet, wie das ursprünglich bei dem Klofenster der Fall war.«

»Du meinst, er hat die Luke verfugt.«

»Könnte doch sein. Roider hat Sanitär-Installateur gelernt, bevor er zur Polizei gegangen ist. Der kann so was. Ich glaub, dass er es war. Was ich dann aber nicht verstehe: Er weiß, wo seine Frau ist, also ihre Leiche, er verfugt das Ding auch noch selbst und sucht trotzdem mit einem Riesenaufwand nach ihr? Für wen zieht er die Show ab? Das macht doch keinen Sinn.«

»Vielleicht fühlt er sich schuldig. Will, dass es anders ist. Macht sich selbst was vor.«

»Woran soll er sich denn schuldig fühlen, Tom?«

»An ihrem Suizid. Dass er ihn nicht verhindert hat.«

Sie schüttelt den Kopf. »Und dann hängt sie jahrelang da oben? Er muss doch damit gerechnet haben, dass man sie findet. Also irgendwann.«

»Vielleicht wollte er ihr nahe sein.«

»Das sind mir zu viele ›Vielleichts‹. Boh, das klingt doch voll krank.«

»Apropos krank – lasst ihr euch eigentlich die Krankenakten von seiner Frau kommen?«

»Warum sollten wir das tun?«

»Mich würde interessieren, ob sie wirklich Krebs hatte, oder wie das mit ihrer Depression war. Nicht wegen ihr, wegen ihm. Ob das stimmt, was er von ihr erzählt hat.«

»Gute Idee. Vielleicht bringt das ein bisschen Licht in die Sache.«

»Kommst du noch mit hoch?«, fragt Andrea, als sie bei ihr zu Hause angekommen sind.

Tom gähnt. »Nein, ich will ins Bett.«

»Alles klar. Gute Nacht.«

»Gute Nacht.«

Sie geht ins Haus, hat den Ordner unter dem Arm.

Tom wartet unten, bis in ihrer Wohnung das Licht angeht und im Treppenhaus das Licht erlischt. Dann startet er den Wagen.

Credibility

Am nächsten Morgen ist Andrea in Stadelheim bei Paul. Er ist ganz aufgekratzt. Denn er hat jetzt eine Aufgabe. Er meint das ernst mit der Musik.

»Gospels, aber auch Doo Wop, Rock und Pop, Soul und Hip-Hop«, poltert es aus Paul heraus. »Ich sing Alt, Hansi Bariton und der Monsignore hat einen satten Tenor. *The Barnhome Brothers* – die Stadelheim Brüder. Geil, oder?«

»Na, dann brauch ich mich ja gar nicht so anstrengen, dich hier schnell rauszukriegen.«

»Lass dir ein bisschen Zeit. Weißt schon – wegen der Credibility. Das ist doch das voll geile Marketingkonzept: harte Jungs aus dem Knast singen die voll emotionalen Songs. Wir mit *Swing low, sweet cheeri-o* in der Vorweihnachtszeit, da tropfen dir vollautomatisch die Tränen in den Glühwein. Und dein Geldbeutel geht auf wie nix. Ich sag's dir, die werden in Scharen herbeipilgern, um uns im Andachtsraum singen zu hören. *I heard you cryin' in the chapel ...* «

»Ja klar, Elvis. Aber jetzt mal halblang – wenn du Weihnachten noch hier drin sitzt, dann läuft etwas entsetzlich schief.«

Andrea erzählt ihm, was sie alles herausbekommen hat. Dass sie weiterhin kein Video haben, das ihn entlasten könnte. Aber dass Roider irgendwelche Akten verschwinden lassen wollte. Von denen sie ihm eine abgeluchst hat.

Die Akten interessieren Paul nicht besonders. »Wo kann das Video sein?«

»Na, es ist ja nur eine kleine Datei. Und dann ist ja noch was anderes denkbar: vielleicht gibt es gar kein Video ...«

»Aber er erpresst Lisa doch?«

»Vielleicht war er nur Augenzeuge und erhöht den Druck, wenn er sagt, er hätte einen Videomitschnitt.«

Paul nickt nachdenklich. »Okay. Und was für Akten lässt er verschwinden?«

»Einen Ordner mit Dokumenten: Zahlen, Namen, Lieferungen. Vielleicht ist das was für unsere Kollegen von der Wirtschaftskriminalität. Halt noch ein bisschen durch. Ich glaub, wir haben bald genug, um Roider unter Druck setzen zu können.«

»Gibt's denn was Neues zu Herby?«

»Darum kümmert sich Josef gerade.«

»Okay, kümmert euch. Ich muss jetzt zurück in die Probe, Schwesterherz.«

Psycho

Josef lauscht Andreas Erzählung von gestern Nacht. Er ist weniger erstaunt, als sie befürchtet hat. Offenbar hat er sich mit ihren spontanen Aktionen abgefunden. Und sie fördert ja tatsächlich jedes Mal wieder interessante Dinge zutage. Er blättert durch den Aktenordner. Lieferscheine, Bestellungen, Abrechnungen.

»Was könnte das sein?«, fragt Josef. »Handel mit Sicherheitstechnik? Von *SiS*? Die hier zumindest nicht namentlich in Erscheinung treten.«

»Vielleicht verschleiern die das, weil es um Waren und Technik geht, für die Handelsverbote mit bestimmten Ländern bestehen – Lieferungen nach Teheran und so?«

»Bestimmt nicht so direkt. Aber über irgendwelche Zwischenhändler. Hier sind Adressen in England und Zypern.«

»Warum lässt Wimmer ausgerechnet Roider den Job erledigen, wenn wir schon in Roiders Leben herumstochern?«

»Die kennen sich schon von der Schule«, sagt Josef.

»Echt?«

»Ich hab's recherchiert. Gymnasium Puchheim. Roider hat hinterher eine Lehre gemacht, ist dann Polizist geworden. Wimmer hat Informatik studiert und ist dann groß bei *SiS* eingestiegen.«

»Na, da hat es Wimmer ein bisschen weiter gebracht.«

»Und schließlich seinen alten Schulfreund angestellt, als der aus der Polizei ausgeschieden ist.«

»Klar, für ihn arbeiten eine Reihe Expolizisten.«

»Wie ist der Wimmer so als Typ? Außer smart?«

»Naja, ich glaub schon, ein knallharter Geschäftsmann.«

»Muss ja kein Widerspruch sein. Wie bei Politikern.«

»Außen hui, innen pfui?«

»So ungefähr. Die Kollegen müssen sich die Akte hier ansehen. Ich hab übrigens gleich Lisa Furtler hier. Ich hab sie nochmal vorgeladen. Offiziell nur ein Gespräch, kein Verhör.«

»Sprichst du die Hunderttausend an?«

»Ja, ich riskier's.«

»Gut. Waren auf dem Umschlag Fingerabdrücke von ihr?«

»Leider nein. Nur die von Paul und Roider. Die von Roider haben wir noch aus seiner aktiven Zeit als Polizist.« Er sieht auf die Uhr. »Kannst du die Akte bitte den Kollegen bringen? Ich hab noch ein wichtiges Telefonat.«

Andrea ärgert sich kurz. Ist sie hier der Laufbursche? Quatsch, Josef hat sie nur um einen Gefallen gebeten. Er engagiert sich sehr für Pauls Fall. Sie macht sich auf den Weg.

Im Treppenhaus trifft sie Tom. Er hat Neuigkeiten aus der Rechtsmedizin. »Ich hab gerade Dr. Sommer getroffen. Die Rechtsmedizin hat bereits die Krankenakte von Roiders Frau.«

»Das war kein Problem? So von wegen Arztgeheimnis?«

»Wenn der Patient tot ist und Verdacht auf eine Straftat besteht, dann geht das offenbar.«

»Und was sagt Dr. Sommer?«

»Frau Roider hatte Krebs. Mit Mitte zwanzig schon. Brustkrebs. Erfolgreich behandelt. Kein Rückfall.«

»Aber?«

»Sie hatte eine schwere Psychose. Langzeittherapie, erfolglos. Sprach immer wieder Suiziddrohungen aus. Steht in den Unterlagen.«

»Na, das passt doch«, meint Andrea.

»Und auch wieder nicht. Sie hatte einen schweren Unfall. Ist mit dem Auto gegen einen Baum geknallt.«

»Vorsatz?«

»Kann sein. Jedenfalls war sie schwer verletzt. Stark gehbehindert, ein Fall für den Rollstuhl.«

»Warum steht davon nichts in der Vermisstenanzeige?«

»Weil Roider es offenbar geheim gehalten hat. Sie ist in der Wohnung vor sich hinvegetiert. Bis er ihr den letzten Wunsch erfüllt hat. Also, das wäre jetzt meine Theorie.«

»Aber warum hat sie es nicht einfach mit Tabletten gemacht?«

»Vielleicht weil Tabletten schuld waren an ihrem desolaten psychischen Zustand und sie das nicht wollte. Ich weiß es nicht. Jedenfalls kann sie mit ihren kaputten Beinen kaum allein auf den Speicher gestiegen sein. Er muss sie mehr oder weniger hochgeschleppt haben.«

»Ist das jetzt Sterbehilfe oder ein Fall für die Mordkommission?«
»Jedenfalls muss ihr jemand geholfen haben. Und das kann eigentlich nur er gewesen sein. Vielleicht auch gegen ihren Willen, er hat sie betäubt oder so. Weil er sie nicht mehr ertragen hat. Aber das wirst du heute nicht mehr rauskriegen.«
»Das macht doch keinen Sinn. Außer Roider ist ein Komplett-Psycho. Er weiß genau, wo sie ist, veranstaltet aber ein Riesenbohei, damit sie gefunden wird. Und verfugt die Luke, damit sie niemand wegen ihres Gestanks aufspürt. Das ist doch echt krank. Und überhaupt – dieses anormale Interesse am Spionieren.«
»Was ihn zum perfekten Handlanger für Thomas Wimmer macht.«
Sie nickt nachdenklich. Denkt an Wimmer. Der lässt wirklich nichts anbrennen. Er muss Roider gestern ja spontan angerufen haben, denn eigentlich war der Abend für sie reserviert gewesen. Jetzt fällt ihr ein, dass Josef Lisa Furtler im Haus hat. Das will sie sich anschauen.
Sie drückt Tom die Akte in die Hand. »Gibst du das bitte den Kollegen von der Wirtschaftskriminalität? Ich hab jetzt einen wichtigen Termin. Das wär total nett. Josef hat ihnen schon Bescheid gesagt. Ah, ja, noch was …«
»Ja?« Tom sieht sie erwartungsvoll an.
»Du machst dich wirklich gut als Ermittler. Kannst glatt bei uns anfangen. Überleg's dir!«
»Nein danke. Zu viel Theorie. Ich mag's gern konkret.«
Sie lacht. Er wird rot.
Dann stürmt sie die Treppe runter. Ihre langen schwarzen Haare fliegen.
›Wie ein Mädchen im Spiel‹, denkt er.

Symmetrie

Josef ist noch beim Aufwärmen: »Paul Mangfall ist wieder hinter Gittern.«
»Wie, er ist ausgebrochen?«

»Ja, so was passiert.«

»Warum unterrichtet mich niemand?«

»Wir wollten Sie nicht beunruhigen. Er sieht sich ja als Opfer. Und da liegt es nahe …«

»Dass er mich besucht?«

»Wir haben Ihr Haus überwacht, waren stets in Ihrer Nähe.«

Sie sagt nichts.

Josef lächelt. »Aber jetzt ist er ja wieder hinter Schloss und Riegel. Wir hatten Sie die ganze Zeit im Blick.«

»Da bin ich ja beruhigt«, sagt sie schnippisch.

»Kennen Sie Herrn Roider?«

»Nein, wer soll das sein?«

»Detektivbüro *VISIO*. Klingelt da was?«

»Nein, klären Sie mich auf.«

Josef schiebt ihr den braunen Umschlag mit dem Geld hin. Der Umschlag steckt in einem Asservatenbeutel.

»Was ist das?«

»Das sind hunderttausend Euro. Zweihundert Scheine zu fünfhundert Euro. Ein Haufen Geld für einen kleinen, braunen Umschlag.«

»Aha.«

»Das ist Ihr Geld.«

»Wer sagt das? Dieser Herr Roider?«

»Man hat Sie zusammen gesehen.«

»Aha. Wann? Wo?«

»Letzten Mittwoch, circa 21.30 Uhr. Beim Lidl in Haimhausen.«

»Und was hab ich da gemacht?«

»Sie haben sich mit Roider getroffen. Auf dem Supermarktparkplatz. Es gibt Augenzeugen.«

»Hören Sie, was ist das für Geld? Und wer ist Ihr Augenzeuge?«

»Kollegen haben Sie gesehen.«

»Haben Sie mich da auch schon überwacht?«

»Nicht Sie. Aber Herrn Roider. In einer ganz anderen Sache. Reiner Zufall. Also nochmal. Kennen Sie ihn?«

»Nein. Auf dem Lidl-Parkplatz sagen Sie? Ja, da hab ich die letzten Tage mal gehalten, nachdem ich am Abend noch eine Runde gefahren bin. Ich hab da eine geraucht und dann kam dieser Typ.«

»Was für ein Typ?«

»Ich kenn ihn nicht. Mitte vierzig. Ein bisschen ungepflegt.«

»Was wollte er?«

»Nichts, er sprach mich an. War redselig. Hat erzählt, dass er einsam ist und dort manchmal eine raucht. Er mag das Muster auf dem Parkplatz.«

»Welches Muster?«

»Die Markierungen der Parkplätze auf dem Asphalt. Sieht man erst, wenn keiner darauf parkt.«

»Aha.«

»Sonderbarer Typ. ›Ich mag die Symmetrie‹, meinte er.«

Josef atmet tief durch. Die Frau ist nicht zu greifen. Wenn wenigstens ihre Fingerabdrücke auf dem Umschlag wären. Trägt wohl Lederhandschuhe beim Autofahren? Jedenfalls sind nur die Abdrücke von Roider und Paul drauf. Wie sollen sie weitermachen mit dem Geld? Wenn sie Roider damit konfrontieren, dann wird er sich natürlich fragen, wie sie an den Umschlag gekommen sind. Blöde Situation. Später. Jetzt geht es um Lisa Furtler.

Josef entschließt sich für die Flucht nach vorn: »Passen Sie auf, Frau Furtler, ich will nicht lang drumrum reden. Roider ist Detektiv. Er wurde von Ihrem Mann engagiert. Er sollte Sie beschatten. Ihr Mann traute Ihnen nicht, er wollte sich scheiden lassen. Und da kamen ihm Belege für Ihre Untreue sehr gelegen. Sie bringen von einem Musikfestival einen jungen Mann mit nach Hause. Roider kriegt das mit und informiert Ihren Mann, der gar nicht auf Geschäftsreise ist und der jetzt sofort nach Hause fährt. Dort passiert dann das, was zum Tod Ihres Mannes führt. Allerdings ist nicht Ihr betrunkener Liebhaber der Täter, sondern Sie sind es. Nicht vorsätzlich. Im Affekt. Jetzt haben Sie ein Problem – nicht nur strafrechtlich. Denn mit dem Vermögen Ihres Mannes ist es damit Essig. Schlechte Ausgangslage für Sie. Nun kommt Ihre Zufallsbekanntschaft ins Spiel. Der schnarcht oben im Bett und hat nix mitgekriegt. Er ist das perfekte Opfer. Oder der perfekte Täter. Mit Filmriss, ohne Erinnerung am nächsten Tag. Aber die Geschichte hat einen entscheidenden Haken. Sie wussten nicht, dass Ihr Mann einen Detektiv angeheuert hat. Der von draußen alles beobachtet und filmt. Und der Sie jetzt mit dem Video erpresst.«

»Das ist blanker Unsinn! Wo ist das Video, wo ist die Aussage des Detektivs? Hören Sie, ich kann doch nichts dafür, dass Paul offenbar ein Psycho ist, leicht reizbar und ein Problem mit Alkohol und Drogen hat. Sie glauben doch nicht im Ernst, dass ihn ein Staatsanwalt ins Gefängnis steckt, wenn massive Zweifel an seiner Schuld bestehen. Das ist doch lächerlich!«

»Es gibt Augen- und Ohrenzeugen für Ihr Treffen mit Roider am Supermarktparkplatz. Da war auch die Rede von einhunderttausend Euro.«

»So ein Quatsch! Dieser Mann auf dem Parkplatz hat andauernd übers Rauchen gesprochen. Dass er bestimmt schon hunderttausend Euro durch den Kamin geblasen hat.«

Josef muss unwillkürlich grinsen. »Die Geschichte kauft Ihnen keiner ab.«

»Das muss ich mir nicht bieten lassen.« Sie steht auf.

»Entschuldigung. So habe ich das nicht gemeint.«

»Hören Sie auf, mich zu verdächtigen! Ich bin sicher nicht die perfekte Ehefrau, aber ich habe meinen Mann geliebt. Und nicht umgebracht! Ich sag Ihnen, warum sie mir das in die Schuhe schieben wollen: Weil der besoffene und bekiffte Paul der Bruder einer Polizistin ist. Die wahrscheinlich hier im Präsidium, vielleicht sogar in Ihrer Abteilung arbeitet. Steht nämlich in der Zeitung, in dem Schmierblatt, in dem auch unser Haus zu sehen ist. Und wissen Sie, was das bedeutet?«

Josef sieht sie blöd an. »Nein, was?«

»Dass Sie befangen sind. Der Bruder einer Kollegin … Wo immer Sie den Umschlag mit dem Geld herhaben, Sie wollen mir da was anhängen. Vergessen Sie's. Das nächste Mal sprechen wir uns in Anwesenheit meines Anwalts.«
Grußlos rauscht sie raus.
»Boh«, stöhnt Josef.
Andrea starrt auf den Monitor ohne wirklich hinzusehen. Gegen diese Frau haben sie keine Chance. Die gibt sich keine Blöße. Die ist ein Eisschrank. Wir konnte Paul mit der mitgehen?

Kleinkram

Thomas Wimmer sitzt in seinem Büro und ist schlecht gelaunt. Der Grund dafür steht ihm gegenüber: Vinzenz Roider. Der hat ihm gerade erzählt, dass er gestern das Gefühl hatte, verfolgt zu werden. Und in dem Kontext hat er auch berichtet, dass bei ihm eingebrochen wurde.
Gefällt Wimmer gar nicht. »Sind die Akten wirklich weg?«, fragt er.
»Müllverbrennung Unterföhring.«
»Verlässlich?«
»Absolut. Ich bin direkt daneben gestanden, als die Ordner in Flammen aufgingen. Die sind weg. Unwiederbringlich.«
»Gut so. Und der Einbruch bei dir? Was wurde gestohlen?«
»Nur Kleinkram.«
»Kleinkram? Ich seh dir doch an, dass das nicht stimmt. Also?«
Roider zögert noch, dann sagt er es: »Ein Umschlag mit Geld ist verschwunden.«
»Wie viel?«
»Hundert.«
»Hundert Euro?«
»Hunderttausend.«
»Hunderttausend?! Bist du wahnsinnig? Was machst du mit hunderttausend Euro? Wo kommen die her?«
»Es hat nichts mit *SiS* zu tun.«

»Ich glaub, ich spinn. Da machst du immer einen auf Hungerleider und plötzlich verschwinden bei dir mal schnell hunderttausend Euro! Die bei dir zu Hause einfach so rumliegen! Was ist das für Geld?«
»Schweigegeld. Ich hab was gesehen, was ich nicht hätte sehen sollen. Ich hatte einen Auftrag. Privat. Beschattung einer untreuen Ehefrau, es geht …« – »Stopp! Wenn es nichts mit der Firma zu tun hat, belastet mich jede Information. Es hat nichts mit *SiS* zu tun?«
Roider schüttelt den Kopf. »Nein, nichts.«
»Weiß die Polizei von dem Einbruch?«
»Natürlich nicht.«
»Dann halt den Ball flach.«
»Und die Kohle?«
»Vergiss das Geld. Der Einbrecher hat das große Los gezogen. Er kommt damit davon. Wenn er das Maul hält. Du machst gar nichts. Alles klar?«
»Da ist noch was.«
»Was denn noch?«
»Sie haben meine Frau gefunden. Der Einbrecher kam über den Dachstuhl und den Balkon. Und oben im Speicher war meine Frau. Sie hat sich erhängt.«
»Wie? Der Einbrecher hat dann die Polizei gerufen?«
»Nein, er hat die Luke zum Dachboden geöffnet. Und am nächsten Tag stank das ganze Treppenhaus.«
Wimmer lacht los.
Roider sieht ihn wütend an. »Das ist nicht komisch!«
»Entschuldige, so mein ich das nicht. Das tut mir leid mit deiner Frau. Aber das ist doch grotesk – die hängt da seit Jahren oben und du suchst nach ihr und merkst das nicht. Wahnsinn!«
»Ich hatte keine Ahnung, wo sie sein könnte.«
Wimmer mustert ihn und nickt. »Naja, jetzt hast du wenigstens Gewissheit. Du, mach dich in der Firma ein bisschen rar. Bau Überstunden ab, mach ein, zwei Wochen Pause. Du weißt ja,

unser Geschäft ist Diskretion. Da passt es mir nicht, wenn bei dir die Polizei rumschnüffelt. Und wenn ich irgendwas für dich tun kann, sag Bescheid. Brauchst du Hilfe oder Geld? Wegen der Beerdigung?«

»Danke, das krieg ich allein hin.« Roider verlässt das Büro. Wimmer sieht ihm hinterher und schüttelt den Kopf.

Vulkan

Andrea hat Tom zum Abendessen eingeladen. Eine Pizzeria an der Ecke Fraunhoferstraße und Blumenstraße. Bandplakate an der Wand, aus den Boxen Indierock. Pizzen wie der Wein – ganz okay. Nicht mehr, nicht weniger. Gute Stimmung. Unkompliziert.

Sie hat Tom gerade von Josefs missglücktem Verhör von Lisa Furtler erzählt.

»Ja, die ist echt abgebrüht«, pflichtet Tom ihr bei.

»Die hat nicht mal gezuckt, als Josef ihr den Umschlag über den Tisch geschoben hat.«

»Und jetzt?«

»Josef sagt: Finger weg von ihr, die kriegen wir so nicht. Wir warten die Auswertungen der Akten ab, die wir Roider abgenommen haben. Wenn da was Belastendes für ihn oder seinen Arbeitgeber drin ist, dann können wir Roider vielleicht unter Druck setzen. Vielleicht knacken wir ihn und er erzählt uns doch noch was über seinen Auftrag für Lisa Furtlers Ehemann. Und was er gesehen hat in dieser Nacht. Sag mal, Tom, glaubst du Paul eigentlich?«

»Wie kommst du jetzt da drauf?«

»Ich will es wissen. Glaubst du ihm – also, dass er es nicht war?«

»Hm, wie soll man Paul glauben, wenn er sich an nichts erinnert?«

»Du weißt, was ich meine.«

»Ich glaub nicht, dass er jemanden umgebracht hat. Auch besoffen nicht. Aber langsam brauchen wir stichhaltige Argumente, eine Aussage, die ihn entlastet, sonst sieht es nicht gut für ihn aus. Eigentlich ein Riesenglück, dass Roider die Furtler observiert hat. Sonst hätten wir gar nichts.«

»Noch haben wir gar nichts. Leider.« Andrea seufzt.

»Wie geht die Geschichte mit Roiders Frau weiter?«

»Ich weiß es nicht. Da kann auch der beste Rechtsmediziner nichts mehr groß feststellen. Also, was die genaue Todesursache angeht.«

»Sehr unwahrscheinlich, dass sie mit ihrer Behinderung allein die schmale Leiter auf den Dachboden hochklettert, ein Seil um den Balken legt und so weiter. Und dann die Sache mit der versiegelten Luke. Ist Beihilfe zum Suizid eigentlich strafbar?«

»In Bayern nicht. Aber das wird er kaum wissen. Wenn wir ihn uns nochmal krallen, dann bin ich gespannt, wie er auf Fragen zu seiner Frau reagiert. Vielleicht lässt er ja mal was raus. Ich glaub, der ist ein Vulkan. Nach außen ruhig, so der Kontrolltyp, innen ein emotionales Chaos.«

»Wie ich«, murmelt Tom.

»Hä?«

»Kleiner Scherz.«

»Manchmal mag ich deine Scherze nicht.«

»Ich auch nicht.« Tom misslingt das Grinsen. »Was ist jetzt mit den hunderttausend Euro?«

»Roiders Fingerabdrücke sind auf dem Umschlag.«

»Ich weiß. Was hat Josef vor?«

»Ich weiß es nicht. Wahrscheinlich steigt er jetzt erst mal auf die Bremse wegen der Pleite mit der Furtler. Was soll er ihm denn sagen, wo wir den Umschlag herhaben?«

»Naja, das war ja bei der Furtler auch kein Thema?«

»Aber die hat zumindest konkret etwas mit einer Mordermittlung zu tun, also mit Totschlag zumindest.«

»Und der Roider nicht? Wenn jemand einen Mord oder Totschlag beobachtet, dann muss er das von Rechts wegen anzeigen. Ich hab es doch auf dem Parkplatz mit eigenen Ohren gehört?

Naja, obwohl, explizit haben sie nicht darüber gesprochen. Es ging eigentlich nur um Geld.«

»Du hättest die Version von der Furtler hören sollen. Die sie Josef über das Parkplatztreffen aufgetischt hat. Und vermutlich hat sie jetzt schon Roider gebrieft. Wir brauchen endlich etwas Konkretes, etwas, das Paul entlastet.«

»Gibt's irgendwas Neues von Martin Meierlink. Irgendein Hinweis auf sein Auto?«

»Nicht wirklich. Ich war vorhin nochmal bei ihm draußen. Es war irgendwie komisch. Der Typ war voll drauf.«

»In diesen Kliniken pumpen die Ärzte die Patienten garantiert mit Tabletten voll, damit sie schön sediert sind.«

»Nein, im Gegenteil, der war voll aufgedreht. Als ob er sich Speed oder irgendwas reingepfiffen hat.«

»Naja, er wird seine Quellen haben.«

»Ich hab den Kilometerstand von seinem Auto gecheckt. Das ist bewegt worden. Nur ein paar Kilometer. Vielleicht hat er seinen Dealer gleich da draußen.«

»Mit der Therapie ist es ihm also nicht besonders ernst.«

»Sieht ganz so aus. Und er gondelt da draußen munter mit seinem Wagen rum. Aber wenn wir keinen Zeugen oder Beleg haben, dass er in der *Mühle* war, kommen wir da leider nicht weiter.«

Tom nickt nachdenklich. »Und Paul? Wie geht es ihm in Stadelheim?«

»Im Moment eigentlich ganz gut. Er hat sich mit dem Gefängnispfarrer angefreundet.«

»Wird er religiös?«

»Eher eine musikalische Beziehung. Er singt im Kirchenchor.«

»Kann ich mir gar nicht vorstellen. Aber warum nicht. Ich hab mal im Posaunenchor gespielt.«

»Du und Humtata?«

»Eher Andachtsjodler.«

»Das kann ich mir jetzt nicht vorstellen.«

»Tja. So hat jeder seine Geheimnisse.« Er hebt sein Weinglas.

Gerede

Dienstbesprechung am nächsten Tag. Zehn Uhr. Mit den Kollegen von der Wirtschaftskriminalität. Sie berichten von der frühmorgendlichen Razzia bei *SiS*. Der Staatsanwalt hatte aufgrund der Aktenlage einen Durchsuchungsbeschluss unterzeichnet. Soweit transportabel haben sie alle Computer mitgenommen. Die stationären Server werden gerade vor Ort ausgelesen.
»Gibt es schon Resultate?«, fragt Josef.
Kriminalrat Miller schüttelt den Kopf »Bislang nichts, was tatsächlich illegal ist. *SiS* exportiert auch sicherheitsrelevante Güter und EDV-Programme. Und bietet Online-Sicherheitsdienstleistungen für sensible Industriebereiche wie Kraftwerke an, aber vornehmlich in der EU und für Nato-Partner. Dagegen ist nichts zu sagen. Bislang haben wir keine Hinweise auf eine Umgehung von Exportverboten. Ob einzelne Handelspartner nur Zwischenhändler sind, steht allerdings auf einem anderen Blatt.«
»Und Wimmer selbst, was sagt er?«
»Der ist ganz cool. Hat uns volle Kooperation zugesichert.«
Josef schnauft auf. »Der fühlt sich wahnsinnig sicher. Weiß er von dem Aktenordner?«
»Noch nicht. Wir werden ihn in der Vernehmung damit konfrontieren. Da sind ein paar durchaus fragwürdige Geschäftsvorgänge drinnen. Allerdings hat die Sache einen Haken, einen entscheidenden – die Unterlagen sind mehr als zehn Jahre alt.«
»Das heißt: selbst wenn sich darin Straftaten nachweisen lassen, dann sind sie verjährt?«
»Genau das.«
»Tja, blöder kann es nicht laufen.«
»Vielleicht reicht es trotzdem, um ihn unter Druck zu setzen. Und es könnten ja Handelsbeziehungen sein, die immer noch bestehen. Manchmal sind die Leute nicht so cool, wie sie sich geben. Warum will Wimmer seine alten Akten plötzlich vernichten? Es gibt da vermutlich Verbindungen und Strukturen,

die bis heute interessant sind. Und Ausgangspunkt für weiterführende Ermittlungen sein können. Er hat ein großes Interesse daran, dass seine Firma nicht ins Gerede kommt. Sonst kann er dichtmachen. Er ist um elf Uhr im Präsidium.«

Zeitdokument

Josef ist Beisitzer im Verhör des Kollegen Miller mit Thomas Wimmer. Und der bleibt die Ruhe selbst, als sie ihn mit dem Aktenordner konfrontieren.

Wimmer blättert durch die Papiere und meint dann: »Wo immer Sie das herhaben, das ist sehr interessant. Als Zeitdokument. Ich weiß ja nicht, wie damals die Rechtslage war, aber heute wäre es schwierig, teils sogar verboten, solche Waren zu exportieren.«

Miller sieht ihn erwartungsvoll an.

Wimmer lächelt. »Ich war damals nur Juniorpartner und hatte nicht in alle Geschäfte Einblick. Gegen solche Deals hätte ich mich definitiv ausgesprochen. Nachtsichtgeräte für Libyen. Schwierig, kann man nicht einfach so machen. Aber das ist ein Zeitdokument und strafrechtlich heute ohne Relevanz. Falls da was Illegales dabei ist, ist das verjährt. Wenn das hier Originaldokumente sind, dann frag ich mich schon: Woher haben Sie den Ordner?«

»Einer Ihrer Mitarbeiter hat die Unterlagen aus einem Außenlager geholt und dabei ist ihm offenbar dieser Aktenordner runtergefallen. Meine Kollegen haben ihn auf der Straße gefunden.«

»Kann es sein, dass das nicht besonders glaubwürdig klingt? Von welchem meiner Mitarbeiter sprechen Sie?«

Jetzt ergreift Josef das Wort. »Vinzenz Roider. Der arbeitet doch bei *SiS*?«

»Schon wieder Roider. Das ist nicht gut. Zu viel Wirbel um einen einzelnen Mitarbeiter.«

»Wie meinen Sie das?«

»Eine Kollegin von Ihnen war schon bei mir. Und Roider hat mir das von seiner Frau erzählt. Dass die Polizei sie bei ihm im

Haus auf dem Dachboden gefunden hat. Sehr tragisch. Zu viel Gerede um eine Person ist nicht gut, wenn man in einer Firma arbeitet, deren Kapital vor allem Diskretion ist.«

»Wo sind denn die anderen Akten?«, fragt Miller, für den das Verhör gerade inhaltlich in die falsche Richtung geht.

»Wenn die Aufbewahrungsfrist verstrichen ist, entsorgen wir die alten Unterlagen. Kostet bloß Platz und Geld. Und ich schau natürlich in den alten Krempel in den Außenarchiven nicht mehr rein. Alle Akten, die jünger sind als zehn Jahre, befinden sich in der Firma. Die werden Ihre Kollegen ja sicher prüfen. Und sie werden schnell sehen, dass alles in Ordnung ist. Für mich ist jetzt vor allem eins wichtig: Wann sind meine Computer wieder einsatzbereit? Ohne digitale Infrastruktur können wir nicht arbeiten. Dieser Ausfall kostet uns ein Vermögen.«

»Morgen haben Sie Ihre PCs wieder, wenn kein belastendes Material gefunden wird.«

»Morgen … Nun ja … Eine Frage habe ich noch …« Er wendet sich an Josef. »Arbeiten Sie auch bei der Wirtschaft? Weil Sie nach Roider fragen?«

Josef lächelt. »Nein. Ich bin bei der Mordkommission.«

»Ah, wie Ihre Kollegin. Welche Probleme hat Herr Roider denn mit der Polizei?«

»Herr Roider ist Teil einer Ermittlung, die nichts mit diesen Akten zu tun hat.«

»Ah, und bei der Überwachung seiner Person sind Sie dann rein zufällig auf diese Unterlagen gestoßen?«

Josef lächelt unverbindlich. »Wir stellen hier die Fragen.«

»Vielen Dank für Ihre Auskünfte«, sagt jetzt Miller zu Wimmer. »Sie können gehen.«

Wimmer steht auf, sieht von einem zum andern. »So bereitwillig ich die Arbeit der Polizei unterstütze, meine Rechtsabteilung wird sich bei Ihnen melden. Falls der Anfangsverdacht doch nicht stichhaltig ist, werden Schadensersatzansprüche auf Sie zukommen. Einen schönen Tag noch.«

»Na super«, stöhnt Miller und verlässt auch den Raum.
Zurück bleibt Josef. Ja, er ist von dem Ergebnis auch nicht begeistert. Dieser Wimmer lässt sich keinen Druck machen. Aber seinen alten Spezl Roider nimmt er bestimmt in die Mangel. Ob das bei Roider etwas in Bewegung setzt? Josef massiert sich die Schläfen. So richtig flutscht es momentan nicht. Dezernatsleiter Dr. Aschenberger sitzt ihm im Nacken wegen dem weiterhin ungeklärten Mord an dem Rocker. Und seine Zweifel an der Zeugenaussage von Lisa Furtler findet Aschenberger nicht gerade zielführend. Ihm wäre es wohl am liebsten, wenn Paul der Täter wäre. Dann wäre wenigstens ein Fall gelöst. Obwohl – wenn der Bruder einer Kripobeamtin ein Totschläger ist, sieht das auch nicht gut aus – siehe *Abendblatt*. Der Artikel hat Aschenberger gar nicht gefallen. Ganz zu schweigen von dem Artikel über Pauls Ausbruch aus Stadelheim. Und jetzt noch die Frauenleiche auf dem Speicher im Haus des dubiosen Detektivs. Der möglicherweise der einzige Augenzeuge ist, der Paul entlasten könnte. Sehr verworren das alles. ›Oh Mann, warum ist es manchmal so kompliziert?‹
Mit Vergnügen erinnert er sich an die geradezu rasant aufgeklärten Oktoberfestfälle. Da war Andrea in Hochform. Jetzt stochert sie mehr oder weniger befangen im Fall des gehörnten Ehemanns rum und zeigt in den Ermittlungen zu dem toten Rocker so gut wie gar kein Engagement. Josef sieht auf die Uhr und macht sich auf den Weg in die Kantine.

Prioritäten

Paul reißt theatralisch die Hände zum Rigipshimmel im Büro des Gefängnispfarrers. »Wie, Hubert kann nicht? Hat er jetzt Terminschwierigkeiten, der Vielbeschäftigte – im Knast?«
»Er ist bei Gericht«, klärt Hansi ihn auf.
»Ist denn schon Mittag?«
»Du Depp! Bei Gericht, wo der Richter ist und der Anwalt.«
»Was macht er da?«

Hansi schlägt sich mit der flachen Hand an die Stirn. »Paul, drück den An-Knopf in deinem Hirn. Es ist *seine* Verhandlung.«

»Pah, man muss Prioritäten setzen.«

Hansi lacht herzhaft: »Naja, vielleicht haben wir ja Pech und sie sprechen ihn frei, dann darfst du dir einen neuen Sopran suchen.«

»Gott bewahre.« Paul dreht sich zu den anderen, die auf der schwarzen Kunstledergarnitur im Pfarrersbüro lümmeln und in Zeitschriften und Tageszeitungen vertieft sind. »Hey, Leute, ihr müsst das schon ernst nehmen. Das machen wir nicht nur zum Zeitvertreib.«

»Ja, Baby, du bringst uns groß raus«, brummt der Bass.

»Hey, Schorsch, ich bin voll dran an der Marketingstrategie. Die *Barnhome Brothers*, das ist so was von genial – die bekehrten Sünder.«

»Ich denk, du bist unschuldig?«

»Das ist doch scheißegal. Das dürfen die draußen natürlich nicht wissen. Weißt du, Image ist alles – Credibility! Das Bild muss stimmig sein! Wir sitzen hier ein, also sind wir harte Jungs, Verbrecher, Knackis – *Swinging Knackis* ... Nein, das klingt chichi, so nach Burlesque und armen Würsteln – *Poisenous Prisoners.* Auch nicht schlecht ...«

Der Pfarrer tritt ein, strahlt. »Na, Jungs, alles klar? Wir starten mit *Swing Low* ...«

Baustelle

»Wie läuft's?«, fragt Andrea, als sie sich in der Kantine zu Josef setzt.

Er sieht von seinem Gulasch auf. »Geht so. Naja, nicht so besonders. Das mit Wimmer und den Akten war eine Vollpleite. Der ist so was von aalglatt. Seinen Anwalt will ich gar nicht erst kennenlernen.«

»Hat er dir das angedroht?«

»Den Kollegen.«

»Und die Akten sind nichts wert?«
»Die sind Gold wert. Theoretisch. Wenn es Akten mit ähnlichen Geschäftsvorgängen neueren Datums gibt. In unserem Fall sag ich nur: Verjährungsfrist. Aber kommt Zeit, kommt Rat. Wenn die Wirtschaftskollegen einen mal an der Angel haben, dann lassen sie ihn so schnell nicht los. Aber das ist nicht unsere Baustelle. Wir sind für Mord und Totschlag zuständig. Lisa Furtler war ja leider auch ein Flop. Dass die alle so abgekocht sind!«
»Ich glaub, Roider ist der Schlüssel zu der Geschichte. Der ist ein Psycho. Der hat sich nicht im Griff. Der wird Fehler machen.«
»Ja, hoffentlich. Langsam muss was passieren. Sonst irgendwas Neues?«
»Leider nein. Ich hab das mit Meierlink schleifen lassen, tut mir leid.«
»Passt schon, Andrea. Ich hab da eine Idee.«
»Ja?«
»Ich hab's noch nicht ganz zu Ende gedacht. Ich sag's dir, wenn's so weit ist.« Er widmet sich wieder seinem Gulasch.
Andrea stochert lustlos in ihrem Gemüsereis. Schiebt ihren Teller weg. »Ich bin fertig.«
Josef nickt. »Ich auch. Das ist ungenießbar.«
Josef steckt sich beim Gehen eins der Ketchup-Tütchen aus dem Gewürzständer in die Jackentasche. Andrea sieht ihn irritiert an. Sein Mund formt das schöne Wort »Leberkäs«.
»Seit wann kein Senf?«
»Öfter mal was Neues.«
»Komm, ich geb dir eine LKS aus.«
Andrea genießt ihre Semmel am Schreibtisch bei der Lektüre von Roiders Personalakte. Seine zehn Dienstjahre sind ohne Eintrag. Zeugnisse und Bewertungen stets gut, oberes Mittelfeld. Keine Auffälligkeiten. Guter Schütze. In den letzten Dienstjahren sehr viele Nachtschichten. Zu viele, findet sie.

Macht man das, wenn man verheiratet ist? Vielleicht war die Liebe doch nicht mehr so groß und er war froh, nicht zu Hause zu sein.

When all your dreams are in the future
When all your hopes are in the past

Future 3
MONIKA ROSCHER BIGBAND

Schwarzes Loch

Roider ist nervös, aufgelöst. Gerade hat Wimmer angerufen und ihn zusammengeschissen. Weil die Polizei einen der Ordner von der Aufräumaktion hat. Er hat keine Ahnung, woher. Hat ihn sein Gefühl doch nicht getäuscht. Er wurde beschattet. Was er allerdings erst auf dem Ring gemerkt hatte. Zu spät. Scheiße. Dass ihn Wimmer zusammenfaltet, geschieht ihm recht. Verdammt, er hat es nicht im Griff. Alles läuft schief. Kontrollverlust. Er sollte was anderes machen. Wenn er die 100.000 noch hätte, würde er das tun. Gutes Startkapital. Theoretisch. Er wird Lisa Furtler nochmal anzapfen. Er braucht Geld. Auch für die Bestattung seiner Frau. Seine geliebte Frau. Jahrelang hat er nach ihr gesucht. Und dabei waren sie sich die ganze Zeit so nah.

Er erinnert sich genau. An alles. Auch an die schlimmen letzten Jahre. Das zermürbende Gejammer, ihre Vorwürfe, die Mäkelei über das Essen, das Gemüse mal zu hart, mal zu weich. Wie oft hatte er sich gewünscht, dass sie einfach einschläft, nicht mehr aufwacht. Und dann noch ihre schwere Beinverletzung. Der fehlgeschlagene Suizid. Als ob es nicht schon schlimm genug war. Von da an kommandierte sie ihn aus dem Rollstuhl herum. Und er durfte mit niemandem über ihre Behinderung sprechen. Mit wem auch? Sie hatten schon lange keine Freunde mehr. Selbst seine Eltern hatten sich zurückgezogen. Er hatte nur noch einen Wunsch gehabt: endlich Ruhe. Und dann war sie plötzlich weg. Und all sein Hass auch. Aber keine Erleichterung. Im Gegenteil: er fühlte sich schuldig. Trotz allem, was in den letzten Jahren gewesen war. Als sie weg war, wünschte er sie sehnlichst herbei.

Er betrachtet das Porträtfoto seiner Frau an der Wohnzimmerwand. Die Augen so dunkel wie die Haare. So viel Schönheit. Anfangs war er so glücklich. Die wunderbare Hochzeitsreise nach Sizilien, die lange Autofahrt mit offenen Fenstern, die Fähre, das türkisfarbene Meer, die Palmen, die Orangen. Ein

Traum. Und sie – fröhlich, leicht, beschwingt. Sie hatten so viel Spaß. Damals. ›Wie sich ein Mensch verändern kann‹, denkt er jetzt. Die böse Frau, zu der sie nach und nach geworden war. Und er selbst?

Alles verschwimmt vor seinen Augen, in seiner Erinnerung. Die letzten Jahre sind ein schwarzes Loch. Er weiß bis heute nicht, was dunkler Tagtraum ist, was wirklich passiert ist. Denkt daran, wie er sich oft gefragt hat, ob er langsam verrückt wird, während er nach ihr sucht, sein ganzes Geld und seine ganze Zeit in die Nachforschungen steckt. Bis er sein Leben neu ordnet, bei der Polizei hinschmeißt, bei *SiS* anfängt. Wo er sein manisches Interesse an Observationen gewinnbringend einsetzen kann. Und dann die eigene Firma. Kleine, schmierige Jobs, aber einträglich. All die Stationen lässt er Revue passieren. Jetzt ist Sand ins Getriebe gekommen. Der Einbruch bei ihm, das Auftauchen seiner Frau auf dem Speicher, die Sache mit den Akten von *SiS*. Er flucht. Ausgerechnet, wenn alles so gut eingespielt ist. Er tippt nervös mit den Fingern auf die Couchtischplatte. Die Ticks kehren zurück. Er muss mit Dr. Bruchmüller sprechen.

Und er braucht Geld für einen Neustart. Er nimmt die Glock vom Tisch, wiegt sie in der Hand. Er nimmt sie nur zur Sicherheit mit. Er geht ins Arbeitszimmer, sucht das Nachtsichtgerät heraus, das Richtmikro. Es kann losgehen. Vorher noch ins Puff. Er muss ruhig sein, wenn er auf die Pirsch geht, leer, entspannt.

Braune Augen

Tom und Andrea warten vor Roiders Haus. Sie parken ein paar Autos hinter seinem Audi, der heute nicht im Hof steht, sondern gegenüber dem Hauseingang.

»Was hat er da im Rucksack?«, fragt Andrea, als Roider aus der Haustür tritt und zu seinem Auto geht.

»Wanderklamotten.«

»Sehr witzig.«

Tom startet den Wagen.

Sie fahren quer durch die Stadt. In den Norden.
»Den Weg kennen wir«, meint Tom. »Der geht wieder ins Puff.«
»Der Typ ist krank, ein ganz kaputter Heini. Wir hätten ihn längst mit dem Geld und den Kamerakarten konfrontieren sollen.«
»Und was hätten wir gesagt, woher die Sachen sind? Dein Bruder hat schon genug Probleme.«
Jetzt biegt Roider in den Parkplatz des Stundenhotels.
Tom fährt an den Straßenrand und stellt den Motor aus. »Wie lang wird der Spaß dauern?«
»Halbe Stunde. Höchstens.«
»Okay, wenn ich das Radio anmach?«
»Klar.«
Tom schaltet das Radio ein, sucht ein bisschen, bis er Musik findet, die okay ist. *Brown Eyed Girl* von Van Morrison. Er sieht Andrea an. Ihre braunen Augen. Sie blickt leicht genervt zurück. Tom grinst. »Hey, Zufall, echt.«
Sie warten. Länger als eine halbe Stunde.
Tom trommelt unruhig auf das Lenkrad. »Ich geh jetzt rüber und seh nach.«
»Du willst da reingehen?«
»Nur auf den Parkplatz.«
Er steigt aus und verschwindet hinter der Mauer.
Ist kurz darauf wieder da.
»Die haben hinten noch eine Ausfahrt!«
»Scheiße!«, sagt Andrea. »Und jetzt?«

Kontrolle

Roider fühlt sich großartig, als er wieder im Auto sitzt. Auch wenn er 200 Euro ärmer ist. Aber das war es wert. Er hat sich durchpeitschen lassen. Und anschließend mit Eimer und Lappen das Zimmer rausgewischt. Allein der Gedanke daran lässt ihm die Nackenhaare zu Berge stehen. Trotzdem: er ist der Chef. Weil er zahlt. *Hah!* Kontrolle. Auch über die dunklen Seiten, die Abgründe. So gut! Jetzt wird er Lisa Furtler besuchen,

das Finanzielle regeln. Er lässt die Seitenscheiben herunter, die kalte Nachtluft pfeift herein. Er braucht einen klaren Kopf, muss konzentriert arbeiten, den Job schnell und sicher erledigen.
Nur wenige Minuten später fährt er schon wieder vom Autobahnring ab. Neufahrn. Ottenburg. Auf der Burgstraße fährt er 40, im vierten Gang, fast geräuschlos wie ein Elektroauto.
Die Villa ist dunkel. Ist sie da? Er parkt auf einem Feldweg, zieht die schwarze Sturmhaube über, setzt die Nachtsichtbrille auf, aktiviert den Restlichtverstärker. Die Welt taucht in dunkles Orange. Seine Farbe. König der Nacht. Er schleicht im Schatten der Hecke zur Garage. Sieht in das kleine Fenster. Der Porsche ist da. Weiter zum Hauseingang. Seine Handschuhhände drücken gegen den Knauf der Haustür. Zu. Natürlich. Ums Haus. Terrassentür. Schiebt vorsichtig. Auch zu. Er holt aus der Seitentasche seiner Combat-Hose ein Flacheisen, schiebt es durch die Gummidichtung der Tür, bis er den Widerstand spürt. Kurze scharfe Bewegung. *Knack*. Er öffnet die Tür dreißig Zentimeter, schlüpft hinein. Schließt die Tür wieder. Der große Flachbildfernseher glimmt grellorange in seinem Nachtsichtgerät. Sie ist noch nicht lange im Bett.
Vom Wohnzimmer führt eine Treppe hoch. Lautlos steigt er Stufe für Stufe nach oben. Er beginnt links, öffnet die Tür. Kein Bett. Dann rechts. Drückt auf die Klinke. Er wird ihr nicht wehtun. Nur ein bisschen Angst einjagen. Und die halbe Million fordern. Diesmal keine Anzahlung. Alles. Klares Zahlungsziel: morgen. Das Wärmebild der Bettdecke. Sie schläft. Friedlich. Er greift nach der Decke, zieht sie beiseite. Nichts, das Bett ist …
Im selben Moment trifft ihn etwas Hartes am Kopf.

Vakuum

Andrea und Tom fahren in Richtung Innenstadt, überlegen, was zu tun ist. »Wo ist er hin?«, fragt Andrea. »Was würdest du tun?«
»Er steht unter Druck. Nach außen ist er ruhig, kalt und hart wie ein Stein – aber in ihm drin gärt es, er sieht seine Felle davon-

schwimmen. Ihr habt ihn zu Karl Furtlers Auftrag befragt, Wimmer hat ihm bestimmt Bescheid gestoßen wegen der verschwundenen Akte, bei ihm wurde eingebrochen. Die hunderttausend Euro sind weg, dazu diverse Videos, mit denen er vielleicht Leute erpresst, die Totenruhe seiner Frau ist gestört. Das ist viel Holz. Welche Baustelle soll er zuerst dichtmachen? Was würdest du zuerst erledigen?«

»Die Kohle. Er hat erst Hunderttausend bekommen. Und die sind weg. Jetzt will er den Rest. Wir fahren zu Lisa Furtler.«

»Geht er das Risiko ein? Das letzte Mal haben sie sich auf neutralem Boden getroffen.«

»Da hat bestimmt sie das Treffen vereinbart. Vielleicht glaubt er ja, dass sie selbst sich die Hunderttausend zurückgeholt hat.«

Tom nickt. »Wir fahren zu ihr.«

Er biegt ab in Richtung Autobahnring. Im Radio läuft die ARD-Infonacht. Bayern hat bereits an die Sachsen übergeben. Also ist es schon nach Mitternacht. Der Verkehrsfunk meldet keinerlei Probleme auf den Straßen und die Nachrichtensprecherin sagt für die nächsten Tage über 20 Grad und Sonnenschein voraus.

›Könnte ich ja am Wochenende mit Andrea in die Berge fahren‹, denkt Tom. ›So goldener Oktober.‹ Er wird sich hüten, Andrea ein derartiges Angebot zu machen. Große Erwartungen in diese Richtung führen automatisch zu Enttäuschungen. So schlau ist er schon. Er muss gähnen.

Andrea dreht die Nachrichten weg, drückt auf den Suchlauf. Findet nur schlimme Musik. Toto, Dire Straits, Bon Jovi. Sie flucht und macht das Radio aus.

»Sind gleich da«, sagt Tom, als sie durch Ottenburg fahren.

Jetzt kommt die Villa in Sichtweite, kein Licht.

»Meinst du, sie ist da?«, fragt Andrea.

»Keine Ahnung.«

»Roiders Auto steht auch nicht an der Straße.«

»Vielleicht liegen wir doch falsch?«

»Oder er hat noch anderswo zu tun?«

Sie halten in fünfzig Meter Entfernung. Guter Blick aufs Haus.
»Eine Stunde«, sagt Tom.
»Wenn er nicht kommt, fahren wir wieder. Ich red mit Josef. Wir bestellen Roider rein, konfrontieren ihn endlich mit Pauls Beute.«
»Hoffentlich ist das dann erfolgreicher als bei Lisa Furtler.«
Sie schweigen und starren in die Nacht. Andrea nickt immer wieder weg. Schließlich schläft sie ein. Tom betrachtet ihr Gesicht im schwachen Laternenlicht. Zart und weich. Gerne würde er sie jetzt küssen. Macht er natürlich nicht.
Da ist etwas zwischen ihnen. Keine Mauer, keine Wand, eher ein Defizit, ein Vakuum. Irgendwas fehlt, sie hat nicht die gleichen Gefühle für ihn wie er für sie. Auch wenn sie sich in den letzten Tagen sehr nah gekommen sind, es bleibt kompliziert. Vielleicht passen sie einfach nicht zusammen? Wobei er immer wieder Anzeichen bei ihr wahrnimmt, dass sie doch etwas für ihn empfindet. Dann aber auch wieder das genaue Gegenteil. Lange hält er das Hin und Her nicht aus. Er mag klare Verhältnisse. Dafür reicht es im Moment nicht. Bewundert er sie also aus der Distanz. Aus kurzer Distanz.

Lauer

Andrea wacht auf, als Tom aus dem Auto steigt. »Wo willst du hin?«
»Ich muss mal. Dann hauen wir ab. Hier passiert nix mehr.«
Inzwischen ist es richtig kalt geworden. Tom sieht seinen Atem. Und das sollen morgen 20 Grad werden? Leise rauscht die Autobahn. Er geht ein paar Meter und biegt in einen Feldweg ein, öffnet die Hose und lässt seinen Gefühlen freien Lauf. Pipidampf im Mondlicht. Jetzt sieht er das Auto. Weiß sofort, dass es der Audi ist. Sitzt jemand drin? Nein. Liegt Roider irgendwo da draußen auf der Lauer? In dieser Kälte? Von hier hat man einen freien Blick auf die Terrassentür des Hauses. Dort ist es nach wie vor dunkel. Tom geht zurück.

»Roider ist hier.«
»Wie, wo?« Andrea reibt sich die Augen.
»Sein Wagen steht da vorn auf dem Feldweg.«
»Ist er bei ihr drin?«
»Weiß nicht.«
»Wir gehen zum Auto.«
»Wieso?«
»Ich hab so eine Idee.«
Sie steigen aus und gehen zu dem Audi.
»Hast du einen Tennisball?«, fragt Andrea.
Tom sieht Andrea blöd an.
»Sieht man doch immer in den Filmen. So ein Ball mit Loch. Aufs Türschloss und draufhauen – *plopp* geht die Zentralverriegelung hoch.«
»Du solltest nicht so viele Filme schauen.«
»Dann machen wir das eben oldschool.« Andrea nimmt einen faustgroßen Stein und schlägt das Fahrerfenster ein. Kein Autoalarm.
»Du hättest wenigstens das kleine Fenster hinten nehmen können.«
»Ja klar, du Sparfuchs.« Andrea öffnet die Tür. Schaut ins Handschuhfach. »Nix.«
»Was suchst du denn?«
»Der hatte doch einen Rucksack. Vielleicht hat er so Spitzelzeugs dabei. Wir sollten mal in den Kofferraum schauen.«
»Und wie machst du den auf? Auch einschmeißen?«
»Mr. Superschlau, guckst du?« Sie drückt die Knöpfe auf der Lehne der Rückbank und klappt eine Hälfte nach vorne. Greift in die Öffnung und zieht den schwarzen Rucksack heraus. »Schau mal rein. Du bist der Techniker.«
Tom leuchtet mit dem Handy in den Rucksack. Pfeift. »Hey, das ist richtig gutes Zeug. Das gibt's vielleicht beim BND, die Polizei hat so was nicht.«
»Irgendwas dabei, was uns weiterhilft?«

»Das Richtmikro vielleicht.« Er nimmt eine kleine Parabolantenne heraus, steckt das Mikro ein und den Knopf ins Ohr. Fummelt an dem Gerät. »Hey, da hörst du das Gras wachsen.«
»Tom, du musst nicht schreien.«
»'Tschuldige. Los komm, gehen wir rüber.«
Sie schleichen zur Garage, schauen ins Fenster.
Der Porsche ist da.
»Vielleicht schläft sie einfach«, meint Tom.
»Und Roider?«
»Keine Ahnung.«
Sie nähern sich dem Haus im Schatten der hohen Hecke, zwängen sich hindurch, rechnen damit, dass jeden Moment Alarmanlage und Flutlicht angehen. Nichts passiert. Das Haus ist und bleibt dunkel. Andrea probiert die Terrassentür. Sie lässt sich öffnen.
»Hey, Tom! Er ist garantiert da rein. Los, komm!«
»Andrea, wir steigen nicht einfach in ein dunkles Haus.«
»Hast du Angst?«
»Ich bin doch nicht blöd. Wir checken erst mal die Lage.« Er richtet das Mikrofon auf den Türspalt.
»Und, hörst du was?«
Tom lauscht. Dreht sich um. Richtet das Mikro in den Garten.
»Da ist was.«
»Ein Tier?«
»Das müsste ein großes Tier sein. Hast du deine Waffe dabei?«
»Logo. Du auch?«
»Sehr witzig, ich bin bei der Kriminaltechnik.«
»Gut, dann beschütz ich dich.«
Jetzt hört Andrea ein leises Klicken. Mehrfach. Am anderen Ende des Gartens glänzt etwas metallisch im Mondlicht. Sie tippt Tom an und deutet zum entsprechenden Gebüsch. Dort ein Lichtreflex.
»Eine Waffe?«, flüstert er.
»Eher Teleobjektiv.«

»Ist Roider doch nicht drin. Was will er aufnehmen?«
»Er hat uns fotografiert.«
»Warum?«
»Keine Ahnung.«
»Was machen wir?«
»Du rechts, ich links.«
Sie tun so, als würden sie unverrichteter Dinge wieder abziehen und schleichen sich zu dem Gebüsch, in dem sich der Späher versteckt. Andrea ist jetzt bei ihm. Eine Armlänge noch. Sie schiebt ihm den Lauf ihrer Pistole ins Genick. »Buh!«
Der Angesprochene zuckt zusammen.
»Nicht bewegen! Hände hoch!«
»Was jetzt?«, kommt es genervt.
»Hände hoch!«
Die Hände gehen hoch.
»Haben Sie eine Waffe, Roider?«
»Ich ...«
»Das ist nicht Roider!«, sagt Tom.
Andrea zerrt den Späher aus dem Gebüsch, sieht sein Gesicht. »Ah, der nette Herr Behringer vom *Abendblatt*. Je später der Abend, desto schöner die Gäste. Ihr letzter Artikel über unsere Arbeit – ein Genuss. Wenn auch ein sehr zweifelhafter.«
»Wenn Sie uns keine Informationen geben, müssen wir selbst ermitteln.«
»Nein, ermitteln tun nur wir. Und Sie stören schon wieder unsere Ermittlungen. Kamera her!«
»Was?«
»Geben Sie mir die Kamera!«
»Niemals!«
»Und das Handy auch gleich noch.«
Der Reporter sieht Tom an. »Jetzt sagen Sie doch was! Ich bin von der Presse.«
Tom sagt nichts. Andrea hingegen schon: »Ich spreche jetzt einen offiziellen Platzverweis aus. Geben Sie die Sachen her. Sie

können sie morgen im Präsidium abholen. Her mit dem Zeug! Und ein bisschen schnell. Wir haben nicht die ganzen Nacht Zeit.«
Widerwillig folgt der Reporter Andreas Anweisungen.
»Und jetzt verschwinden Sie, aber ganz schnell!«
Der Reporter taucht im Gebüsch ab und läuft zur Straße.
»Hm, da kriegst du sicher noch Ärger«, meint Tom.
»Mir doch egal. So ein Depp!«

Minipli

Roiders Hand- und Fußgelenke schmerzen. Die Kabelbinder schneiden ins Fleisch und fixieren ihn an den Stuhl. Schreien zwecklos. Oder lautlos. Gewebeband auf seinem Mund.
Lisa Furtler macht sich an der Werkbank zu schaffen, prüft unterschiedliche Werkzeuge: Rohrzange, Kneifzange, wiegt einen Dachdeckerhammer in der Hand. Die Bohrmaschine entlockt ihr ein Glucksen. Sie lässt die Maschine hochheulen. Freut sich wie ein kleines Kind.
»Müssen wir nur noch die richtigen Bohrspitzen finden. Ich mag ja gerne die dicken. Holz oder Stein? Das ist hier die Frage. Kommt drauf an, oder? Kopf oder Herz.«
Jetzt entdeckt sie noch etwas und lacht glockenhell. Sie hat das Richtige gefunden: einen Lötkolben.
Sie steckt ihn an und wartet. Es riecht nach Lötzinn. Die Spitze des Kolbens glüht.
In Roiders Gesicht nackte Panik. Lisa lächelt und fährt sich durch die blonde Mähne, erwischt ein paar lose Haare und dreht ein Kügelchen daraus. Hält es mit spitzen Fingern an die glühende Spitze des Kolbens. Es britzelt, ein feiner grauer Rauchfaden steigt auf und kräuselt sich unter der niedrigen Kellerdecke. Der Geruch von verbranntem Horn sticht scharf durch die staubige Luft.
»Ah, köstlich. Früher als kleines Mädchen wollte ich immer Friseuse werden. Oder sagt man Friseurin? Ist ja egal. Jedenfalls

kann ich dir mit dem Ding bestimmt einen super Minipli machen. Was meinst du?«
Sie hält ihm das glühende Metall vors schweißgebadete Gesicht.
»Jetzt hast du Angst, oder? Du Böser. Steigst mitten in der Nacht in fremde Häuser ein. Und wenn man dir eins auf den Deckel gibt, fällst du gleich ins Koma, du Weichei. Aber jetzt bist du ja wach. Weißt du, ich hab dich kommen sehen. Eher Zufall, ich stand am Fenster. Aber langsam hab ich einen sechsten Sinn für so was. Ich hab die Alarmanlage ausgeschaltet. Wir wollen ja nicht, das Hinz und Kunz mitkriegen, dass wir beide uns hier treffen. Die Terrassentür reparierst du mir jedenfalls. Also, wenn du noch Gelegenheit dazu hast. Mal sehen. Aber schön, dass du da bist. Wir müssen reden.«
Sie drückt ihm den glühenden Lötkolben auf den bejeansten Oberschenkel. Er schreit lautlos in sein Klebeband.
»Nochmal?«
Er schüttelt heftig den Kopf.
»Soll ich das ausmachen?«
Er nickt. Heftig.
»Und wenn ich das Klebeband runtermach, heulst du nicht gleich los, ist das klar?«
Wieder nickt er.
Sie zieht den Stecker des Lötkolbens aus der Dose und legt ihn beiseite. Mit einem Ruck reißt sie ihm das Gewebeband vom Mund. Sein Mund geht auf, er presst die Lippen aufeinander, schluckt den Schmerzensschrei runter.
»Weißt du, mit meinem Mann, das war so eine Sache. Richtig glücklich waren wir ja nie. Klar, ein Mann in seiner Position braucht eine schöne Frau an seiner Seite. Was Solides, am Anfang zumindest. Und wenn er dann an der richtigen Stelle sitzt und er sieht, dass es noch jüngere Hasen gibt, dann nimmt er sich, was er braucht. Wie seine kleine Vorzimmerschlampe. Aber ich sag dir eins: Das funktioniert auch andersrum. Ich kann mir auch nehmen, was ich will. Wie den jungen Musiker.

Der hätte mir aus der Hand gefressen, der kleine Loverboy. Hätte jeder sein Vergnügen haben können. Dass mein Mann mit seiner lockeren Moral dann so emotional wird – suboptimal. Und weißt du auch, wer schuld ist an dieser ungünstigen Entwicklung?«

Roider sieht sie panisch an.

»Du. Weil du für Geld alles machst. Du hast uns beobachtet, den Toyboy und mich, du hast meinen Mann informiert und deswegen ist er überhaupt hier aufgetaucht. War es so?«

Roider nickt unmerklich.

»Und dann macht mein Mann so einen Aufstand! Uh, ich bin ja so was von überrascht! Scheißtheater! Droht mit Scheidung. Das war doch eh fix eingeplant. Er hat dir den Auftrag gegeben, Material für eine Scheidung zu sammeln. Und dann eskaliert die Geschichte und du, meine kleine Spürnase, versuchst am Ende noch deinen Schnitt zu machen. Hast gedacht, du hast das große Los gezogen, was? Du widerst mich an, du mieser kleiner Erpresser. Und jetzt hör mir gut zu: Ich hab dir hunderttausend Euro gegeben. Und ich hätte dir vielleicht sogar noch vierhunderttausend mehr gegeben, damit du die Klappe hältst. Aber mit Leuten wie dir macht das keinen Sinn – du hältst dich an keine Absprachen. Und du passt auch nicht auf dein Zeug auf. Die Polizei hat das Geld jetzt.«

»Die Polizei?«, fragt er mit brüchiger Stimme.

»Die Polizei. Und ich frag mich, wie so was passieren kann. Also?«

»Ich weiß es nicht. Ich ... Bei mir ist eingebrochen worden.«

»Eh klar. Bei dir, bei Mr. Security.«

»Doch, wirklich.«

»Und da nimmt einer hunderttausend Euro mit, die du offen am Couchtisch hast rumliegen lassen.«

»Hab ich nicht.«

»Ist auch egal. Die Geschichte stinkt jedenfalls. Der Einbrecher kriegt dann ein schlechtes Gewissen und bringt das Geld zur Polizei. Ich lach mich tot. Was hast du denn der Polizei erzählt?«

»Nichts. Sie haben mich nicht gefragt.«

»So? Aber weißt du was? Die Cops haben dich schon länger im Visier. Die haben uns nämlich gesehen. Auf dem Parkplatz vom Lidl. Wo mir auch noch irgendein Arsch ein Loch ins Cabriodach gemacht hat. Was ist das alles für eine Scheiße, sagst du mir das gefälligst mal?«

»Ich weiß es nicht.«

»Und jetzt kommst du tatsächlich bei mir an, um den Rest vom Geld einzufordern – wie bescheuert ist das denn? Du Opfer, mir reicht es, wir machen jetzt eine saubere Lösung!«

»Behalten Sie Ihr Geld, lassen Sie mich gehen und das war's dann. Wir vergessen das Ganze.«

»Wir vergessen nichts. So einfach ist das nicht. Aber ich bin ja kein Unmensch – ich hab sogar ein Angebot für dich: Leben gegen Video. Und wir sind quitt. Na, wie klingt das? War vorher besser, so verhandlungstechnisch, oder? Aber so ist das, wenn man sich verzockt. *Schwupps* – ist das Geld weg.«

Lisa überlegt. Dann lächelt sie. »Mir kommt gerade ein interessanter Gedanke. Bevor wir weiterverhandeln, möchte ich das Video erst einmal sehen. Du hast es doch bestimmt auf einem Server oder in der Cloud abgelegt, oder? Ich hol mal schnell mein iPad und dann sehen wir zwei ein bisschen fern. Das ist doch eine gute Idee, oder?«

»Der Film ist auf einer Kamerakarte.«

»Ja, klar, du Sicherheitsfanatiker.«

»Wirklich! Bei mir zu Hause.«

»Na super – und da wurde eingebrochen.«

»Die Karten sind im Safe.«

»Im Safe, logisch. Wo auch die hunderttausend Euro waren. Du Depp, du hast gar keinen Safe. Verscheißer mich nicht! Wo ist das Video?«

»Auf der Festplatte von meinem Computer.«

»Ich mach den Lötkolben wieder an!«
»Das ist die Wahrheit!«
Lisa schüttelt den Kopf. »Weißt du was? Ich glaub dir nicht. Die lügst, wenn du den Mund aufmachst. Denkst, da steht die Polizei vor deinem Haus und nimmt uns dann hopps. Du willst mich in eine Falle locken. Du bist ein kaputter Typ, du bist so einer von denen, die ins Puff gehen und sich dort demütigen lassen. Ich seh's dir an. Du magst es, gequält zu werden, gell?«
Sie nimmt das Steckerkabel und holt damit aus.
»Bitte nicht!«
»Nein, mach ich nicht, bevor ich dir den Mund nicht wieder abgeklebt hab. Meine Nachbarn sind so schrecklich lärmempfindlich.« Sie reißt einen Streifen Gewebeband ab. »Bist du bereit?«
»Bitte nicht!«
»Dann sag endlich die Wahrheit!«
»Es gibt kein Video.«
»Was?«
»Es gibt kein Video.«
Sie lacht auf. »Es gibt kein Video! Und das soll ich dir jetzt glauben?«
»Ja!«
Sie klebt ihm den Mund wieder zu, er erstickt fast an seinen Schreien. Sie sieht ihn ernst an, sein Blick flackert. Sie nimmt von der Werkbank ein Teppichmesser und bricht ein Stück von der Klinge ab. Es verschwindet klickernd auf dem Estrich.
Roiders Augen sind rot und verzweifelt, Tränen laufen ihm über die Wangen.
Sie berührt mit der Klinge seine schweißige Nase, die Wange.
Er nässt ein.
»Tststs. Pfuipfui. Jetzt ist der Moment der Wahrheit gekommen.«
Er schließt die Augen.
Sie zieht die Klinge über das Gewebeband. Es reißt der Länge nach auf.

»Wenn du jetzt schreist, du Arschloch, dann schlitz ich dich auf, kreuz und quer. Also, was ist mit dem Video?«

»Es gibt kein Video!«, sagt er mit tränenerstickter Stimme. »Wirklich!«

Sie berührt mit der Klinge seine Stirn. »Das ist die Wahrheit?«

»Ja, es gibt kein Video!«

»Hah, dann ist ja alles gut.«

Sie legt das Teppichmesser weg, er sinkt auf dem Stuhl zusammen. Sie zündet eine Zigarette an, steckt sie ihm durch den Klebebandschlitz und nimmt sich auch eine. Er saugt den Rauch ein, als wäre es seine letzte Zigarette – für immer.

Sie macht keinerlei Anstalten, die Kabelbinder aufzuschneiden, mit denen er gefesselt ist. Beginnt, die Werkzeuge zu ordnen. »War so ein Hobby von meinem Mann. Dieser Do-it-yourself-Scheiß, Werkeln, Baumärkte. Fand er als Bankmanager ganz toll. Naja, die einen kaufen sich eine Harley, die anderen gehen zum Basteln in den Keller. Ich hätte nie gedacht, dass das auch meins sein könnte. Aber jetzt bin ich echt auf den Geschmack gekommen.«

»Lassen Sie mich bitte gehen.«

»›Bitte?‹ – Der Tonfall gefällt mir. Ich frag mich, wo ist er plötzlich hin, der fordernde Ton, das Breitbeinige, der ›Einehalbe-Million!-Sound‹? Ich vermiss ihn fast. Aber ich bin nicht nachtragend. Frauen neigen ja zum Vergeben. Weißt du, ich glaube, wir sollten das noch überprüfen mit dem Video. Also mit deinem Computer. Nur zur Sicherheit. Nicht, dass da noch was auf deiner Festplatte ist, was mir nicht gefällt. Stehen die Cops vor deinem Haus?«

»Nein. Also, ich weiß nicht. Wir können über den Hinterhof rein.«

Kojak

Tom lauscht angestrengt. Im Ohrknopf ein Kühlschranksummen und ab und zu ein Knacken der Dachbalken. Dann plötzlich das

Knirschen einer schweren Tür, einer Stahltür. Keller wahrscheinlich. Schritte. Mehr als eine Person. »Sie sind im Haus.«
»Beide?«
»Psst. Sie sagt was.«
Tom hört weiter konzentriert zu, flucht: »Mist, ich versteh nichts!«
»Er ist sicher bei ihr drin. Die redet doch nicht mit sich selbst. Wir gehen jetzt rein!« Andrea zieht die Waffe aus dem Holster.
»Steck das Ding weg! Du hast keinen Schimmer, was da drin los ist, wie die Lage ist.«
»Das ist mir egal. Wir stellen die zwei.«
»Andrea, brems dich ein! Das ist alles schon kompliziert genug. Wir haben nix in der Hand ... Jetzt geht die Haustür. Los, schnell!«
Sie laufen ums Haus und hören gerade noch, wie in der Garage Autotüren geschlossen werden.
»Soll ich sie stellen?«, fragt Andrea.
»Nein, wir haben nix. Was willst du sagen?«
»Wenn er sie in seiner Gewalt hat?«
»Wir haben keine Ahnung, was los ist. Ob da Waffen im Spiel sind.«
Der Porsche röhrt aus der Garage. Sie tauchen in den Schatten der Hauswand. Sehen, dass Roider am Steuer sitzt. Sie rennen zu ihrem Auto, springen rein. Tom prescht los, heftet sich an die Rückleuchten des Sportwagens.
Andrea schüttelt den Kopf. »Nicht er bedroht sie. Sie bedroht ihn. Sonst würde nicht er fahren. Hat einfach kein Glück, der Gute. Er wollte Geld und sie hat sich das nicht gefallen lassen. Die Furtler ist verdammt tough.«
Kurz darauf sind sie auf der Autobahn in Richtung München. 200 km/h. Toms *Passat* ist am Limit.
»Wenn die noch mehr Gas geben, verlieren wir sie«, meint er.
Die Autobahn ist frei. Vollgas durch die Nacht. Die Porsche-Rückleuchten sind nur noch kleine rote Punkte.

»Vielleicht holen sie das Video«, meint Tom.
»Ach komm. Du sagst das, als wär das was Physisches.«
»Na, dann eben die SD-Karte.«
»Der hat das Zeug auf dem Rechner oder in der Cloud.«
»Wenn es das Video überhaupt gibt. – Scheiße!«
»Was denn?«
Tom deutet nach hinten. Ein Polizeiauto blendet auf. Rote Signalschrift auf dem Dach.
»Was machen wir?«
»Gib Gas!«, sagt Andrea.
»Sehr lustig. Kannst du wen anrufen? Josef vielleicht?«
»Um drei in der Nacht?«
Jetzt überholt sie der Polizeiwagen, der Beamte auf dem Beifahrersitz deutet nach rechts. Andrea gibt Tom ihren Dienstausweis. Tom hält ihn ins Seitenfenster. Der Beamte lässt sich nicht beirren und deutet unmissverständlich nach rechts. Tom flucht und fährt rechts ran.
Es dauert ein Weilchen, bis die Polizisten aussteigen. Der Grund für die Verzögerung: Die Polizisten haben schusssichere Westen angelegt und die Hände an den Waffen. Tom lässt die Scheibe runter. Andrea legt die Hände aufs Armaturenbrett. Tom hat die beiden Dienstausweise in der linken Hand und hält sie aus dem offenen Fenster.
»Aussteigen! Ganz langsam. Hände aufs Dach!«
»Kollegen, wir ...«
»Ruhe! Mein Finger sitzt locker, verdammt locker. Zweihundertelf Stundenkilometer in der Achtziger-Zone!«
»Kollegen, wir sind im Einsatz!«
»Ja klar, Einsatz in Manhattan. Und ich bin Kojak. Nach der Haartransplantation. Ohne Loli. Aussteigen. Ganz langsam.«
Tom und Andrea steigen aus, stellen sich ans Auto, Hände aufs Dach. Die Polizisten tasten sie ab.
Der eine findet Andreas Waffe. »Na, servus«, sagt der ehrliche Finder.

»Schaut's ihr jetzt endlich mal unsere Ausweise an, ihr Hirndübel!«, platzt Andrea heraus.
»Das wird teuer.«
»Hey, Bruno, der hier ist von der Kriminaltechnik. Dr. Thomas Lechner.«
Andrea sieht Tom erstaunt an. Von dem Titel weiß sie nix.
»Philosophie. In einem anderen Leben«, meint Tom und lächelt schmal.
Jetzt schaut sich der Rädelsführer Andreas Ausweis an: »Polizeioberkommissarin Andrea Mangfall, Mordkommission München. Wer sagt uns, dass die Ausweise echt sind?«
»Der Scheißcomputer in eurem Auto!«
»Ned frech werden, sonst werd ich unangenehm.«
»Das sind Sie jetzt schon. Dringend Tatverdächtige in einem Mordfall sind uns gerade durch die Lappen gegangen, weil Sie hier Sheriff spielen. Geben Sie eine Fahndung raus: roter Porsche 911 Cabrio, *M–C–907*.«
»Andrea, lass es!«, bremst Tom sie ein. Er wendet sich an die Beamten: »So, die Herren, war's das? Tut mir leid, dass wir uns im Rahmen der Verbrechensbekämpfung nicht ganz ans Tempolimit halten konnten, aber jetzt müssen wir wirklich weiter.«
Der stillere der beiden Polizisten gibt ihnen die Dienstausweise zurück.
»Ich werde Meldung machen«, sagt der andere, »damit Ihr Vorgesetzter von der Sache erfährt.«
»Ich ebenfalls«, sagt Andrea. »Da wird sich Ihr Chef freuen. Dass Sie eine laufende Mordermittlung mit Ihrem Übereifer blockiert haben. Mit jeder Minute ist ein Menschenleben in größerer Gefahr. Aber dass es noch andere Delikte gibt als Geschwindigkeitsüberschreitungen, das übersteigt vermutlich Ihren Horizont, Sie Vollpfosten.«
»Okay, Freunde. Warnblinker an, Auto absperren und bei uns einsteigen. Ich zähl bis drei. Eins, zwei …«

»Na super«, murmelt Tom, als er neben Andrea im Fond des Polizeiautos Platz nimmt.
»Den Typen mach ich fertig!«, zischt Andrea.
»Du machst gar nix! Außer Klappe halten.«

Kein Risiko

»Musst du immer so auf die Kacke hauen?«, meint Tom, als sie zwei Stunden und viele warme Worte später wieder im Auto sitzen und in Richtung Innenstadt fahren.
»Deppen! Highway-Cops! Sind total happy, wenn sie jemanden von Zweihundert runterbremsen und dann enttäuscht, dass sie die Falschen erwischen. Und werden trotzdem lästig. Die häng ich hin.«
»Das tust du nicht. Die Jungs haben keinen Fehler gemacht. Sei froh, dass Sie den Vollpfosten unter den Tisch fallen lassen. Alles ist gut.«
»Nichts ist gut. Warum bist du überhaupt so scheißentspannt? Die Furtler und der Roider sind uns entkommen!«
»Na, wo werden die schon groß hin sein? Sie wird kein Risiko eingehen und mit ihm die Wohnung checken, seinen Computer.«
»Und wenn sie den Roider umbringt?«
»Ach komm, mal den Teufel nicht an die Wand.«

Piezzo

Das Haus in der Gollierstraße liegt still und dunkel da. Kein Porsche auf der Straße.
»Vielleicht sind sie doch woanders hin?«, meint Andrea. »Oder schon wieder weg. Soll ich irgendwo klingeln?«
Tom schüttelt den Kopf. »Nein. Wir gehen hinten rein.«
Er lenkt den Wagen in den Hof. Auch dort kein Porsche. Sie steigen aus, prüfen die Hintertür. Kein Sicherheitsschloss. Was egal ist, denn die Tür ist nicht zugesperrt. Sie schleichen durchs dunkle Treppenhaus. Andrea verfehlt eine Stufe und stürzt, stöhnt auf.

»Psst!«

»Boh, tut das weh!«

»Psst!«

»Selber psst. Mann, Tom, mach das Licht an, ich blute. Hey, hörst du?«

»Riechst du das?«

»Oh, Scheiße, Gas!«

»Wenn du geklingelt hättest!«

»Ist das wirklich so? Oder wieder nur in Filmen?«

»Wenn da richtig viel Gas in der Wohnung ist, kann so ein Piezzo-Effekt schon reichen.«

»Ein was?«

»So eine Art elektrischer Funken. Wenn das jetzt schon zwei Stunden volle Pulle läuft …«

»Und wenn jetzt jemand das Licht im Treppenhaus anmacht? Zeitung oder Frühaufsteher?«

»Da hilft nur beten. Nein, hier im Treppenhaus ist es nicht so schlimm. Hoff ich mal.«

Tom macht ein Fenster auf. Andrea geht eine Treppe runter und macht dasselbe.

»Andrea, du weißt schon, was das mit dem Gas bedeutet?«

»Klar, dass sie weg ist und er noch in der Wohnung. Und irgendwann macht es *Bumm*!«

»Das ist zumindest ihr Plan.«

Sie gehen hoch und öffnen alle Fenster im Treppenhaus. Vor Roiders Wohnungstür riecht es intensiv nach Gas. Andrea leuchtet mit ihrem Handy an die Tür, zeigt auf das Schloss.

»Ich glaub nicht, dass zugesperrt ist, die hat es eilig gehabt.«

Tom holt seinen Leatherman aus der Tasche und klappt die kurze dünne Klinge aus. Fährt in den Türschlitz auf Höhe des Knaufs. Fummelt erfolglos.

»Keine Gewalt! Ein Funke und uns fliegt das um die Ohren.«

»Puh, hast du eine Idee, Andrea?«

»Gaswache?«

»Jetzt braucht keiner mehr das Gas abdrehen.«
»Das Haus evakuieren?«
»Nein, dann macht garantiert einer das Licht an.«
»Paul ist über den Dachboden in die Wohnung gekommen.«
»Andrea, echt nicht!«
»Hast du eine bessere Idee? Los komm! Du leuchtest, ich steig hoch.«
»Warum du?«
»Weil ich schlanker bin als du, das Dachfenster ist ganz klein.«
Sie steigen in den vierten Stock. Tom hebt Andrea hoch, sie zieht die knarzende Luke nach unten, klappt die Leiter aus. Andrea klettert voraus, Tom leuchtet ihr. Es riecht immer noch süßlich nach Verwesung. Sie tappen über den Dachboden. Die Stelle, wo die Frauenleiche hing, wirkt merkwürdig aufgeräumt, sauber gefegt. Der Rest ist staubig und voller Spinnweben.
Andrea klettert durch die Dachluke nach draußen. Staunt. Wie hoch das ist! Am Horizont erste Morgenröte. In ein paar wenigen Fenstern der umliegenden Häuser brennt schon Licht. Wenn jetzt jemand im Treppenhaus das Licht anmacht ... Nicht nachdenken, einfach machen!
Sie steckt den Kopf nochmal nach drinnen. »Tom!«
»Ja?«
»Wenn ich runterfall, kriegst du meine Bassgitarre und die Plattensammlung.«
»Du fällst nicht runter!«
Sie krabbelt vorsichtig über die Dachziegel, bis ihre Füße das Schneefanggitter erreichen, klettert darüber, tastet mit einem Fuß nach der Regenrinne, prüft sie. Das Blech ächzt. Wenn es Paul ausgehalten hat, wird es auch sie aushalten. Sie späht nach unten, sieht den obersten Balkon. So tief ist das nicht. Sie hängt sich an die Regenrinne und sucht mit den Füßen nach dem Balkongeländer, erwischt es. Sie darf jetzt nicht einfach auf den Balkon springen. Die Landung auf dem Bodenblech würde die Bewohner aufwecken. Schafft sie. Gleitet wie eine Katze hinab.

Weiter übers Geländer und auf den Balkon ein Stockwerk tiefer. Sie fackelt nicht lange und drückt mit aller Kraft gegen das Klofenster. Nach zwei Versuchen gibt es nach. Sie bewegt den gesamten Rahmen ein paar Mal hin und her, bis er locker ist, und lässt ihn vorsichtig auf den Toilettensitz runter. Aus der dunklen Öffnung strömt Gas. Sie zwängt sich hinein.
Ihr erster Reflex ist es, das Licht anzumachen. Sie hält gerade noch in der Bewegung inne, erschrocken über ihre Dummheit. Geht in den Flur, in die Zimmer, stapft über Bücher, Kartons, CDs, Kabel ... Sie sieht Roider. Auf dem zerwühlten Bett. Ist er ...? Gleich. Erst Fenster auf. Dann in die Küche, Herd aus. Auch hier öffnet sie das Fenster. Kalte Nachtluft. Ihr ist schwindelig, sie sackt auf einem Küchenstuhl zusammen.
Es klingelt. *Ein Blitz ...*
Nur in ihrem Kopf – der Schock, die Angst.
Nichts. Wütend springt sie auf und stapft zur Wohnungstür.
»Hast du den Arsch offen?«, fährt sie Tom an.
»Das war nicht ich!«
»Wer sonst?«
»Keine Ahnung. Irgendein Besoffener, Werbung, was weiß denn ich?«
»Das hätte bös ausgehen können! Das Gas war voll aufgedreht.«
»Du hast die Fenster aufgemacht?«
»Sonst wär ich schon im Jenseits.«
»Was ist mit Roider?«
»Er ist im Schlafzimmer.«
»Tot?«
»Komm!«
Roider ist nicht erstochen, erschlagen oder stranguliert. Er schläft einfach. Oder ist weggetreten. Schwacher Atem und Puls.
»Die hat ihm was gegeben«, sagt Andrea. »Wir brauchen einen Krankenwagen.«
Tom telefoniert und Andrea sieht sich weiter um. Plötzlich hustet Roider, erbricht sich. Sie stürzt zu ihm, bringt ihn in stabile

Seitenlage, zieht seine Zunge aus der Mundhöhle. Das Erbrochene fließt ab.
»Hey, du Arsch, du darfst uns jetzt nicht wegsterben! Ist das klar?!«
Roider röchelt, sein Atem stockt.
Andrea zögert nicht, gibt ihm eine Nase-Mund-Beatmung.
»Mist, er atmet nicht!«
»Vom Bett runter!«, sagt Tom.
Sie heben ihn vom Bett und legen ihn auf den Boden. Tom setzt an zur Herz-Lungen-Massage, pumpt. »Nicht schlappmachen, Junge, wir brauchen dich noch!«
Roider öffnet die Augen, sieht sie mit glasigem Blick an, schließt die Augen wieder, atmet.
Endlich klingelt es. Tom springt auf und drückt den Türöffner. Im Treppenhaus hören sie die schweren Stiefel der Notfallsanitäter.

Leumund

»Ihr macht Geschichten«, sagt Josef, als Andrea ihren Bericht beendet hat. »Zweihundertelf bei Fröttmaning, Respekt!«
»Den Deppen zieh ich persönlich die Ohren lang.«
Josef lacht. »Das machst du nicht! Sei froh, dass die Kollegen auf eine Anzeige verzichten. Und den Reporter lässt du auch in Frieden.«
»Das ist der letzte Volltrottel. Klingelt bei Roider! Uns hätte das ganze Haus um die Ohren fliegen können!«
»Woher wusste der von Roider?«
»Naja, er hat uns ja schon bei dem Leichenfund in der Gollierstraße belästigt. Und er ist seit Tagen hinter mir her. Er war auch in Ottenburg. Wir haben ihn aus dem Garten von der Furtler gescheucht und dann wird er uns gefolgt sein. Was passiert mit ihm?«
»Nichts. Er darf recherchieren, was und wo er will. Du kannst froh sein, wenn du keinen Ärger kriegst. Behringer hat sein

Zeug zurückbekommen und unsere Presseabteilung zeigt sich sehr kooperativ in dem Fall. Damit er keinen Grund hat, weiterhin negativ über unsere Arbeit zu schreiben.«

»Na, vielen Dank. Ganz toll.«

»Andrea, ein bisschen auf die Außenwirkung achten, wäre auch mal gut.«

»Da scheiß ich drauf.«

Josef lacht wieder. »Und was ist mit Roider?«, fragt er dann. »Macht er eine Aussage?«

»Hat er schon. Also noch nicht amtlich, aber er hat mir gesagt, wie es gelaufen ist. Er hat gesehen, wie sie sich gestritten haben.«

»Wer?«

»Die Furtler und ihr Mann.«

»Und Paul?«

»War nicht zu sehen.«

»Was ist jetzt mit dem Video?«

»Es gibt keins, sagt Roider. Das war nur ein Trick, um Druck zu machen.«

»Hat ja super funktioniert. Jetzt steht Aussage gegen Aussage. Und Roiders Leumund ist nicht gerade der beste. Schade, Video wäre gut gewesen.«

»Wir haben was anderes – einen Audiomitschnitt.«

»Wie? Von der Tatnacht?«

»Nein, von dem Treffen mit Lisa Furtler am Supermarktparkplatz. Das Tom belauscht hat. Wir haben das Ganze als Audiofile. Ein simpler Handymitschnitt. Hat Roider gemacht. Wollte halt doch was Konkretes. Ist ein bisschen verrauscht, aber es bleiben keine Fragen offen.«

»Gut, sehr gut, Andrea. Und Roider bestätigt das alles vor Gericht?«

»Ja, wir haben ihm schließlich das Leben gerettet. Die verrückte Tante hätte beinahe das Haus in die Luft gejagt.«

»Aber das kann sie ja nicht geplant haben. Woher sollte sie denn wissen, dass es Gasöfen in dem Haus gibt?«

»Die ist eben ziemlich spontan, wie schon bei der Geschichte mit Paul. Jetzt sitzt sie jedenfalls in U-Haft. Aus der Nummer kommt sie nicht mehr raus.«

»Hast du Roider auch wegen seiner Frau befragt?«

»Ja. Er sagt, er hat damit nichts zu tun. Sie war lebensmüde.«

Josef schüttelt den Kopf. »Die Frau saß im Rollstuhl! Wie soll die denn da raufgekommen sein? Weißt du, was ich denke: dass ihn die pflegebedürftige Frau so genervt hat, dass ihm irgendwann der Kragen geplatzt ist und er sie erwürgt hat. Und er stand vor dem Problem, wohin mit der Leiche. In den Krimis sieht das ja immer so einfach aus. Rein in einen Müllsack und in tiefer Nacht durchs Treppenhaus und ins Auto und ab in den Wald. Aber so einfach ist das ja nicht. Irgendwer kriegt das immer mit. Da sind die paar Meter zum Dachboden hoch schon einfacher. Und er inszeniert es, wie er es sich gewünscht hat: als Suizid. Und kann dabei wunderbar die Würgemale kaschieren. Sonst hätte er das ja auch mit Tabletten erledigen können. Und als sie zu riechen beginnt, versiegelt er die Luke mit Fugenkitt.«

Andrea schüttelt den Kopf. »Das macht doch alles keinen Sinn. Also auf längere Sicht. Irgendwann ist das Dach undicht oder es muss etwas auf dem Speicher gemacht werden. Warum bleibt Roider also da wohnen, warum fahndet er weiterhin nach seiner Frau?«

»Er hat sich von ihr getrennt und konnte doch nicht von ihr lassen. Was wirklich zu ihrem Tod geführt hat, das hat er komplett abgespalten, die Schuld von sich geschoben. Oder er hat seine Schuld abgearbeitet durch die Suche nach ihr, nach der Frau, die er einmal geliebt und geheiratet hat. Er hat sich an die guten Zeiten erinnert und diese Frau hat er gesucht.«

»Du hast mit Tom gesprochen, oder? Er sagt ganz ähnliches Zeug.«

»Ja, kluger Mann. Hat uns wirklich geholfen bei den Fällen. Nicht nur als Kriminaltechniker.«

»Hast du gewusst, dass er einen Doktortitel hat?«

»Nein. In Psychologie?«

»Philosophie.«

»Auch nicht schlecht. Was die Leute alles so nebenbei machen. Jedenfalls finde ich seine Theorie mit Roiders Frau durchaus plausibel.«

»Mir ist das zu viel Psychokram. Was machen wir jetzt konkret mit der Dachbodenleiche?«

»Die Obduktion hat gar nichts ergeben. Der Todeszeitpunkt ist definitiv zu lange her. Und wie gesagt – wenn sie durch Erwürgen gestorben wäre, dann könnten wir es wegen der Strangulationsmale des Seils eh nicht nachweisen. Selbst, wenn man sie schon nach ein paar Tagen gefunden hätte. Aber wir werden Roider nochmal befragen. Sobald er aus dem Krankenhaus raus ist. Wenn er es nicht von sich aus zugibt, haben wir Pech. Seine Frau hing ewig auf dem Speicher, keine Zeugen, keine Spuren, die ihn belasten. Aber er hat ja bald Zeit, darüber nachzudenken. Wegen dieser Erpressungsgeschichte muss er in den Bau. Auch weil er als Zeuge der Straftat im Haus der Furtlers die Polizei nicht informiert hat. Und die Kollegen werten noch seine hübsche Videosammlung aus. Wer weiß, vielleicht hat er tatsächlich einen Teil der Kunden für *SiS* rekrutiert. Wimmer wird über den Abgleich seiner Kundendatei mit den Personen in Roiders Videos nicht begeistert sein. Falls es da Übereinstimmungen gibt, kann er seinen Laden dichtmachen. Außer er hat einen sehr guten Anwalt.«

»Stichwort Anwalt – Josef, was ist mit Meierlink? Du hast doch gesagt, du hättest eine Idee? Mit dem Sohn bin ich leider nicht weitergekommen. Er hat kein verlässliches Alibi, er hat einen Wagen in der Klinik. Weißer Alfa *Spider*, Baujahr 1967.«

»Was du alles weißt?«

»Nicht ich. Tom. Ich dachte, so ein schöner Wagen fällt doch auf. Aber wir haben keine Zeugen, kein Bild oder Video, auf dem er zu sehen ist. Tja, im Fernsehen gibt es immer ein Foto von einer überfahrenen roten Ampel oder von einer Radarfalle.«

»Ja, im echten Leben leider nicht. Oder eher selten. Ach, manchmal braucht man etwas gar nicht schwarz auf weiß.«
»Was meinst du damit Josef?«
»Dass eine gute Theorie auch schon ganz hilfreich sein kann.«
»Du sprichst in Rätseln.«
»Ich hab heute Nachmittag einen Termin bei Meierlink in der Kanzlei. Komm mit. Da lösen wir das Rätsel.«

Mosaik

München leuchtet immer noch spätsommerlich, als Andrea und Josef mit der Tram zum Romanplatz fahren. Marsstraße, Zirkus Krone, die verstopfte Donnersberger Brücke, das gedehnte Band der Ausfallstraße. Andrea fragt nicht, warum Josef so gute Laune hat, sie gönnt ihm das Vergnügen. Sie selbst hat die Ermittlungen rund um Herbys Tod ja nur halbherzig betrieben, nachdem feststand, dass das auf Pauls T-Shirt nicht Herbys Blut war.
»Ich freu mich schon auf den Kaffee«, sagt Josef, als sie vor dem feudalen Haus stehen, in dem sich die Kanzlei befindet.
»Die Sekretärin hat es dir angetan, oder?«
»Die macht einen Superkaffee. Weißt du eigentlich, was das Geheimnis guten Kaffees ist?«
»Die richtige Einstellung.«
»Haha. Der ist gut. Also geht schon.«
»Dann sag's mir: die richtige Maschine, die Härte des Wassers, der Wasserdruck?«
»Die richtige Bohne natürlich. Daran darfst du nicht sparen. Du musst einfach so lange suchen, bis du die richtige Bohne findest. Mit der richtigen Röstung. Die Bohne muss zu deinem Leitungswasser passen. Und die Bohnen immer frisch mahlen – dann kannst du einen Kaffee sogar in einem alten Alukännchen auf der Herdplatte zubereiten.«
»Ja klar, du Connaisseur. Erst Kaffee, dann verhaften, alles klar.«
Josef klingelt und winkt in das Videobullauge. Der Türsummer erklingt.

Die Sekretärin empfängt sie schon im Treppenhaus. »Herr Hirmer, schön, dass sie wieder bei uns reinschauen. Der Chef hat gleich Zeit für Sie. Solange einen Kaffee?«
»Ich hätte kaum zu hoffen gewagt ...«
»Kommen Sie, nehmen Sie Platz.«
Während die Vorzimmerdame in der Küche hantiert, schnappt sich Andrea eine Zeitschrift vom Beistelltisch und blättert ziellos. Josef steht am Fenster und sieht auf den regen Nachmittagsverkehr. Merkwürdig – hier oben ist nichts davon zu hören. Obwohl die Fenster nicht nach Schallschutz aussehen. Vielleicht dringt so etwas Profanes wie Straßenlärm nicht bis in diese erlesenen Gefilde?
Die Sekretärin erscheint mit dem Kaffee. Auf den Untertassen hat sie jeweils ein Amarettini platziert.
»Das ist ganz reizend«, bedankt sich Josef.
Andrea nickt ihr freundlich zu.
Auftritt Dr. Meierlink: Wie von Zauberhand öffnet sich die große Flügeltür und erweitert sein Büro zum Kirchenschiff, mystisch erleuchtet von der gleißenden Herbstsonne. Kein Staubpartikel tanzt in der Luft. Ein Reinraum, durch den jetzt kein Weihrauch, sondern eine feine Fahne Kaffeeduft zieht.
Dr. Meierlink trägt weder Talar noch weißen Schutzanzug, sondern auch heute einen ausgesucht scheußlichen Trachtendreiteiler. Der ihm jedoch wieder hervorragend steht, wie Andrea erstaunt feststellt. Ein Unikat für ein Unikat. Es gibt Menschen, denen kann gar nichts etwas anhaben. Schade eigentlich. Andrea ist gespannt, was Josef vorhat.
Meierlink winkt sie zum Sofa und sie setzen sich um den Art-Deco-Glastisch, auf dem noch eine dritte Kaffeetasse Platz findet.
»Sie sind so gut gelaunt?«, fragt Josef.
»Ja, mein Sohn ist wieder bei uns zu Hause eingezogen. Also nicht für immer. Aber er hat eingesehen, dass es für ihn an der Zeit ist, sein Leben zu ordnen.«

»Das ist schön. Jetzt, wo sich die Dinge langsam klären.«
»Ja, gibt es denn etwas Neues zu Herby?«
»Sehen Sie, es ist ja oft wie mit der Nadel im Heuhaufen. Eine Sisyphos-Arbeit, es sieht aussichtslos aus, aber dann ist es doch nicht aussichtslos.«
»Sie sprechen in Bildern. Darf ich Sie bitten, konkret zu werden?«
»Natürlich dürfen Sie, Dr. Meierlink. Sehen Sie, wenn Sie eine Nadel in einen Heuhaufen werfen – auch wenn er noch so groß ist und die Nadel noch so klein ist –, so ist sie doch in dem Heuhaufen. Und wenn Sie sich genügend Mühe machen und Halm um Halm herausziehen, dann werden Sie die Nadel irgendwann finden. So Sie die Nadel wirklich hineingeworfen haben.«
Meierlink setzt seine Tasse hart ab. »Kommen Sie bitte zum Punkt!«
»Gerne. Ähnlich ist es bei einem Fluss. So viel Wasser. Aber wenn Sie etwas haben, das schwerer ist als die Menge Wasser, die es verdrängt, dann schwimmt es nicht davon, sondern sinkt auf den Grund. Und selbst wenn dieser schlammig ist, so können sie den Gegenstand finden, wenn Sie sich wirklich Mühe geben und Geduld haben.«
Josef greift in die Innentasche seiner Jacke und holt einen schmalen Pappumschlag heraus. Er öffnet ihn und zieht ein Messer hervor, eingetütet in einen Asservatenbeutel.
Andrea und Meierlink glotzen gleichermaßen erstaunt auf das schmutzige, verschmierte Messer: ein filigranes Jagdmesser mit langer schmaler Klinge und einem Griff aus grünlich schimmerndem Horn. Darauf ein eingraviertes Monogramm: *MM*.
Andrea schluckt, als sie die rotbraune Masse sieht, die an Klinge und Griff klebt. Meierlink atmet tief durch, sagt nichts.
Aber Josef: »Das haben die Taucher aus der Amper geholt. Ich muss Ihnen nicht sagen, wo – oder? Kennen Sie das Messer?«
»Ja, das ist mein Messer, mein Jagdmesser.«
»Und weiter? Was ist passiert in dieser Nacht?«

»Ich war noch kurz im *Franziskaner* nach dem Konzert im Herkulessaal. Dann bin ich nicht direkt nach Hause, sondern nach Haimhausen. Ich hatte Herby um ein Gespräch gebeten. Er wollte mich nicht sehen. Aber es war wichtig. Es ging um meinen Sohn. Herby hatte ihm wieder Drogen verkauft. Martin war ein paar Tage zuvor kollabiert, ich musste ihn in die Klinik einweisen lassen. Ich wollte Herby zur Rede stellen.«

»Und da hatten Sie das Messer dabei? Also vorher schon, im Konzertsaal? Das klingt doch sonderbar.«

»Meine Jagdsachen waren im Auto. Ich wollte am Sonntag zur Jagd.«

»Und was ist in Haimhausen passiert?«

»Ich hab Herby angesprochen, wir sind hinter die Hallen gegangen.«

»Wir haben uns sehr viele Fotos von dem Festival angeschaut. Sie waren auf keinem zu sehen.«

»Da waren sehr viele Menschen.«

»Ja, leider. Und weiter?«

»Ich hab ein ernstes Wort mit Herby gesprochen. Was schwierig war, denn er hatte selbst irgendwelche Drogen genommen. Er war sehr aggressiv und hat mich bedroht. Plötzlich hat er sich auf mich geworfen und ich musste mich wehren. Ich wollte ihn nicht erstechen, aber plötzlich rührte er sich nicht mehr.«

»Warum hatten Sie das Messer überhaupt eingesteckt? Sie wollten sich mit Herby doch nur unterhalten?«

»Ich hatte ein ungutes Gefühl. Das mich auch nicht getäuscht hat. Ich weiß, dass Herby immer etwas dabei hatte, ein Messer oder einen Schlagring.«

»Aha. Und die Folge Ihres Stiches war, dass er tot war?«

»Ja. Ich glaube.«

»Sie glauben! Dann will ich Ihnen mal sagen, was passiert ist. Der Rechtsmediziner sagt, dass er innerlich verblutet ist. Aber nicht blitzartig. Noch eine halbe Stunde später hätten die Sanitäter ihn ins Leben zurückholen können.«

»Es tut mir leid, aber es war Notwehr.«
»So einfach kommen Sie nicht aus der Nummer. Der Stich war gezielt.«
Meierlink sieht ausdruckslos auf die Tischplatte, erwidert nichts, ergänzt nichts.
»Und dann haben Sie das Messer in die Amper geworfen?«
»Ja.«
»Hm. Die Geschichte hat einen Haken. Trotz Wasser und Schmutz haben wir noch passable Fingerabdrücke auf dem Messer feststellen können.«
»Ich war's!«
»Lassen Sie mich bitte ausreden. Wir haben die Fingerabdrücke schon überprüfen können, weil wir die Vergleichsmuster in unserer Datei haben. Ihr Sohn wurde wegen Drogendelikten schon einmal erkennungsdienstlich behandelt.«
Jetzt weicht alles Leben aus Meierlinks Gesicht. Und aus seinem Körper. Er sackt in dem Cocktail-Sessel zusammen. Übrig bleibt nur ein trauriger Trachtenanzug, dem jetzt jeglicher Glamour fehlt. *Blattschuss.*
Andrea staunt über die Kaltblütigkeit ihres Chefs.
Der ist noch nicht fertig: »Außerdem wurde sein weißer Alfa *Spider* in der betreffenden Nacht bei der *Mühle* gesehen. Einer der Parkplatzwächter dort ist ein Autonarr. Ein *Spider* von 1967 ist schon was Besonderes. Sie sehen: am Ende fügt sich alles. Ich habe schon zwei Beamte zu Ihnen nach Hause geschickt. Sie warten vor dem Haus.«
»Sie wussten, dass er bereits bei uns zu Hause ist?«
»Ja. Wir haben ihn observiert. Rufen Sie bitte Ihren Sohn an und sagen Sie ihm, dass jeder Widerstand zwecklos ist. Und besorgen Sie ihm einen guten Anwalt. Das sollten Sie nicht selbst übernehmen. Wenn er Glück hat, kommt er mit ein paar Jahren davon. Herby war ein Drogendealer, Ihr Sohn ist oder war zumindest abhängig.«
Meierlink nickt müde.

»Herr Meierlink, wissen Sie, was zwischen Herby und Ihrem Sohn vorgefallen ist?«
»Es war Notwehr.«
»Das wird sich zeigen. Warum kam es zu der Auseinandersetzung?«
Meierlink wischt sich Schweiß von der Stirn. »Sie haben sich gestritten. Wegen der Scheißdrogen. Sie haben zusammen Pillen verkauft. Sind sich uneins gewesen übers Geschäft. Martin wollte die Ware ganz allein vertreiben, die Herby in seiner Drogenküche produziert hat.«
»Sie wussten also von dem Drogenhandel?«
»Martin hat es mir gesagt, als es ihm so schlecht ging, nachdem ich ihn in die Klinik gebracht hatte. Herby wollte Martin hochgehen lassen.«
»Und ihr Sohn hat die Ware sichergestellt«, streut Andrea ein. »Die Kartons in seiner Wohnung.«
Meierlink blitzt sie an.
Sie zuckt nicht mit der Wimper. »Wo ist das Zeug?«
»Ich weiß nicht, wovon Sie reden.«
»Oh, doch. Wir lassen Ihr Haus durchsuchen.«
»Erst, wenn Sie einen Durchsuchungsbeschluss haben.«
»Den bekommen wir. Also?«
»Ich habe seine Möbel und Kisten zu Hause in der Garage untergestellt. Von Drogen weiß ich nichts.«
»Wir schauen uns die Kisten an. Aber weiter im Text – Ihr Sohn und Herby waren hinter der Halle?«
»Ja, sie haben gestritten und plötzlich hat Herby Martin angegriffen. Aber Martin hatte sein Messer dabei und hat sich gewehrt.«
»Warum hatte er ein Messer dabei?«, fragt Josef. »Das klingt nach Vorsatz.«
»Nein! Er wusste auch, dass Herby immer bewaffnet ist.«
»Rufen Sie Ihren Sohn an. Sagen Sie ihm, dass die Polizei ihn gleich abholt.«

Meierlink telefoniert.
Als er auflegt, atmet er tief durch. »Ihre Leute können ihn mitnehmen, er wird kooperieren.«
Josef steht auf. »Vielen Dank. Ich verstehe, dass Sie es auf sich nehmen wollten. Das ehrt Sie. Ihr Sohn soll die Zeit im Gefängnis nutzen. Unsere Kollegen werden sich umgehend wegen der Kartons melden.« Josef dreht sich um. »Und danke für den Kaffee«, sagt er zur bleichen Assistentin, die sich pietätvoll im Hintergrund gehalten, das Gespräch aber aufmerksam verfolgt hat.
Auf dem Weg nach draußen wirft Andrea einen Blick in die Küche. Auf der Arbeitsplatte steht eine schnöde *Nespresso*-Maschine. »Alles fake hier«, murmelt sie.
Als sie vor dem Haus stehen, ruft Josef die Kollegen an. Sie sollen zu Meierlinks Villa fahren und den Sohn festnehmen.
»Du hast ihn gar nicht observieren lassen?«, fragt Andrea erstaunt.
»Nein.«
»Und das mit dem Parkwächter? Bei der *Mühle* gibt's keine Parkwächter.«
»Echt? Ach so.«
»Mann, Josef! Und die Fingerabdrücke?«
»Gibt's auch nicht.«
Sie schüttelt ungläubig den Kopf. »Wie und wann habt ihr das Messer gefunden?«
»Ich hab's gefunden.«
»Du?«
»Ja, erst auf einem Foto, dann im Internet. Ich hab's bestellt.«
»Hä, wie?«
»In einem Waffenladen. Ich hab's bei Meierlink auf einem Foto gesehen, wie ich nochmal zum Kaffee in der Kanzlei war. Das große Porträtfoto im Gang. Da ist auch der Griff von dem Messer zu sehen. Samt Monogramm.«
»Auf was du alles achtest?«

»Das Geheimnis liegt meistens im Detail. Ich hab mit dem Handy ein Bild davon gemacht und recherchiert. Und schließlich bin ich bei *Waffen-Krausser* am Ostbahnhof gelandet. Die wussten, wer so was herstellt und verkauft. Eine kleine Manufaktur in Lenggries.«

»Aber das Monogramm?«

»Hab ich einfach anfertigen lassen. Bei denen. Ich konnte ja nichts falsch machen: Martin oder Manfred Meierlink – MM.«

Sie schüttelt den Kopf. »Aber warum bist du so sicher, dass es der Sohn war?«

»Bauchgefühl. Einfach ausprobiert. Ich wollte sehen, wie er reagiert. Außerdem haben wir ja nur die Fingerabdrücke vom Sohn. Klang doch plausibel, oder?«

»Und warum hatte Martin ein Messer dabei? Herby hatte weder Schlagring noch Messer bei sich. Der Alte hat doch Schmus erzählt.«

»Ich hab keine Ahnung, ob Martin ein Messer dabei hatte. Er hätte auch mit einem Schraubenschlüssel zustechen können. Aber das hätte jetzt nicht so plausibel geklungen, vor allem nicht so echt ausgesehen. Das Messer ist ja sozusagen personalisiert. Meierlink senior musste also davon ausgehen, dass mein Fundstück echt ist. Also denkt er, dass sein Sohn überführt ist. Denn der hat ihm gesagt, was in der Nacht passiert ist. Und Meierlink hat seinen Sohn garantiert gefragt, was er mit der Tatwaffe gemacht hat. Wenn meine Geschichte nicht gepasst hätte, dann hätte er uns ganz schnell abblitzen lassen. Jetzt kommen die beiden aus der Nummer nicht mehr raus. Auch wenn wir nicht die Tatwaffe haben. Die schlummert irgendwo im Flusssand der Amper.«

»Und das Blut an dem Messer?«

»Ketchup.«

Andrea lacht. »Und ich dachte echt, du isst deinen Leberkäs jetzt nicht mehr mit Senf.«

»Goldene Regel: *Never change a winning team.*«

»Was wäre passiert, wenn er nicht darauf reingefallen wäre?«
»Dann hätten wir Pech gehabt. Dann hätten wir nichts. Aber so ist das. Mal hast du Pech, mal hast du Glück.«
»Fällt das nicht unter ›Fälschen von Beweismitteln‹?«
»Nein, ich würde das Messer ja nie als Beweismittel vorlegen. Nennen wir es einfach ›Redeanlass‹. Oder siehst du das anders?«
»Nichts schlecht, Josef, wirklich nicht schlecht.«
»Was machen wir jetzt mit dem angerissenen Nachmittag? Mir ist nach Feiern. Wie schaut's aus bei dir? Hast du schon was vor?«
»Ich muss nochmal zum Haus von der Furtler.«
»Wieso das denn?«
»Du bringst mich manchmal auf gute Ideen.«
»Aha?«
»Siehst du morgen beim Verhör mit Lisa Furtler.«
»Okay, ich frag nicht weiter. Und, heute Abend ein Bier?«
»Tut mir leid, da bin ich schon verabredet.«
»Mit Tom?«
»Ja.«
»Okay, dann bin ich raus. Viel Spaß euch!« Josef hebt die Hand zum Gruß und verschwindet in der Nachmittagssonne in Richtung Schloss Nymphenburg.
Andrea ist baff. Auf ein Bier gehen? Ganz was Neues. Taut Josef auf einmal auf? Warum hat sie ihn nicht gefragt, ob er heute Abend mitkommt? Ein romantisches Date wird das ja nicht. Aber zu spät.
Sie sieht ihm hinterher, wie er zwischen den Menschen, Autos, Bäumen, Geschäften verschwindet. All die Farben, Schemen, Formen. Als würde ihn das bunte Mosaik aufsaugen. Alles hell und freundlich, aber schon mit einer Ahnung vom dunklen Gelb der frühen Dämmerung. *Oktobergold*.
Andrea geht zum Taxistand. Das gönnt sie sich jetzt. Ist ja dienstlich.

Konkret

Andrea schaut in die große schwarze Mülltonne vor der Villa der Furtlers. Fast nichts. Klar, einmal die Woche wird geleert. Zu spät. Jetzt ins Haus. Sie hat es sich gespart, den Schlüssel zu organisieren. Wäre nur Papierkram gewesen. Sie geht zur Terrasse, schiebt die große Glastür auf, durch die Roider ins Haus eingedrungen ist. Sie sieht sich um, geht nach unten, betrachtet noch einmal die Reste des Blutflecks im Arbeitszimmer. Kaum noch zu erkennen. Dann geht sie ins Schlafzimmer hoch, scannt Boden und Wand nach Blutspritzern. Aber was würden die schon beweisen? Die hätte auch Paul verursachen können. Und die Kollegen von der Spusi hätten sie sowieso schon entdeckt.

Alles sauber, keine Flecken. Ist es nicht komisch, dass Paul in seinem Zustand mit dem bluttriefenden T-Shirt so gar keine Spur hinterlassen hat? Das schwankende Elend? Egal. Es gibt mit Roider ja nun einen Augenzeugen dafür, dass die Furtler mit ihrem Mann gestritten hat und Paul dabei nicht im Raum war. Und grundlos hat sie kaum versucht, Roider umzubringen. Pech für sie, dass Roider lebt. Trotzdem – ein konkreter Beweis für ihren Versuch, Paul das anzuhängen, wäre schon noch toll. Wie ist das Blut auf Pauls T-Shirt gekommen?

Andrea inspiziert die Küche. Mustert das Waschbecken. Kein Schwamm, kein Tuch. Hat man doch immer beim Waschbecken, oder? Sie sieht in den Unterbauschrank: Waschpulver, Geschirrspültabs, ein angebrochenes Päckchen Küchenschwämme. Tja, den letzten Schwamm, der in Gebrauch war, den hätte sie gerne gesehen. Hat die Furtler ihn weggeworfen? In den Hausmüll? Wohl kaum. Sie kann sich ja denken, dass die Spurensicherung das alles checkt. Nein, soweit hat sie bestimmt nicht gedacht. Oder? Wenn es so war, hat sie den Schwamm ausgewaschen und dann in den Müll geworfen. Vermutlich.

Einen Versuch ist es wert. Sie steckt einen der Schwämme ein. Was Josef kann, das kann sie auch.

Kannst du es fühln,
wie die Welt sich heut Nacht um uns dreht,
heute Nacht um uns dreht

Diskonacht
FRANK IN FAHRT

Aloha!

»Und, wo fahren wir hin?«, fragt Tom, als sie ihn mit dem Auto abholt.

»Überraschung. Superband.«

»Na, du spielst jedenfalls nicht. Oder?«

»Lass dich überraschen.«

»Hätte ich wieder meinen Anzug anziehen sollen?«

»Mensch ja, schade. Wobei der ja schon ein bisschen abgerissen war.«

»Ich hab ihn zum Schneider gegeben. Fast wieder perfekt. Dann eben das nächste Mal.«

Andrea lenkt ihren VW *Golf* in den Osten der Stadt. Agfa-Gelände. Tegernseer Landstraße. Tom sieht fasziniert in die Fenster der Reihenhäuser in Spuckweite zum tosenden Verkehr. Er kennt die Gegend. Wundert sich auch heute, dass da wirklich Menschen wohnen. Leute mit wenig Geld. Die dann offenbar nur den rückwärtigen Teil der Häuser bewohnen. Denn von der Straße sieht er hinter den schmutzigen Fenstern immer wieder Stapel mit Umzugskisten. Die hören den Lärm nicht. Für Lagerflächen dann doch recht teuer. Findet er. Und die Fassaden sind mit ›räudig‹ schon wohlwollend beschrieben.

Auch Andrea sieht die Kisten. »Hab ich dir das von den Umzugskisten von Meierlink junior erzählt?«

»Nein, was denn?«

»Sein Vater hat ja jede Menge Kisten aus der Wohnung seines Sohnes abholen lassen. Und, was glaubst du, war da drin?«

»Drogen.«

»Hundert Punkte. Partypillen. Tütenweise. Die hat er über einen Webshop vertrieben.«

»Woher hast du den Tipp?«

»Josef hat das recherchiert. Er hat mich vorhin durchgerufen. *MM Sportlerernährung*.«

»*MM* steht für Martin Meierlink?«

»Vermutlich. Für Dr. Manfred wäre das sicher zu heiß.«

»Und da ist der Junior nicht schon früher aufgeflogen? Wenn jemand dann wirklich Sportlerernährung wollte, Eiweiß, Magnesium und das ganze Zeug?«

»Hatte er offenbar auch im Programm. Und dann eben noch die guten Sachen für spezielle Kunden.«

»Jedenfalls habt ihr die Kisten?«

»Ja.«

»Und die hat der alte Meierlink echt bei sich zu Hause gelagert?«

»Vermutlich. Wir haben sie aber nicht bei ihm gefunden.«

»Sondern?«

»Die Kollegen haben zwei Glatzköpfe bei einer Routinekontrolle festgenommen. Mit Kisten voller Tütchen mit *MM Sportlerernährung*.«

»Rocker aus Meierlinks Club?«

»Nein, Türsteher aus einer Disco in Feldafing.«

»Der *Sautrog*?«

»Hey, was du alles kennst!«

»Tja. Und, was haben die Typen zu dem Zeug gesagt?«

»Noch machen sie das Maul nicht auf. Stumm wie die Fische.«

»Ist doch gut für Meierlink. Dann gibt es keinen Beleg dafür, dass er die Drogen hatte.«

»Garantiert sind da Fingerabdrücke droben.«

»Du glaubst doch nicht, der feine Herr hat da auch nur eine Kiste selbst angefasst.«

»Dann eben die Umzugsleute.«

»Die willst du jetzt finden. Na, viel Spaß.«

»Egal, ob wir das rauskriegen. Der Meierlink kriegt schon noch sein Fett weg.«

»Aber das ist nicht euer Bier, oder?«

»Wir kooperieren da eng mit der Abteilung Organisiertes Verbrechen.«

»Wegen seinem Club?«

»Wenn da keine krummen Geschäfte laufen, weiß ich's auch nicht. Josef lässt da nicht locker.«

»Er hat den Typen gefressen, was?«
»Allerdings. Ich auch. Und ich bin ganz zuversichtlich, dass die Kollegen noch was finden bei ihm. Und das war's dann mit dem Rockerclub. Mit der Kanzlei und der Zulassung sowieso.«
Als sie vor der Justizvollzugsanstalt Stadelheim halten, wundert Tom sich nicht. Hat er sich schon gedacht, dass die »Superband« etwas mit Paul zu tun hat.
Neben dem Einfahrtstor hängt ein Bettlaken mit groben schwarzen Pinselstrichen: Totenkopf über gekreuzten Gewehren. Darunter: *The Barnhome Brothers. LIVE tonight!*
»Du hast Glück, dass ich meinen Ausweis dabei hab«, meint Tom. »Sonst würde ich da nicht reinkommen.«
»Ach, Tom, du bist doch einer, der seine Papiere immer dabei hat.«
Er schluckt. »Täusch dich nicht!«
An der Pforte steht bereits eine ansehnliche Schlange.
»Das Marketingkonzept geht schon mal auf«, meint Tom.
»War heute sogar in der *Süddeutschen*. Ist ja auch eine geile Idee: Knackis spielen im Knast. Das muss man doch sehen und hören.«
Andrea sieht in der Kassenschlange den Reporter vom *Abendblatt*. Sie schaut sich um. Einen der Wärter kennt sie von ihren Besuchen hier.
Sie geht zu dem Justizbeamten. »Hi, wir kennen uns doch, oder?«
»Sie sind die Schwester von Paul.«
»Genau.«
»Superprogramm, was die Jungs auf die Beine gestellt haben. Ist ja schade, dass er bald nicht mehr bei uns ist.«
»Sie und Ihre Kollegen kriegen ein Privatkonzert, wenn Sie mir einen Gefallen tun.«
»Ähm, ich bin Beamter. Ich darf keinerlei Vergünstigungen …« – »Nicht, was Sie denken. Der Typ da drüben, das ist ein Reporter. Der Behringer vom *Abendblatt*. Der hat den schönen Artikel

über den Ausbruch von Paul und seinem Zellengenossen geschrieben.«

»Den Drecksartikel?«

»In dem die Justizbeamten rüberkommen wie die letzten Idioten.«

»Das ist der Typ?«

»Genau, das ist er. Und ich finde, dass der hier nichts verloren hat.«

»Da haben Sie verdammt Recht! Ich lass mir den Ausweis zeigen. Und wenn es dieser Behringer ist, setzt der hier keinen Fuß rein.«

»Das kriegen Sie hin?«

»Aber klar doch. Einlassrecht vorbehalten. Ist ja kein öffentlicher Ort hier. Das mit dem Privatkonzert für die Kollegen klappt?«

»Logisch.«

Der Mann dampft ab.

Tom schüttelt den Kopf. »Du kannst es nicht lassen, was?«

Als sie das durchaus stolzes Eintrittsgeld von 25 Euro entrichtet haben – Gästeliste gibt's nicht – und darauf warten, gruppenweise von den Wärtern eingelassen zu werden, sehen sie, dass es Trubel gibt bei Behringer. Andrea grinst. Vielleicht leistet er ja Widerstand und landet in der Arrestzelle. Ausgezeichnet!

Der Speisesaal der Kantine ist mit einem Absperrgitter in der Mitte geteilt und wird von zahlreichen Justizbeamten gesichert. Die Externen starren fasziniert durch das Gitter auf die tätowierten Muskeln der Insassen. Der Geruch von Gefahr hängt schwül in der Luft.

»Boh, das ist schon geil, oder?«, meint Andrea.

»Ja. Das kannst du förmlich riechen, wie geil das ist. Was für Musik macht Paul denn hier? So der harte junge Mann mit seiner einsamen Gitarre?«

»Nix Gitarre und nix einsam. Eher soulig. Eine A-Capella-Band. Die singen Gospels und so. Hat Paul gesagt.«

»Echt, da bin ich ja gespannt, wie das bei seinen neuen Buddys ankommt, das sind bestimmt alles Kirchgänger.«
»Jetzt moser halt nicht immer rum! Die sind hier für jede Ablenkung dankbar. Und egal, was für ein Style – Paul ist ein Spitzenentertainer.«
Jetzt drängt sich jemand zu ihnen durch.
Andrea springt auf. »Mama, ich dachte schon, ihr schafft es nicht. Äh, wo ist Papa?«
»Na, dreimal darfst du raten.«
»Die Kammersängerin singt irgendwo und er kratzt an ihrer Garderobentür.«
»Woher denn, mein Kind! Gemeinderatssitzung.«
»Na dann.«
»Wenn's stimmt.«
»Jetzt hör auf, Mama!« Sie dreht sich zu Tom. »Das ist meine Mama, das ist Tom.«
»Ah, Sie sind das – ich hab schon so viel von Ihnen gehört!«
»Und ich von Ihnen.«
»Klappe, ihr zwei Lügner, es geht los.«
Das Saallicht wird runtergefahren und aus der Anlage kommt *Also sprach Zarathustra.*
Tom schließt die Augen, sieht, wie Elvis auf die Bühne kommt und sein schneeweißer Nietenanzug das grelle Bühnenlicht reflektiert. *Aloha from Hawaii.*
Von wegen: fette HipHop-Beats knallen aus den Boxen. Das Bühnenlicht geht an. Tom öffnet die Augen. Alle sehen auf die Bühne: acht Personen in gestreifter Anstaltskluft, Haare angeklatscht, Gesichter weiß geschminkt. Die Beats kommen aus keiner Maschine, sondern aus Human Beatboxes. Acht Münder. Grooven wie Hölle. Bodys auch: rechter Fuß vor, zurück, Drehung nach links, Ausfallschritt, alles synchron. Jetzt Hände schützend in den Schritt, die Augen zum Himmel. *Uhhh!*
Das Publikum pfeift und johlt. Andrea, Tom, Mama, alle. Las Vegas in Stadelheim. Ein Zuhörer klatscht im Beat, andere fallen

ein, die Knackis greifen zu ihren Blechtassen, Metalsounds und Handclaps mischen sich: *chacha-chacha-chacha …*
Jetzt tritt Paul aus der Reihe nach vorn an den Bühnenrand, grinst breit ins Publikum und verschluckt das Mikro fast.

Eins, zwei, drei, vier
die Barnhome Brothers, des san mir
fünf, sechs, sieben, acht
von wegen: jetzt ist Schicht im Schacht
we rock the prison, dass es kracht
mir san wild, hart, tätowiert
der Sheriff hat uns aussortiert
Knacki sein ist nicht so top
allein der Fraß hier, der ist grob
du weißt erst, was du verlierst
wenn du an die Gitter stierst

Aber wenn I wieder draußen bin
bin I voll der coole King
dann dreh I des Superding
wenn I dann meine Nummern sing
krass nach harter Bruder kling
I mag koan Kaffeekranz und koan High Tea
a Barnhome Brother, des bin I
auf Maniern hab I koan Bock
I steh auf Bier und harten Rock
I bin wild, hart, tätowiert
der Sheriff hat mi aussortiert

Stadelheim, oh Stadelheim
du wirst a Zeit mei Heimat sein
des kann hier drin a bisserl dauern
so lang rock ma deine Mauern

Eins, zwei, drei, vier
die Barnhome Brothers, des san mir
fünf, sechs, sieben, acht
von wegen: jetzt ist Schicht im Schacht
we rock the prison, dass es kracht
und kommt dann endlich neun und zehn
werd ich die Freiheit wiedersehn

Musik aus München – Longplayer

Für die Seele
The Marble Man *Haidhausen*

Fürs Bayerische
Flo Pfeifer & Band *Nei in da Stodt*

Fürs Herz
Triska *Get Well Soon*

Fürs Kopfkino
Monika Roscher Bigband *Failure in Wonderland*

Für die Füße
Frank in Fahrt *In Fahrt*

Ein herzliches Dankeschön an Martina, Michi
und alle anderen vom Volk Verlag.